Mejor que muerto

FIDEL MORENO
Mejor que muerto

RANDOM HOUSE

Papel certificado por el Forest Stewardship Council®

Primera edición: enero de 2025
Segunda reimpresión: febrero de 2026

© 2025, Fidel Moreno
© 2025, Penguin Random House Grupo Editorial, S. A. U.
Travessera de Gràcia, 47-49. 08021 Barcelona

Penguin Random House Grupo Editorial apoya la protección de la propiedad intelectual. La propiedad intelectual estimula la creatividad, defiende la diversidad en el ámbito de las ideas y el conocimiento, promueve la libre expresión y favorece una cultura viva. Gracias por comprar una edición autorizada de este libro y por respetar las leyes de propiedad intelectual al no reproducir ni distribuir ninguna parte de esta obra por ningún medio sin permiso. Al hacerlo está respaldando a los autores y permitiendo que PRHGE continúe publicando libros para todos los lectores. Ninguna parte de este libro puede ser utilizada o reproducida con el propósito de entrenar tecnologías o sistemas de inteligencia artificial. PRHGE se reserva expresamente la reproducción, la extracción y el uso de esta obra y de cualquiera de sus elementos para fines de minería de textos y datos y el uso a medios de lectura mecánica u otros medios que resulten adecuados (art. 67.3 del Real Decreto Ley 24/2021). Diríjase a CEDRO (Centro Español de Derechos Reprográficos, http://www.cedro.org) si necesita reproducir algún fragmento de esta obra.
En caso de necesidad, contacte con: seguridadproductos@penguinrandomhouse.com

Printed in Spain – Impreso en España

ISBN: 978-84-397-4484-9
Depósito legal: B-19.171-2024

Compuesto en La Nueva Edimac, S. L.
Impreso en Arcángel Maggio Europa S. L.

RH 4 4 8 4 9

LA VIDA DISTRAÍDA

Quizás se trataba de su esperma.

–Esperma vago –repitió su mujer.

–Es muy importante –le insistió el médico con voz cansada– que en la próxima muestra se asegure de que todo el semen se recoja en el envase. Ya sabe, los cuatro días previos nos abstenemos de eyacular y si estamos utilizando lubricantes, dejamos de usarlos, que pueden afectar a la movilidad de los espermatozoides.

En el coche de vuelta a casa su mujer dijo por última vez «esperma vago», y añadió un comentario previsible acerca de su afición a los estupefacientes: «Ay, Julio, si te hubieras drogado menos». A partir de entonces, las semanas siguientes, Casilda diría «astenozoospermia» y trataría el asunto con delicadeza científica, en la ilusión de ser un problema controlado, localizado en el hipotético bajo conteo de espermatozoides guardados en el escroto de su marido.

Llevaban un mes de pruebas y eran muchas las causas posibles, quizás las trompas de Falopio estaban inflamadas debido al estrés del nuevo puesto directivo de Casilda, o se hallaban ante la habitual insuficiencia ovárica propia de la edad premenopáusica. El médico había dicho muchas cosas, pero él no estaba para recordárselas a su mujer. En la siguiente cita, con los datos de los análisis repetidos, sabrían con más seguridad y darían el siguiente paso: tratamiento de fertilidad y/o reproducción asistida. Habían quedado en no forzar nada, solo se trataba de saber si algo fallaba, para no hacerse ilusiones. También estaba la posibilidad de la ovodonación, que a ella no le hacía mucha gracia, o de usar el esperma de un donante, que a él le resultaba incómodo. Incluso cabía la opción de adoptar un niño ya nacido, en Ucrania o en Etiopía. Habían acordado que para ser padres decidirían todo juntos y, sin embargo, Julio sentía que una vez más Casilda lo arrastraba contra su voluntad, y que ya estaban demasiado lejos. Se había casado hacía dos años y el regalo de su suegro fue un piso reformado en Lavapiés, un quinto con vistas a la iglesia de San Lorenzo y suelo de baldosa hidráulica, con dormitorio, salón comedor, un estudio y una habitación decorada para el bebé. El piso estaba sin amueblar, salvo la habitación del bebé, que tenía su cuna, su cambiador sobre la cómoda, su mecedora para la lactancia y un cesto rosa lleno de muñecas, otro cesto lleno de coches y un baúl, rotulado con el nombre de la empresa familiar, Anella Construcciones, y lleno de ladrillos de Lego. Su suegro era un hombre que dirigía a cincuenta trabajadores, y estaba acostumbrado a que sus salidas fueran celebradas como gestos de un humor inteligente.

Cuando se casaron ya eran una pareja asentada, dormían en habitaciones separadas para un descanso sin perturbaciones, hacían el amor cada dos semanas, sin alargarse pero con la eficacia de los que se conocen, y podían pasar horas sin hablar, cada uno frente a su pantalla. Desde la boda, «el furor de los cuarenta», decía Casilda, habían incrementado sus encuentros sexuales. Ella respiraba con más fuerza, se le abrazaba al cuello y lo aprisionaba con las piernas, mientras le decía con voz seductora «córrete dentro» o «lléname toda». Julio al principio se reía al oírla y se le cortaba la eyaculación, pero poco a poco se amoldó a la novedad y acabó por acostumbrarse a quedarse dentro de ella hasta que el miembro se retraía y liberaba un borbotón de semen que Casilda intentaba en vano contener tapándose el coño con una mano.

El esperma podía ser vago sin dejar de ser copioso. Fuera por su esperma vago o por el envejecimiento acelerado por el estrés de los ovocitos de Casilda, llevaban ya dos años intentando concebir. Y ahora estaban haciendo pruebas para localizar el fallo, y si había fallo habría solución. Y la solución lo convertiría en padre. De momento, el médico había pautado las cópulas adecuándolas a los días de ovulación, así que habían reducido sustancialmente sus encuentros sexuales, concentrándolos en tres días consecutivos al mes, y observando por parte de Julio una abstinencia previa para que el semen no perdiera densidad. Julio no quería pensar mucho más en el asunto. Que pensara Casilda. La paternidad no sería un problema si conseguía apartarla como preocupación. Se ocuparía de ser padre con la distracción que empleaba en el resto de las tareas cotidianas, ¿por qué no?

Tenía, de hecho, todo el día para él, y un hijo reforzaría su papel de amo de casa, manteniendo el piso en orden y dedicado a la crianza para que Casilda pudiera entregarse a su carrera. «Los que tienen éxito en el trabajo siempre cuentan con alguien que cuida de la familia. Si te pones a ver las parejas que triunfan, siempre hay uno que se queda en casa», decía Casilda y Julio asentía, sin querer entrar en la conversación por temor a destapar un reproche sobre su nula disposición a buscar un empleo. De su juventud conservaba en el fondo de su alma el plan de escribir una novela que le diera reconocimiento y cambiara su destino. Nunca se había sentado a escribir varios días seguidos ni había superado jamás las seis páginas escritas, ni siquiera formaba parte ya de las ensoñaciones con las que entretenía las horas muertas, y, sin embargo, esa novela por hacer era todavía la clave que ordenaba una existencia sin ambición laboral, un planteamiento de vida en el que el trabajo, si se daba, cumplía una estricta función alimenticia.

Las especulaciones en las que se perdía desde que era un hombre casado eran más un juego de perspectiva que de prospectiva. Consistía en ver las cosas que le pasaban desde ángulos que ofrecieran un perfil más amable de su paso por este mundo. Una manera de ser optimista, de adaptarse al medio y sentirse alguien. Ahora, por ejemplo, tumbado en el sofá cama del estudio donde pasaba las noches, tal vez inspirado por las baldosas hexagonales del suelo, pensaba en sí mismo como en un zángano inseminador. No era una mala vida.

Se fumó un porro de hierba y se masturbó viendo un vídeo de Traci Lords, siempre tan entregada. Su esperma sería vago, pero era abundante y denso como para empapar tres pañuelos de papel.

Ser dependiente de música en la FNAC le había durado mucho más de lo previsto. Cuando entró, nueve años atrás, pensó que sería un empleo transitorio para la temporada de invierno, un complemento al verano en el crucero. En la sección de discos eran seis los empleados que atendían al público, nada que ver con los años anteriores a la crisis de la música, cuando los discos ocupaban dos plantas enteras. Se trabajaba bien, estaba al día de las novedades, cuidaba con atención melómana del catálogo de fondo y las horas muertas las empleaba en redactar recomendaciones de sus discos preferidos para la web de la tienda, lo que le permitía redondear el sueldo en unos mil euros mensuales. Al quedarse en paro, la posibilidad de reciclarse en crítico musical y dar continuidad a sus pequeñas reseñas le resultó tan natural como imposible. Tras consultar con amigos periodistas le quedó claro que en 2019 en España había más críticos musicales que músicos.

—¿Tienes el último disco de Malú?

Después de medio año parado, seguía soñando con su trabajo de dependiente. En la consulta del médico se había enterado de que Albert Rivera, el exlíder de Ciudadanos, iba a tener un hijo con Malú, y esa noche una chica con granos le había preguntado en sueños por la cantante. Enredado en una búsqueda sin fin por los estantes de música melódica española, se despertó con un sabor a leche agria en la boca. Lo de Malú y Albert Rivera habría sido la conversación del día en la FNAC, Javi y Antoine, sus compañeros, se habrían recreado en las fiestas rocieras donde surgió el amor y Manuela, su gran amiga, encargada de la sección de libros, habría dicho que Albert le resultaba repulsivo como todos los de Ciudadanos,

13

pero que daba la impresión de ser un follador incansable. «Me da asco reconocerlo, pero tiene pinta de empotrador», habría dicho ajustándose sus gafas vintage de montura verde, con un libro de Joyce Carol Oates o de Annie Ernaux entre las manos.

Estar en paro no era un infortunio para Julio, todo lo contrario. En los últimos meses había deseado tanto librarse del trabajo que solía explicar su despido dándole la razón a Paulo Coelho: «Cuando realmente se desea algo, el universo conspira para que se cumpla».

El trabajo en sí no tenía ninguna complicación. Su malestar laboral no tuvo que ver, como solía explicar Casilda a los allegados, con la crisis de la música. De hecho, cuando las ventas de discos pasaron de ser pocas a ser insignificantes, se había convertido con indisimulado cinismo en un buen vendedor de muñequitos, camisetas y chapas de ídolos pop. Y disfrutaba vendiendo, como se disfruta anotando tantos en una competición deportiva. Con sus compañeros, desde que había aprendido a no exigirles amistad, mantenía una fluida cordialidad y una honesta camaradería. Se sentía respetado también por la jefa, tan cruel con algunos subordinados, especialmente con Manuela y el resto de las chicas. Le dejaban además pinchar la música que sonaba en su planta, lo cual era un privilegio por veteranía que defendía sin concesiones y con música feliz y anacrónica, sin devaneos depresivos tan del gusto de los dependientes que iban de entendidos.

Se encontraba bien allí, sí, hasta que empezó a resultarle insoportable pasar los días encerrado en un cubo sin luz natural que vibraba con un molesto ruido de fondo. Un ruido tan punzante para él como inaudible para el común de las personas.

Casilda había decidido poner su vida en orden, despejar de su vista cualquier elemento que estuviera provocándole inquietud. Según le había dicho muy seria, una semana después de la última visita al médico, la inquietud estaba entorpeciendo su fertilidad, «tenemos que limpiar el nido y hacerlo cien por cien acogedor». A Casilda le encantaba hablar de tantos por ciento aplicados a cuestiones abstractas; según solía recordarle Julio, una manera ilusoria de domesticar la incertidumbre.

—Si te refieres a que la pila del fregadero esté sin platos, de acuerdo.

—No solo, Julio. El suelo se llena de polvo si dejas todo el día las ventanas abiertas. Y la música... es posible que la música me esté poniendo nerviosa. Vamos a probar unos días sin música. Tienes todo el día para escuchar tu música, pero cuando yo entre por esa puerta la quitas. Si la puedes quitar un poco antes, mejor. Y, por favor, las colillas de los porros las envuelves en una servilleta mojada, las metes en una bolsa pequeña de las de congelar, cierras bien la bolsa y entonces la echas al cubo de la basura.

Había aprendido a decirle que sí a todo. Eso la calmaba. Eran exabruptos puntuales, aunque empezaban, por uno u otro motivo, a repetirse casi a diario, con especial intensidad la víspera de los días marcados en el calendario como fértiles. «Querer estar tranquila te pone nerviosa», le dijo Julio esa noche. Como vio que no lo escuchaba adoptó un pronunciado acento de barrio y se puso a encadenar frases hechas de una sentimentalidad periclitada, buscando con ironía reírse juntos de lo que les estaba pasando: «¿Tú qué eres?, ¿la típica tía problemática?», «Te va a venir la regla; es eso, ¿no?».

Casilda no se reía, pero a él le gustaba verla enrojecer y que le agarrara de las muñecas queriendo sacudirlo. Casilda estaba en pijama y en el forcejeo, Julio vio que se le marcaban los pezones. Animado, se colocó un palillo entre los dientes asomando por la comisura de la boca, y siguió con la parodia de mostrarse repulsivo: «Ven aquí, que yo sé lo que te falta», «la puntita, *flis flis*, eso te falta», «te doy con la puntita, *flis flis,* y ya verás qué relajada te quedas». Lo que más asco le daba a Casilda eran esas onomatopeyas vulgares, ese *flis flis* que Julio marcaba con intención, como silbándole a un rebaño de cabras. *Flis flis*, la puntita.

Casilda entonces le daba con la mano en el pecho, «cállate, cerdo hijo de puta», pero ya el juego había cambiado. Y las reglas ahora consistían en escenificar un odio mutuo, pegarse con mimo, tirarse de los pelos activando el flujo sanguíneo, romperse la camisa, desnudarse a la manera de las películas tratando de creérselo, morderse con ternura, entrelazarse, follar sin besarse, correrse dentro y no retirarse, besarse y luego sonreír mirándose a los ojos, como si fueran muy felices.

—Según el calendario tendríamos que haber esperado a mañana. Así nunca me voy a quedar embarazada.

16

En los últimos tiempos la política no estaba entre las pasiones de Julio. Tampoco podía hablarse de decepción, pues nunca llegó a creer que España pudiera arreglar sus problemas, aquellos que, aunque no le afectaran directamente a él, colonizaban las conversaciones a su alrededor. España, qué raro le sonaba escuchar la palabra España en su propia voz. Si repetía muchas veces seguidas España, la palabra se volvía extraña, como un término extranjero del que se desconoce el significado: España, España, España, España, Extraña... No era antipatía ni simpatía, era desafección hacia un nombre siempre envuelto en pesadas controversias.

Había pensado en desprogramarse, en no leer noticia alguna, interrumpir el runrún informativo y dejar de hablar de actualidad, pero seguía entrando en internet y aprendiéndose los nombres de los ministros y arrastrándose a la trinchera en discusiones idiotas, incluso soltando soflamas de adhesión a la causa. ¿Qué causa? La que tocara; lo más comentado en los mentideros digitales: el problema de la vivienda y el chalet de Pablo Iglesias, los hoyuelos de Pedro Sánchez y la sintaxis de Carmen Calvo, el paradero de Juana Rivas y el posado de Irene Montero, Santiago Abascal montado a caballo y los que rompen España, ¿debe el feminismo integrar en su lucha a las mujeres transgénero?, el grupo preferido del nuevo Ministro de Cultura es La Unión, la amenaza de una ultraderecha que ha puesto la rojigualda en la isla de Perejil, el flamenco y la Rosalía, el rey emérito mata elefantes pero la monarquía es el pegamento de la patria plurinacional, el embarazo de Malú y la anorexia de Leticia, la China del 5G y la América de Trump.

En otra época le habría resultado divertido, habría sido capaz de ver la realidad informativa con la pasión del espectador ante una comedia ocurrente y disparatada o, desapasionadamente, como el entomólogo observa la efervescencia de un hormiguero. Ahora la realidad lo aburría, tantas llamadas de atención, tantos giros de guion, tanto ruido, le resultaban previsibles y agotadores. Los hijos de la democracia española, los adolescentes del 92, eran ahora una generación de adultos cansados.

La novedad de estar gobernado por políticos de su edad al principio le había despertado curiosidad, sin embargo, enseguida se dio cuenta de que aquella renovación generacional no mejoraba en nada la situación. Debía estarles agradecidos, aquellos políticos que tenían sus mismos años habían despejado sus últimas dudas: no había razón para seguir atento al espectáculo de la política, mejor dar la espalda también a ese negocio vulgar. ¿O quería seguir alojando en su mente a Pedro Sánchez y a Isabel Díaz Ayuso? ¿Es que quería volver a soñar con Malú? Ahora que no trabajaba, podía ir cortando vínculos con la ordinaria realidad, pero, entonces, ¿con qué llenaría el hueco?

Aunque el origen de aquella falta de pasión por las cuestiones mundanas no pueda ser situado con claridad, Julio atribuía a las microdosis de LSD un impulso decisivo.

Fue su amiga Manuela, la encargada del departamento de libros, quien se presentó una tarde repartiendo microdosis. Manuela es importante en esta historia y no está de más describirla: bajita con gafas de montura grande, lectora compulsiva que escribe versos a escondidas, más inteligente que Julio pero amiga de la complicación, decepcionada con la humanidad pero comprensiva con cualquiera, algo más joven que él, atractiva en conjunto pero fea en detalle. Con ella se había acostado alguna vez, sin entusiasmo por ambas partes, y esa falta de atracción sexual, pensaba Julio, explicaba su gran amistad, que pudieran hablar sin pudor ni segundas intenciones.

–Abre la boca y levanta la lengua –le dijo mientras le introducía un papel secante más pequeño que un confeti en el que sonreía un Smiley.

–Nos quedan seis horas de trabajo.

–Con más motivo.

Manuela era un ejemplo muy poco habitual en el siglo XXI, una persona para la que la literatura constituía su principal fuente de comprensión del mundo. Ni cine ni series la distraían de su pasión lectora, y cuando un libro le gustaba lo suficiente, podía tomárselo como un manual de instrucciones. Como un Quijote anacrónico y promiscuo seguía las enseñanzas de un título hasta que alguna otra novedad la seducía.

Casi siempre se trataba de narrativa, sin embargo, en las semanas en las que tanto ella como Julio experimentaron con las microdosis, Manuela estaba fascinada con *Qué día más bueno,* un ensayo de Ayelet Waldman cuyo explicativo subtítulo resumía el argumento: «Tomar LSD en microdosis me cambió la vida». Julio, por insistencia de Manuela, leyó el libro a saltos y le resultó, en sus palabras, «demasiado histérico», y las neurosis de su «exagerada autora» poco creíbles. A Manuela en cambio le parecía que era un libro «honesto» que describía muy bien la contradictoria vida de una triunfadora, aunque su objeto fuera mostrar los efectos de una terapia tan poco convencional.

–Cuidado conmigo, soy una investigadora psicodélica autónoma –le decía a Julio cuando se cruzaban en las escaleras mecánicas.

Julio se había tomado el secante y aunque en teoría la dosis era subperceptual notó una creciente energía conforme fue avanzando la tarde. Animado, le dio por reordenar, siguiendo un criterio pedagógico, la discografía de sus saxofonistas de jazz preferidos. El objetivo era una iniciación placentera para un oyente lego, así, en el lugar de Gerry Mulligan colocó primero el disco *Reunion with Chet Baker* seguido por *What Is There to Say?* y su encuentro con Johnny Hodges, para cerrar con *Getz Meets Mulligan in Hi-Fi*. A Coltrane lo ordenó comenzando por *Olé* y terminando por *A Love Supreme*. Lo mismo hizo con Cannonball Adderley, Ornette Coleman, Jimmy Dorsey, Stan Getz, Dexter Gordon, Coleman Hawkins, Joe Henderson, Lester Young, Joe Lovano y Jorge Pardo.

Cuando se cansó de los saxofonistas pinchó a Abdullah Ibrahim, su inspirado disco *Good News from Africa,* que sumió a la planta en un agradable estado meditativo.

Bajo los estimulantes efectos de la microdosis, Julio atendía a los clientes con verdadera pasión. El que vino interesado por el disco *Dice la gente* de Kiko Veneno se llevó también *Yamore* de Salif Keita y el de Ali Farka Toure con Ry Cooder, después de escuchar un discurso a toda velocidad sobre la música feliz de los lugares desgraciados, las conexiones entre Andalucía y los esclavos africanos y Kiko Veneno como el Paul Simon español:

–El Kiko Veneno de los últimos años no se explica sin el *Graceland* de Paul Simon, el blues de Ali Farka Touré o la alegría contagiosa de Salif Keita.

Parecía mentira que una dosis tan minúscula, de diez microgramos, una décima parte de un tripi, pudiera provocar aquel entusiasmo y aquella sensación de asombro y convicción. Los relatos de psiconautas que buscó en la red hablaban de efectos sutiles sobre el ánimo, pero a Julio le proporcionaba una estimulante lucidez y una energía vital que lo llevaron a preguntarse si los meses precedentes no había estado deprimido. La realidad adquiría otro relieve, las cosas pequeñas se volvían importantes y las cosas grandes perdían interés. Aquella tarde en el descanso merendó en compañía de Manuela un bocadillo de jamón ibérico con el pan empapado en aceite de oliva y una naranja que le supieron a gloria.

–Esto es mejor que los porros.

–¿Nos fumamos uno?

–Venga.

Hasta los porros sabían mejor. Manuela era una pésima liadora de porros, así que los traía hechos de casa. Como les quedaba tiempo de descanso subieron a la azotea y, pertrechados en la pared del cuartillo de ascensores, encendieron el canuto. Desde ese lado de la azotea se veían los tejados del centro de Madrid ondular hacia el sur, como las escamas de un animal prehistórico, mitad pez mitad pájaro, a un paso de hundirse o de alzar el vuelo.

–Qué bonito, ¿no? Los tejados y el sol de primavera –dijo Manuela.

–Sí.

–Todo es lo mismo, pero con más brillo, ¿no?

James Fadiman, el psicólogo psicodélico que defendía el valor terapéutico de las microdosis y había establecido la posología y el protocolo de uso, contaba que muchos de los que seguían sus pautas exclamaban al llegar la noche: «Qué día más bueno». La expresión había dado título al libro de Ayelet

Waldman y era un buen resumen de la experiencia: días estupendos, tardes luminosas.

—Hay que seguir el plan —le dijo Manuela a la salida del trabajo, metiéndole un sobrecito con nueve secantes en el bolsillo de su chaqueta—. Una microdosis cada tres días durante un mes. A ver qué pasa. Tómatela por la mañana, para que te deje dormir por la noche.

Esa noche efectivamente le costó conciliar el sueño, no mucho más que cualquier otra noche, pero lo disfrutó leyendo, con ayuda del traductor de Google, testimonios de experiencias con microdosis de LSD y psilocibina, el principio activo de las setas alucinógenas.

Las siguientes tomas, espaciadas por tres días para no crear tolerancia, fueron también radiantes. La quinta vez que se microdosificó —ese era el verbo que empleaba Manuela—, sintió dolores estomacales que lo obligaron a ausentarse por media hora de su puesto. Se tumbó en el sofá del cuarto del personal y consiguió relajarse poniéndose las manos sobre la barriga hasta que se le pasó el dolor.

Tres días después decidió interrumpir el tratamiento. No solo fue por el dolor de estómago, de pronto le resultó absurdo seguir la receta de un psicólogo en América. Aquel protocolo de microdosis podía darle un barniz de respetabilidad terapéutica a la experiencia, pero ¿por qué amoldarse a un formato médico? ¿Estaba acaso enfermo? ¿No era en realidad su enfermedad estar formateado por normas sociales que escapaban a su voluntad? Su trabajo, su matrimonio, su casa, su pensamiento, ¿eran realmente suyos? En el hackeo de la mente y en el embeleso de los sentidos, ¿era también necesario obedecer una posología prescrita por un doctor?

El caso es que dos semanas después de que él abandonase el tratamiento, Manuela terminaba con su décima microdosis y Julio decidió acompañarla, con la expectativa de revivir el entusiasmo laboral de las primeras tomas. Había dormido poco y la microdosis le brindaría el estímulo para hacer de aquellas horas poco memorables una jornada estupenda.

Sin embargo, conforme avanzaba la tarde una irritación sin motivo se adueñó de su ánimo. Todo le resultaba molesto: la lentitud del ordenador para los pedidos; las preguntas de los clientes despistados; el olor a vainilla de todo el edificio; el roce de la moqueta al andar; la música que él mismo ponía, interrumpiendo a cada rato la canción que estuviese sonando para pasar a la siguiente; el aliento de los compañeros de trabajo; la luz eléctrica y las ventanas de cristales tintados por los que nunca entraba el sol; y, sobre todo, el ruido de fondo, un zumbido que mezclaba la vibración de los conductos de aire, de las lámparas de neón, de las pequeñas bombillas LED que señalaban por el suelo las vías de evacuación en caso de incendio, del murmullo y de la respiración de la gente, de los pitidos que emitían las cajas registradoras, de los ascensores y de las escaleras mecánicas y de la cinta transportadora que comunicaba la planta baja con el sótano, de donde también llegaba el rumor irritante de ordenadores, teléfonos, cámaras de foto, tabletas y otros dispositivos tecnológicos a la venta.

Aquel ruido de fondo era el ritmo difuso que atraía a las masas a la comunión del consumo. Aquel ruido era el instrumento de colonización de las mentes que le hacía sentirse siempre tan cansado. Era un zumbido que te iba minando por dentro, socavando tus resistencias hasta la completa alienación. Nada de aquello tenía que ver con él, ¿por qué seguía allí entonces?

—Julio, ¿cuántas veces te he dicho que no pueden sonar canciones que no estén a la venta en la tienda?

—No las he contado, pero me voy a arriesgar: ¿siete?, ¿o han sido nueve? ¿Puedo pedir el comodín del público?

La encargada le estaba ordenando con una pregunta retórica que quitara la canción. Pero a él le apetecía discutir.

—Julio, no tengo tiempo para estar repitiendo cosas que son de cajón.

—¿De cajón de sastre o de cajón flamenco o de cajón mortuorio, o sea, de ataúd?

23

La encargada no se reía, pero a él de pronto le hacía mucha gracia la situación y probó a llevarla al extremo fingiendo sonoras carcajadas de leñador de dibujos animados.

—Mañana hablamos. Ahora no parece un buen momento —dijo la encargada antes de darle la espalda.

Le quedaba media hora para terminar su turno, pero no pudo permanecer allí encerrado. Sin decir nada fichó y salió a toda prisa al encuentro de la calle.

Al volver al día siguiente no tuvo problemas con la encargada, nadie le afeó su conducta. Salvo Manuela, nadie pareció haberse dado cuenta. Y, sin embargo, aquel ruido de fondo, mucho menos presente que la tarde anterior, seguía ahí. Y ahí permaneció, lejano pero constante, como un recordatorio de que aquel ya no era su sitio. Hasta que consiguió que lo echaran.

—Cuando me casé con mi mujer, que en paz descanse, mi padre me regaló su martillo y su cincel para hacer rozas. Eran otros tiempos, había mucho que construir, había que construir un país entero, alicatarlo hasta el techo y hacer muchas rozas, millones de rozas para cables y tuberías.

El día de la boda, Julio no estuvo muy atento al discurso de su suegro, solo recordaba cómo al hablar agitaba la mano derecha, en la que le faltaba el dedo índice. Gracias a la grabación de aquel discurso y a que Casilda, orgullosa de su padre, lo hubiera compartido en Facebook entre las fotos de la boda, y gracias sobre todo a la ayuda de sus amigos que lo imitaban sin piedad, pudo Julio aprendérselo palabra por palabra:

—Mi padre me regaló su martillo y su cincel y mi madre nos preparó una tartera de migas para el viaje a Madrid. De eso hace ya más de cincuenta años. Mi hija se casa, por fin, y yo le regalo un piso y mi empresa. Bueno, le dejo mi empresa para que practique. Para que el día que yo falte, no pasen hambre las cincuenta familias que dependen de Anella Construcciones.

Menos trabajar a las órdenes de Tomás, su suegro, Julio estaba dispuesto a casi cualquier cosa que no supusiera un esfuerzo físico excesivo. Apuraría los seis meses de paro que le quedaban y se pondría a buscar, aunque ya sabía que la realidad lo condenaba de antemano a empleos mal pagados. No importaba. Lo viviría como una aventura inspiradora y, como no tenía que pagar alquiler, hasta tendría más dinero para sus gastos.

Quería vivir aquellos seis meses sin imposiciones horarias.

Quería, aunque fuera brevemente, recuperar su juventud de cantante de orquesta, pero sin tener que cantar, volver a ser un adolescente de indefinido futuro y presente pleno. Podía convivir sin molestia con la insistencia de su mujer en ser madre, pero sentía como un error haberse dejado nombrar presidente de la comunidad de propietarios.

¿Qué interés tenía él en presidir una comunidad como aquella de viejas asustadas y señores que escuchaban la COPE? De la primera reunión estuvo a punto de marcharse cuando la abuela del tercero dos, que parecía tan amigable, se puso a gritar sobre el peligro de los okupas y los narcopisos. Por la diferencia de un voto había sido rechazada la instalación de cámaras de seguridad en las zonas comunes y la señora, entre gritos e insultos, pedía que se volviera a votar, «En el edificio de la calle de Argumosa que da a Doctor Piga un negro okupa violó dos veces a una mujer de ochenta años». El orondo administrador negó la posibilidad de volver a votar lo que ya se había votado y recordó que era tarea de la Tesorería de la Seguridad Social, propietaria de los pisos okupados, iniciar acciones contra los okupas, y que así lo estaba haciendo, aunque la justicia en estos asuntos era más lenta de lo deseable.

Julio quería marcharse, pero Casilda prefirió que se quedaran, «así conocemos a los vecinos». Al final de la reunión, cuando el cansancio había reducido la beligerancia se pasó al punto de renovación de los cargos. Los que ostentaban la presidencia se negaban a seguir y pidieron «sangre nueva», expresión que a Julio se le quedó grabada como el eslogan idóneo para un sacrifico ritual. No supondría mucho tiempo, el administrador se encargaba de las gestiones burocráticas, y lo único que había que hacer era tomar decisiones de sentido común, según aseguraba la presidenta saliente, doce años en el cargo. Estaba, eso sí, el conflicto soterrado con la Tesorería de la Seguridad Social, cuyos responsables no aparecían nunca por las reuniones de vecinos y se negaban a pagar todo gasto que no estuviera repartido según los cocientes de propiedad. Julio escuchaba con interés narrativo la historia de aquel edificio, con esa kafkiana Tesorería de la Seguridad Social de la que hablaban, propietaria del 51 por ciento de las viviendas, en unos casos alquiladas, en otros okupadas, pero en su mayoría vacías y selladas con una puerta acorazada para evitar nuevas okupaciones. El vecino de la comisión de obras había contado que estaba por terminar el recalce y que luego, cuando se demostrara que el edificio estaba estable, habría que tapar las viejas grietas y las nuevas que habían aparecido al reforzar la cimentación. Casilda le dijo al oído que por qué no, que tarde o temprano les tocaría, que mejor ahora. Y como en otras ocasiones Casilda utilizó el plural para al final dejarlo solo, y así fue cómo, casi sin darse cuenta, Julio salió de aquella primera junta de vecinos convertido en presidente de la comunidad.

Él, que nunca había querido ser delegado de clase, que ni siquiera había tenido tentaciones políticas en la universidad, ni sindicales en el trabajo y, de pronto, era presidente de la comunidad. A lo mejor era verdad y como decía su amiga Manuela, desde que se había casado se le había puesto cara de propietario.

Ser presidente era un engorro, aunque la falta de ambición con la que Julio enfrentaba las cuestiones colectivas lo hacía más llevadero, le bastaba con escuchar al administrador y preguntar su opinión a la vicepresidenta. A veces venían a buscarlo para supervisar la disposición de los cubos de basura en el patio, para elegir el color de la carpintería de las zonas comunes o para informarle de que se habían hecho turnos para vigilar que la mendiga no volviera a dormir en el hueco de las escaleras, la mendiga que orinaba en botellas de plástico que luego dejaba olvidadas en el descansillo, la misma que, en dos ocasiones, había cagado en una bolsa y había introducido dicha bolsa mal cerrada en el buzón del vecino del cuarto tres.

Si era honesto, ser presidente le resultaba entretenido. Agradecía ir descubriendo los rincones del edificio en el que vivía, desvelando el espíritu de sus vecinos a través de la intimidad de sus hogares y sus decisiones decorativas, algunas fruto de la acumulación de varias generaciones, de un azar dinástico que por las paredes, sobre un mueble bar o un tresillo de escay marrón o una cama cubierta con una colcha del Atlético de Madrid, juntaba sin complejos el tapiz del ciervo herido o el jabalí acorralado por la jauría de perros cazadores, el mapa de España, el cartel con la cara de una Marilyn besucona, la efigie cristológica del Che, el macramé del payaso triste o el espejo con un Charlot grabado en negro, el póster del *Superpop* con los ídolos juveniles de *Sensación de vivir* o el más reciente de la escuela de Harry Potter. A veces se dormía soñando que el aire se volvía agua y que buceaba atravesando las paredes, de un piso a otro, asistiendo a la tragicomedia posmoderna que representaban aquellos decorados fantasmales.

El problema para Julio no era ser presidente, era tener por ello que soportar a su suegro Tomás, que lo aleccionaba para estar al acecho de una improbable subasta ventajosa de los pisos de la Tesorería: «Las gangas no se buscan, se encuentran, y tú estás en el lugar apropiado».

Desde que se había quedado en paro, Julio sentía que su suegro había redoblado la presión. «Vamos a soñar un rato a lo grande», le había dicho en un restaurante gallego frente a una fuente de piedra caliente en la que, vuelta y vuelta, se hacían unos chuletones de vaca curados durante cuarenta días. A Tomás, setenta y dos años y barriga prominente, le encantaba hablar entre bocado y bocado de cosas importantes:

—Llevas casi dos años de presidente, ya debes de conocer bien a los técnicos. Solo tienes que solicitar una entrevista con el subdelegado de la Tesorería, que te diga cómo está el tema. Tú consigue un precio bajo para las viviendas, yo compro, Casilda reforma y tú, que no tienes trabajo, gestionas el alquiler a los turistas. Y sin tener que ir a la oficina.

Ese día a Julio le sentó mal aquella carne de gusto a sangre coagulada, porque el sueño de su suegro no era el suyo, aunque él, como presidente, fuera el protagonista.

—Mi padre me regaló un martillo y un cincel y las rozas

fueron mis comienzos. Tu comienzo es ser presidente de la comunidad y estar en paro.

No se tomaba en serio las pretensiones de su suegro, al que sus amigos, tras el discurso de la boda, apodaban el Rozas, pero de alguna manera sentía que lo comprometían a tener que rendir cuentas con él sobre los pisos de la Tesorería. Ser presidente de la comunidad no era una tarea complicada, pero a ratos empezaba a ser una preocupación similar a la de un trabajo; le quedaban seis meses de prestación por delante y debía cuidar de su descanso. De alguna forma fastidiosa sentía que su suegro, con aquel par de frases que pesaban como un martillo y un cincel, se había convertido en su jefe.

Desde que dos años atrás comenzaron a follar más, Julio deseaba menos a Casilda, quizás porque sospechaba que a ella, después de nueve años de relación, el único afán que la movía era procrear. Casi dos meses llevaban ya adaptando sus cópulas al calendario de ovulación, follando mucho menos, tres polvos al mes, para ser exactos, concentrados en los días en que el óvulo desciende desde las trompas de Falopio hasta el útero y se presta a ser fecundado. Follaban menos, pero Julio no había notado aún el retorno del deseo. Si era sincero consigo mismo, a menudo le gustaba más masturbarse viendo porno que follar con su mujer. Las dos opciones no eran excluyentes. Podía follar y también masturbarse. Y eso hacía, malgastar su semilla, contribuyendo en secreto a la posible vagancia de su esperma.

Cuando entraba en las webs pornográficas sus preferencias por películas de antes de la era de la depilación púbica y la silicona lo hacían sentirse marginal. Su lugar estaba al fondo del armario de propuestas, en la categoría Vintage, un cajón alimentado por vídeos VHS de los setenta y ochenta que habían sido digitalizados por aficionados y subidos a la red. En comparación a otras categorías más masivas, Vintage no contaba con demasiados vídeos, estaba muy por detrás de Creampie, Público, Vergas Grandes, Asiáticas, Babe, Tríos, Pajas, Negras, Aficionado, Milf, Hentai, Adolescente, Eyaculaciones o Anal. Incluso la categoría Transgénero contaba con el doble de vídeos que Vintage. Nada podía hacer la época dorada de la industria cinematográfica de adultos contra la primacía del vídeo-selfie y la pléyade de jovencitas depiladas que buscaban fama e invertían su primera paga en ponerse tetas de silicona. Tenía que aceptarlo, los coños peludos eran cosa del pasado, y él pertenecía a la última generación que se inició en una sexualidad de terciopelo, que enfrentó el misterio de la oscuridad del bosque.

Casilda estaba depilada sin remedio. De su boca fue la primera vez que oyó el sintagma «depilación láser» cuando, meses después de hacerse novios, le pidió que se dejara crecer el vello púbico. Entonces follaban a diario, él se corría siempre un poco antes que ella y ella a veces terminaba masturbándose. El paso del tiempo fue invirtiendo el resultado de la carrera: ella llegaba mucho antes que él y él acabó acostumbrándose a correrse a solas. La búsqueda de descendencia tras la boda los forzó a ponerse de nuevo de acuerdo. Ahora follaban dos días consecutivos al mes y por prescripción facultativa y, aunque Julio tardaba en eyacular, ella lo esperaba, jadeante, disimulando su impaciencia para no retardar más la recepción de la semilla.

Manuela tenía un perro que le meaba todo el piso si no lo paseaba dos horas al día. Siempre que quedaban en la Casa de Campo, Manuela se presentaba con Rulfo y cuatro porros ya liados. A Julio le tocaba llevar una botella grande de agua y bollería industrial, a ser posible donuts de azúcar y palmeras o caracolas de chocolate.

Una vez al mes quedaban en la salida del metro Campamento y se dejaban ir sin rumbo por los pinares de la Casa de Campo hasta bordear el zoo y adentrarse en una dehesa de lomas y caminos de tierra. Si le preguntabas por aquellos paseos Manuela citaba a Debord y teorizaba sobre la deriva situacionista. Y, si al pasar por detrás de la jaula del tigre había suerte y este se dejaba ver fuera de su guarida, en la explanada de cemento visible por entre los barrotes de la valla, Manuela se ponía a recitar el poema de William Blake: «¡Tigre! ¡Tigre!, fuego que ardes / en los bosques de la noche, / ¿qué mano inmortal, qué ojo / pudo idear tu terrible simetría?». A Julio le gustaba el poema, o más bien el contraste de aquellos versos con la imagen de un tigre enjaulado en un decorado racionalista de terrazas de hormigón cercadas por un foso.

Cuando todavía eran compañeros hablaban mucho del trabajo, pero desde que Julio estaba en paro, las conversaciones en las tardes de paseo se centraban casi en exclusiva en sus relaciones, él contaba de su matrimonio y Manuela de sus amantes esporádicos, sin dejar de tirarle piedras a su perro. Rulfo era un chucho grande y peludo al que le encantaba correr detrás de una piedra. A él le parecía un perro molesto, siempre reclamando la atención de su dueña, que no dejaba en todo el paseo de lanzarle piedras a lo lejos para que las trajese de vuelta llenas de babas.

Aquella tarde, Julio le había contado lo del esperma vago y la insuficiencia ovárica, y la conversación había derivado hacia la fidelidad conyugal.

—Es como este perro. Tú eres su dueña, pero por mucho que te quiera si le pones delante una perra en celo se va con ella.

—Calla, que, para que no me mee el piso, me ha dicho el veterinario que tengo que caparlo.

—Bueno, si lo capas todo son ventajas. Te será fiel para siempre, pero no podrás follar con él.

—¿Estás hablando de ti o de Rulfo?

—Estoy hablando del ideal de matrimonio para Casilda hasta que le ha dado por ser madre. Antes apenas follábamos, luego venga a follar, que estaba yo aburridísimo, ni tiempo me quedaba para pajearme. Y ahora follamos dos días seguidos al mes, tres o cuatro veces. Yo al final ya ni me corro.

—Yo siempre he pensado que para ti el sexo no es una prioridad.

—Será contigo.

—No, no, tú mismo dices que lo de follar te cansa.

—Si es siempre con la misma, puede ser.

Estaban en una loma, sentados bajo una encina centenaria, apurando el tercer porro de la tarde invernal. Manuela se levantó y se puso a tirarle piedras a Rulfo en todas las direcciones. Julio se recostó y miró el ramaje recortado contra el cielo. El espacio vacío que hay entre las hojas es también árbol, pensó. Entonces escuchó un grito de dolor, seguido por otro de sorpresa de Manuela y un ladrido de Rulfo. Se puso de pie algo mareado y tardó en comprender que la chica rubia a la que le chorreaba sangre por la cara había recibido una pedrada de Manuela. «Sabía que esto iba a pasar», dijo.

En cinco minutos estaban ya fuera de la Casa de Campo en la carretera donde comienza el barrio de Campamento. Manuela arrancó su coche y en la escena siguiente estaban en el ambulatorio, donde se ocuparon de urgencia de la chica rubia. Julio había intentado cortarle la hemorragia en el coche, con un pañuelo de papel que, empapado de sangre, apretaba aún en la mano mientras veía alejarse por el pasillo a la chica cogida del brazo de una enfermera muy gorda, que le decía: «No te preocupes, las heridas en la cabeza son siempre muy escandalosas».

Hasta la sala de espera donde aguardaban llegaron los ladridos de Rulfo, molesto por estar encerrado en el coche.

—Este no va a parar, ¿me voy al coche y te quedas tú esperando?

—Vale.

—Prométeme por Dios que cuando vuelva la rubia no vas a seguir mirándole las tetas.

—Te lo prometo.

Pero a la rubia ya no la volvió a ver más. A los cinco minutos llegó su novio y le pidió que se marchara, que ya se ocupaba él.

Manuela acercó a Julio a su casa y en el trayecto se fumaron a medias el último porro.

—Mira qué tranquilo se queda Rulfo con el humo.

En el ascensor revisó su teléfono. Tenía ocho llamadas perdidas de Casilda y un mensaje de wasap de hacía media hora: «Te estamos esperando en la sala de juntas. ¿Se te ha olvidado que a las ocho era la reunión de vecinos? ¡Vaya presidente!». Se le había olvidado, sí, la junta extraordinaria de vecinos para tratar un único punto en el orden del día, «Los okupas y la inseguridad en la comunidad». Entró en casa, se lavó la cara, se cambió de jersey para que Casilda no reparara en los pelos de Rulfo y se echó colirio en los ojos para contrarrestar el enrojecimiento que le provocaban los porros. Diez minutos más tarde atravesó el patio de los cubos de basura y entró en la sala de juntas, junto al cuarto de máquinas de la calefacción, donde celebraban las reuniones de vecinos.

—Perdón, me he quedado atrapado en un atasco y sin batería en el móvil.

El administrador le hizo sitio en la mesa frente a una veintena de vecinos, en su mayoría mujeres. Casilda, sentada en una silla junto a la antigua presidenta, lo miró con enfado.

—Los vecinos y vecinas están proponiendo soluciones para el problema que tenemos con los okupas. Cuando hayan hablado todos discutiremos cada una de las propuestas antes de votarlas y decidir —le resumió el administrador hablando para todos en voz alta y advirtiendo a los siguientes que tomaran la palabra que no se extendieran en demasía.

—En junio fueron las chinches y en septiembre nos dimos cuenta de que los del segundo seis habían pinchado la luz de mi piso y estuvieron yo qué sé el tiempo hasta que me llegó una factura de doscientos euros, en agosto, que yo estaba en la playa —dijo el vecino del segundo cuatro, un anciano que combinaba con aires de inventor loco la calvicie y la melena cana–. Ahora ya no tienen luz y se alumbran con velas y cocinan con un camping gas que llena el pasillo de olor a la comida que comen ellos. El otro día estaba uno comprando y si no compró ocho latas de guisantes no compró ninguna...

Según pudo leer en las notas que el administrador tomaba para las actas, los del tercero ocho y los del cuarto seis habían propuesto contratar a un grupo antidesahucios y hacer acopio de pruebas sobre el tráfico de drogas en uno de los pisos okupados para poder denunciarlo a la policía. El administrador interrumpió al vecino del segundo cuatro pidiéndole que concretara cuál era su propuesta.

–Llamar a los bomberos. Quemamos unas hojas de periódico en el patio, para que huela, y que entren en el piso. Así desalojaron a los moros de la calle Magdalena. Los bomberos rompen la puerta, sacan a la gente, lo riegan todo y luego los legítimos propietarios ponen una puerta antiokupa y listo. No hace falta ni llamar a la policía.

Julio escuchaba las voces como si llevara tapones en los oídos. La luz de neón de aquel almacén que servía como sala de juntas era la misma que la de la sala de urgencias donde había estado hacía un rato. La ducha le había despejado un poco pero su cuerpo anhelaba tumbarse. Con Manuela le era imposible no fumarse dos porros de más. No aprendía. En circunstancias normales la sobredosificación le agradaba, pero en una reunión como aquella le resultaba incómoda, por momentos le daba la impresión de que todos los presentes se daban cuenta de su estado. La vecina del tercero dos volvió a repetir su solución ideal:

–El otro día salía en Telemadrid la casa cuartel de la Guardia Civil y decían que necesitaban viviendas para poder alojar a los miembros del cuerpo que venían de provincias. ¿Es que no podemos poner en contacto a los mandos de la Guardia Civil con los de la Tesorería? Con que les alquilaran baratos diez pisos ya se solucionaba el problema. En cuanto se enteraran los okupas de que tienen de vecinos a guardias civiles ya veríamos si se largaban o no con su droga y sus tambores.

Atendía la conversación fijándose en los gestos de sus vecinos. La cara ensangrentada de la chica que había recibido la pedrada se le aparecía lejana, como una imagen vaporosa de una película de serie B que no asusta a nadie. Si uno se fijaba, las caras de los vecinos eran mucho más aterradoras que la de aquella pobre chica. No hacía falta escuchar sus voces. Julio pensó en cómo una cara con los años acaba amoldándose fielmente al personaje que representa; las inflexiones de la voz dan mucha información sobre el ánimo y el humor, pero las arrugas subrayaban lo esencial. A su mujer, si seguía mirándolo así, se le iban a quedar unas arrugas de reproche en la comisura de la boca poco favorecedoras.

Lo sacó de sus ramplonas observaciones la intervención de Elena, vecina del tercero cuatro, profesora de Ciencias en un instituto de secundaria, un poco mayor que Julio y a la sazón su vicepresidenta primera, elegida por sorteo en la misma reunión que dos años antes lo coronó como presidente.

—El verdadero problema no son los okupas, sino la Tesorería, que tiene los pisos vacíos. Mientras sigan vacíos el problema va a continuar. La Tesorería ya ha denunciado a los okupas, las denuncias siguen su curso y mientras los jueces deciden si los desahucian o no, lo único legal que se puede hacer es intentar razonar con los okupas para que se comporten como vecinos. Que desinsecten para que no haya chinches, que si venden droga lo hagan en la calle, que no tiren basura al patio interior, que no toquen el tambor por la noche... ¿Alguien ha intentado hablar con ellos? A lo mejor nos sorprenden.

Elena, que salió elegida contra su voluntad, era una vicepresidenta razonable y conciliadora. La ingenuidad que veían algunos vecinos en ella era para Julio una virtud desarmante. De las cuatro reuniones anteriores de la comunidad Julio aprendió a esperar a que ella hablase para asentir y asumir su opinión.

–Si os parece bien –terció el administrador–, podemos ir votando las propuestas que no incurran en ilegalidades.

La única propuesta legal era la de Elena, así que ni siquiera se votó. Se decidió volver a protestar a la Tesorería de la Seguridad Social, dejando constancia en las actas de que estaban dispuestos a denunciar en la prensa la dejadez con un patrimonio público que podía rentar beneficios y ayudar a paliar algo del acuciante problema inmobiliario. Lo importante para nuestra historia es que nombraron una comisión para hablar con los okupas y reconducirlos hacia una buena convivencia. La comisión la formaban Elena y él.

Esa noche Julio durmió once horas del tirón, sin sospechar que formar parte de aquella comisión traería el desorden y la pasión que anhelaba para su rutinaria vida de hombre casado.

Se conocieron en el verano de 2010, en un crucero de lujo. Julio era el cantante de la orquesta Novedades que animaba las noches del salón Esmeralda. El repertorio era amplio, desde los éxitos del verano más horteras hasta boleros de amor eterno. También atendían peticiones, que era lo que brindaba propinas más cuantiosas. Esa noche, Casilda se acercó borracha al pequeño escenario y lo llamó: «Hola, soy Casilda, hoy cumplo treinta años y tengo el corazón roto. A ver qué canción me dedicas». Julio atendió el encargo sin mayores ganas, a lo seguro, le cantó «Lágrimas negras» y pasó a continuación a cantar «Como una ola», sin ninguna intención, según recordaba. En el relato de Casilda, Julio hizo una interpretación del bolero señalándole con el índice y sin apartar la mirada, y, al escoger como tema siguiente el éxito de Rocío Jurado y Raphael, le lanzó un mensaje inequívoco de deseo sexual, demostrando a la par que estaba en sintonía telepática con ella, pues «Como una ola» era, de siempre, su canción de amor preferida.

Para Casilda entonces el amor era lo más importante, así lo contaba ella. Ya era una mujer práctica y eficaz, pero respecto al amor adoptaba una posición de asombro exagerado. Para Julio, ella se autosugestionaba con el objetivo de sentir un constante arrobo romántico y a cualquier tontería le daba una importancia simbólica. Daba igual lo que él dijera, «Como una ola» se convirtió, a fuerza de repetirlo Casilda una y otra vez, en el intenso arranque de su noviazgo.

Aquel concierto terminó como todas las noches de aquel verano, repitiendo en el bis el «Waka Waka» de Shakira. Al bajar del escenario, Julio se encontró con Casilda, que lo estaba esperando con una botella de champán y un trozo de tarta. A Julio se le habría olvidado lo que siguió, si no fuera porque Casilda cada 24 de agosto se lo refrescaba. «No has venido a mi cumpleaños –dijo ella–, pero ahora lo puedes arreglar».

Casilda estaba lo suficientemente borracha como para poder representar sin rubor su papel de cumpleañera cazacantante. Llevaba, de eso sí se acordaba Julio, un traje negro con lentejuelas y unos zapatos de plataforma que la hacían parecer más alta de lo que ya era, las mechas rubias que se había puesto para la ocasión resaltaban su bronceado dándole un aire de concejala del PP en provincias, un aire que disimulaba con un pronunciado y vampiresco delineado de ojos a lo Amy Winehouse. «Arrástrame a tu rincón secreto», le pidió. A Julio le gustó la facilidad con la que lo agarró del brazo, así que se la llevó al almacén de comida donde el personal celebraba sus fiestas y allí, bajo una luz de neón sin encanto, rodeados de paquetes de arroz, cajas de leche y sacos de patatas, compartió con ella su porro y descorcharon la botella de champán.

Luego, tras pasar por el camarote compartido de Julio para aprovisionarse de más porros, se fueron al camarote de Casilda, lleno de espejos y con balcón. Follaron porque había que follar y Julio, tras correrse por indicación de ella entre sus tetas, se quedó dormido.

Le costaba recordarlo, pero en los primeros años de relación con Casilda había amor, mucho amor. Los días en el crucero fueron en realidad un incordio, Casilda imponiéndose como compañía constante, pidiéndole que le enseñara Nápoles, exigiendo que se fuera con ella de excursión a una isla griega o que la acompañara de compras por el zoco de Estambul, donde tuvo que cargar a hombros una pesada alfombra que ahora decoraba el salón de casa. ¿Cómo pasó de aquel estado de indiferencia y sexo mecánico a una pasión desbordada? Fue ya en Madrid, en el otoño, cuando su austera manera de vivir, que consistía en contener el gasto y estirar lo ahorrado en la temporada de verano, se vio interrumpida por el derroche generoso de Casilda, que no paraba de llevarlo a conciertos, al cine, a restaurantes de comidas étnicas, al supermercado, siempre invitándolo a todo.

Vivía entonces en la habitación más pequeña de un piso compartido en el barrio de Legazpi, allí paraban para hacer el amor porque Casilda vivía todavía con su padre. No tardaron en hacerse novios y aunque Casilda fue en un principio quien lo perseguía, al poco se invirtió la relación. Quizás porque en el siguiente paso, cuando se fueron a vivir juntos a un piso de su suegro, en el que él solo pagaba la mitad de los gastos de luz y de agua, Casilda empezó a prestarle menos atención y a centrarse en su trabajo. Él entonces la llamaba Casi y sentía que se le escapaba, que nunca la tenía del todo. Ella seguía consintiéndolo, lo llamaba Yuli y hasta le dejaba fumarse los porros en la cama, dándoles también alguna calada, pero, mientras él no tenía ninguna responsabilidad laboral y podía entregarse a leer, a ver películas, a fantasear con cualquier disparate, Casilda pensaba en su trabajo y perdía el hilo cuando él le hablaba de sus descubrimientos e intereses.

Cuando salían por ahí a él le gustaba presumir de novia: Casilda era estilizada, tenía dinero y una manera de ser asertiva que dejaba a sus amigos boquiabiertos.

—Julio molaba en el instituto y al principio de hacerse cantante de crucero. Luego todo cuesta abajo. Porque estás tú que lo realzas, si no, Julio parecería lo que es, un hombre que viste igual que cuando tenía veinte años, con los mismos vaqueros anchos de finales de los noventa.

Su amigo Carlos no perdía la oportunidad de mostrar su sorpresa ante el hecho de que una mujer refinada como Casilda estuviera con él y cada vez que los veía a los dos juntos soltaba sus invectivas.

Carlos era el único de sus amigos del instituto que tenía una carrera profesional. Homosexual discreto y periodista en revistas masculinas de tendencia, coordinaba la web y la sección de estilos de vida de *Mas Tal*, y, en contadas ocasiones, le había encargado a Julio algún reportaje sobre jóvenes millonarios que sufragaban proyectos artísticos, o sobre la moda de viviendas colaborativas para envejecer juntos. Nunca le pedía que escribiera sobre música, siempre eran temas que le requerían demasiado esfuerzo para acabar cobrando, en el mejor de los casos, ciento cincuenta euros.

Sus amigos no tienen en esta historia un papel importante y sería inútil nombrarlos a todos. Se trata de un grupo de amigotes del instituto que habían conservado la amistad y la camaradería adolescente a lo largo de más de dos décadas. Unos venían y otros se iban, algunos se enfadaban, pero no tardaban mucho en volver a encontrarse. En los últimos tiempos, por efecto quizás de la entrada en los cuarenta, se había producido un acercamiento y una querencia por verse más asiduamente. Quedaban en el parque que estaba cerca del instituto donde estudiaron, bebían cerveza, fumaban porros y hablaban sin que hubiera que hablar de nada en particular: de los descubrimientos del robot chino en la cara oculta de la luna; de si los políticos españoles eran peores o mejores que los españoles de a pie (división de opiniones); de cuál era la sustancia ilegal más consumida en el parlamento (cocaína); de Plácido Domingo y las estrellas del MeToo; de lo buenas que estaban las profesoras de Inglés en aquellos años en que solo las niñas de buena familia dominaban el idioma; de Trini, la profesora de Inglés del instituto, que te apoyaba sus grandes tetas en el hombro mientras revisaba inclinada sobre el pupitre tus ejercicios del *workbook*; de la magia de la melena de Pablo Iglesias y de que Pedro Sánchez en realidad era un autómata dirigido por los chinos desde la luna; de las famosas Sabrina Salerno, Samantha Fox y Ana Obregón que habían inspirado sus primeras pajas, siendo Enrique, el de Enrique y Ana, el primer protagonista en los sueños eróticos de Carlos.

Aunque desde la boda no se dejaba ver tanto, Casilda había llegado a integrarse en su grupo de amigos. Le hacía gracia verse rodeada por una pandilla de hombres que se pasaban sin asco el litro de cerveza y el porro, mientras desbarraban sobre la actualidad y contaban anécdotas de juventud sin mucha chispa. «Tus amigos disfuncionales», les llamaba Casilda, y a veces añadía «que el más guapo de la reunión seas tú ya lo dice todo». Sus amigos la llamaban también Casi, y ella trató en los primeros años de ayudarlos buscándoles empleo en la empresa de su padre. Hasta que se cansó de que la dejaran en evidencia por falta de amor al trabajo.

—¿Otra vez te presentas sin tu esposa? Dile a Casi que se pase por el parque; que ya que cumplimos con la sufrida obligación de entretener a la maricona de su marido, que nos compense con una visita. Dile que mejor venga sola, que estando ella tú sobras. Díselo palabra por palabra.

Mauricio, su gran amigo, era también el preferido de Casilda. Fue el primero en quedarse calvo y ponerse gordo, no tenía oficio y todavía vivía en casa de Juana, su madre, doña Juana, la profesora que les había dado a todos Historia del Arte en COU.

—Julio, Carlos quiere encargarte un reportaje gonzo para su revista *galletera*.

—Te lo he pedido a ti —contestó Carlos a Mauricio.

—Sí, lo que me faltaba. Tomarme una viagra yo solo y tener que cascármela tres veces antes de irme a dormir. Encárgaselo a Julio, que tiene quien le ordeñe.

—No es Viagra —aclaró Carlos—, es Cialis. Los periódicos hablan de Viagra, pero en realidad lo que se toma es Cialis, que es otro medicamento. Y te puedes informar por internet, yo no te digo que te lo tomes para escribir el artículo.

Mauricio no perdía el tiempo trabajando para otros, leía, jugaba durante horas al ajedrez online, acompañaba a su madre a exposiciones o al cine y se turnaba con ella en las tareas de la casa, un chalet semiadosado en cuyo garaje reformado tenía sus aposentos. Juana compartía con Mauricio su pensión de jubilación y ninguno de los dos parecía echar de menos más dinero. Julio a veces pensaba que, de haber tenido una madre como Juana, su vida no habría sido muy distinta de la de Mauricio.

—Ahora lo que se lleva es hablar de los virus chinos y del 5G. Una cortina de humo para no hablar de lo verdaderamente importante: el *chemtrails*, la conspiración de las estelas químicas que dejan los aviones a su paso con el objetivo de anular nuestro sentido crítico. El *chemtrails* y la sustitución de los gorriones por pájaros-robot que nos espían son los dos temas de mayor relevancia en estos momentos. Y tú quieres que escriba sobre pastillas contra la disfunción eréctil.

—Si vas a enrollarte pasa el canuto primero, cabrón.

El litro de cerveza estaba medio congelado y un molesto viento consumía los porros. Era principios de febrero y en el pilón de la fuente desmochada, sin angelote en la cúspide ni pitorro siquiera de donde manara el agua, se había formado una fina capa de hielo. Julio se preguntó quién de sus amigos sería el primero en mear dentro de la fuente.

—Habla un poco, Julio. Cuéntanos cómo es la vida de casado. ¿Es verdad que se folla menos que estando soltero?

Viendo la expectación que la pregunta creó a su alrededor, Julio bebió un buche de cerveza para aumentar el suspense, y se sinceró. Dijo que, al contrario, no había parado de follar desde que se había casado y Casilda quería ser madre. Que estaba harto. Contó la visita de hacía dos semanas al médico, el cambio de régimen copulativo, y lo de la insuficiencia ovárica y el esperma vago. Lo del esperma vago les hizo mucha gracia a todos.

—Pues si Casi quiere ser mamá y necesita una buena semilla, yo os la dono. Le pongo con delicadeza la semillita en su macetita y la llevo directa al óvulo con la punta del rabo.

—Ya te gustaría, Carlos, dejar de una vez de dar por culo.

—Todo son ventajas. Tú te quitas el agobio, Casilda se lo pasa mejor que en toda su vida y yo cumplo un sueño para el que llevo entrenando desde que la conocí. A ti, si te portas bien, te dejo mirar. Si vas a tener un hijo es mejor confiar en profesionales.

—Carlos, ¿cuánto hace que no follas con una mujer?

—Por Casilda estoy dispuesto a dejar mi homosexualidad a un lado.

—¿Y qué dice don Tomás? Ya me imagino al Rozas regalándole al niño por Reyes un martillo y un cincel. —Y subido al banco, Mauricio se puso a declamar el discurso de bodas del suegro de Julio—: «Cuando me casé con mi mujer, mi padre me regaló un martillo y un cincel para hacer rozas. Eran otros tiempos, había mucho que construir, había que construir España, alicatarla hasta el techo y hacer muchas rozas, millones de rozas para cables y tuberías».

—Como se entere de que le llamáis el Rozas...

—¡Qué grande el Rozas! Al Rozas hay que hacerle un documental de cuatro temporadas y diez episodios cada temporada.

Además de Mauricio y de Carlos, otro de sus amigos que quizás merezca la pena presentar sea Manuel. Entre sus muchas virtudes contaba con ser el más callado de todos. Trabajaba en el taller mecánico de su padre, y sería un excelente mecánico, pero aquel trabajo no estaba a la altura de sus talentos, que eran muchos. En la facultad tuvo el mejor expediente académico de su promoción y podía haber disfrutado de una beca sustanciosa para hacer un doctorado en el extranjero o realizar prácticas en cualquier medio que hubiera elegido. Y decidió quedarse trabajando en el taller del padre.

Dibujaba, con bolígrafos de colores, sin darse la menor importancia. Julio todavía tenía enmarcado en una pared de su estudio una reproducción libre de «Invierno 1946», un cuadro de Andrew Wyeth, hecha por Manuel con un boli BIC azul sobre una hoja de cuadritos. Y había conservado como oro en paño los dos tebeos pornosatíricos que había dibujado al estilo de Peter Bagge siguiendo el delirante guion de Mauricio: *Las aventuras de Felpudito en la universidad*, se llamaba el primero, y *Felpudito contra Antón el Revientachichis*.

No solo dibujaba bien, tocaba con destreza la guitarra y acompañó a Julio en la orquesta Novedades durante los dos últimos veranos que trabajó en los cruceros. Si quedaban en el parque solía aparecer con la guitarra y, cuando ya estaban bastante ciegos de porros y cerveza, la sacaba de la funda y empezaba a tocar canciones como «Alegría de vivir» de Ray Heredia, «Lucha de gigantes» de Antonio Vega, «Maneras de vivir» de Rosendo, «Una Noche sin ti» de los Burning, «El agua en tus cabellos» de Hilario Camacho, o «El tonto Simón» de Radio Futura, canciones que entonaban todos al alimón alimentados por la nostalgia de una adolescencia cada vez más lejana.

Otras veces Manuel atacaba el repertorio que tantas noches sonó en el salón Esmeralda del crucero, esperando que Julio se animara a cantar, lo que no solía suceder salvo que estuviera Casilda presente y lo obligara a interpretar «Lágrimas negras» y «Como una ola». Capaz de tocar de oído cualquier canción que le pidieras, Manuel sabía meter coros y hasta soplarle la letra al cantante si este la olvidaba, como solía pasarle mucho a Julio. Era el acompañante ideal en un escenario, nada que ver con esos guitarristas que buscan a toda costa el hueco para meter un punteo, él sostenía el ritmo sin meter una nota de más y tocaba escuchando, una cualidad no tan común entre músicos como cabe esperar. Manuel era además la única persona en el mundo que todavía lo consideraba cantante. Cuando lo despidieron de la FNAC no tardó en mandarle a Julio un wasap proponiéndole montar una banda para tocar por bares, como si no hubiera pasado casi una década desde la última vez que estuvieron sobre un escenario.

–Manuel, vámonos con el rock de Felpudito –pidió Mauricio–: Mi amor entero se lo doy a Felpudito, sus labios son como un par de molusquitos…

La noche siguió su curso hasta que el frío acabó por echarlos. Cada uno se fue a su casa, sin sospechar que pasarían meses hasta que pudieran volver a reunirse. Julio, antes de enfundarse los guantes de piel que le había regalado su suegro por Navidad, se acercó a la fuente y se puso a mear dentro, hipnotizado por las salpicaduras y el vaho que despedía el encuentro del chorro caliente de orín con el hielo.

La vicepresidenta estaba esperándolo en el descansillo del segundo piso. Nunca la había visto en chándal y con el pelo recogido.

—No tenía sentido ponerme una falda —le dijo Elena al ver que Julio se sorprendía.

—¿Por las chinches?

—No, por la impresión. La otra vez, cuando le tiraron una colilla al portero, me presenté con la ropa que traía puesta del instituto y no me abrieron. Son muy jóvenes y hay que darles confianza.

El timbre no funcionaba. Al golpear con los nudillos la puerta cedió y se abrió por completo. El largo pasillo estaba en penumbra, apenas alumbrado por una ventana con los cristales rotos. Había una bicicleta de montaña junto a la puerta y dos grandes bolsas de plástico verde de una de las cuales asomaban unos vaqueros y un jersey amarillo mal doblados. Olía a arroz cocido, olía bien. Una puerta se iluminó al fondo y enmarcó a dos negros en chanclas y bermudas.

—Buenos días, ¿podemos hablar un momento?

—El encargado no está —dijo de lejos uno de los negros—, mañana a lo mejor.

—Queremos hablar con todos los que viven en el piso, si puede ser —alzó la voz Elena.

El negro vino avanzando por el pasillo mientras se ponía una camiseta con el mapa de África coloreado como la bandera de Jamaica. Las bermudas floreadas y el ruido del golpeteo de las chanclas añadían un matiz incongruente con el invierno. Debía de medir casi dos metros, no tendría ni veinticinco años, era fibroso sin dejar de ser estilizado. Julio recordó el comentario de Casilda la primera vez que se cruzaron con uno de ellos, «son esculturales». Poniéndose una mano en el pecho se presentó sonriendo: «Soy Suleimán». Le dijeron sus nombres y Elena insistió en que quería hablar con todos los habitantes de la casa. Suleimán dio unas voces y fueron saliendo de las habitaciones hasta juntarse en la puerta. Eran cinco, pero parecían muchos más. Elena dio un paso atrás en el pasillo y subiendo el tono, como si estuviera dirigiéndose a sus alumnos, empezó diciendo:

–Estamos aquí para mejorar las relaciones de la comunidad de la que todos formamos parte, tanto vosotros como nosotros. No sé si me explico; si no entendéis algo, me lo decís. –Elena respiró hondo esperando que su intención conciliadora sonase sincera–. A mí me parece muy bien que estéis aquí, nos parece mal que la Tesorería, que es la dueña de este inmueble, lo tenga vacío. De verdad, no nos parece mal que estéis okupando el piso, pero queremos que no haya problemas con los vecinos.

–Pero nosotros no somos okupas, nosotros pagamos el alquiler todos los meses –dijo Suleimán sin dejar de sonreír.

–¿El alquiler?

–Sí, antes de que termine el mes pagamos cada uno ciento cincuenta euros.

–Pero ¿a quién se lo pagáis?

–A Moctar y, si no está, a Sara. –Y Suleimán señaló con su mano inmensa hacia el otro lado del pasillo, en dirección hacia el otro piso okupado, una planta más abajo.

–Pero sabéis que ellos no son los dueños, ¿no? Este piso es de la Tesorería de la Seguridad Social, y estáis ocupándolo ilegalmente. No tendríais que pagarle a nadie y, si viene la policía, os harán responsables a vosotros.

–Nosotros pagamos y tenemos nuestra llave.

Elena se quedó callada y Julio se sintió obligado a tomar la palabra:

–Como ha dicho Elena, a nosotros no nos importa que estéis aquí, pero nos gustaría, sobre todo porque las vecinas mayores se asustan, que se respetara la convivencia.

–Nosotros respetamos siempre, amigo, ¿qué problema hay?

–Son cosas muy sencillas. Algunos vecinos se han quejado de que tiráis colillas y basuras al patio interior. Que alguna noche, más tarde de las doce, suena un yembé o tenéis una fiesta con más ruido de la cuenta. Luego está lo del telefonillo, que a cualquier hora vuestros amigos llaman al telefonillo de otros vecinos para que les abran el portón.

–Es que no hay electricidad y no funciona el telefonillo. Para nosotros sería muy bueno tener electricidad.

–Pero es que si queréis electricidad tendríais que empadronaros y daros de alta.

–Para nosotros es mejor tener menos calefacción y más electricidad.

Elena trató de explicarles que la calefacción era central y que la luz requería un contrato nominal con la empresa eléctrica, que no se podían intercambiar. Los compañeros se fueron yendo hacia sus habitaciones hasta dejar solo a Suleimán, que seguía sonriendo con una cordialidad contagiosa, esperando sin prisa a que Elena terminase.

–Amiga, hacemos un trato: nosotros no tiramos basura al patio, no hacemos ruido por la noche y podemos sacar un cable del enchufe del pasillo para poder cargar los móviles y tener lavadora.

Julio y Elena le explicaron a Suleimán que el acuerdo no era posible, que no podían engancharse por las buenas a la corriente del pasillo, que incrementaban la factura de la comunidad. Suleimán dijo que lo entendía y que estaban dispuestos a pagarle a la comunidad lo que gastasen de electricidad. Julio pensó que lo que decía era razonable, ¿por qué no llegar a un acuerdo con ellos? Pagaran o no el alquiler, ¿no formaban parte de la vecindad?, ¿no eran aquellos negros una presencia más cercana que la kafkiana Tesorería de la Seguridad Social? Elena tomó la palabra:

–Suleimán, lo siento mucho, pero los vecinos no aceptarían ese trato. A lo mejor si os hubieseis comportado de otra manera. El año pasado hubo una pelea que dejó rotas las ventanas del pasillo y la puerta del ascensor; las paredes de la escalera están llenas de marcas de las ruedas de vuestras bicicletas; habéis estado trapicheando con drogas. No digo que seas tú, pero entiende que los vecinos están asustados. Y cada año los pisos que comparten vuestro patio tienen que desinsectar dos o tres veces porque vosotros no queréis hacerlo.

–Nosotros sí queremos, pero sin irnos del piso. Querían que nos fuésemos dos días, ¿por qué?

Elena empezó a explicarle que se trataba de insecticidas muy tóxicos y que ninguna empresa podía saltarse las normas de seguridad. Suleimán ya no parecía escucharlos. Les dijo que se tenía que ir al trabajo, que hablasen con Moctar o con Sara. Julio le dio las gracias, sin saber por qué, y Elena se despidió aconsejándole que fuera bueno: «Suleimán, pórtate bien. Las cosas salen mejor cuando uno se porta bien».

Cuando Casilda volvió del trabajo y preguntó cómo había ido la reunión con los okupas, Julio no supo qué contestar.

Abrió el sobre y se le cayó al suelo una tableta de pastillas de color naranja pálido. Había seis pastillas y en el envés plateado de la tableta brincaba la silueta de un caballo de largas crines. La nota estaba manuscrita en tinta azul y firmada por Carlos: «Aquí te mando un buen cargamento de Cialis para el reportaje. En unas dos mil palabras te tiene que entrar la historia del fármaco, las ventajas que tiene respecto a la Viagra, la moda de su consumo recreativo entre jóvenes y la experiencia de su uso en primera persona. A lo mejor podemos poner un añadido de apoyo con la historia de la búsqueda milenaria de los afrodisíacos. Un mes te dejo de plazo para la entrega. El 18 de marzo lo quiero en mi buzón. Me vas a dar las gracias de por vida, y Casilda, ni te cuento».

El humor de Carlos. Solo faltaba que dejase embarazada a Casilda bajo los efectos de aquellas pastillas. No tendría que haber contado a sus amigos nada acerca de sus esfuerzos procreadores. Como el mamporrero que asiste al semental en el momento oportuno, Carlos quería ahora estar presente hasta en su descendencia. O tal vez no, tal vez lo estaba interpretando mal y le encargaba aquel reportaje para que estuviera contado desde un punto de vista heterosexual, para que no tuviera que firmarlo él, que de sobra conocía el uso del Cialis pero ligado a la promiscuidad gay. Si le escribía el texto luego Carlos se sentiría libre, como otras veces, para hacer y deshacer a su antojo. «El editor soy yo», le había dicho en una ocasión zanjando sus protestas por haberle transformado un artículo sobre el hipódromo de Madrid. Según Carlos, la ironía no era un recurso admisible en una publicación destinada al lector medio, ni conveniente de cara a los anunciantes.

Julio dejó el sobre con la nota y las pastillas en la mesa de su estudio y se preparó un baño de agua caliente. No pensaba escribir aquel reportaje. No quería hacer nada que le implicase cumplir con una fecha de entrega. Quería poder levantarse todos los días y sumergirse en una bañera de agua hirviendo sin tener ninguna tarea por delante. Detestaba seguirle la corriente a Carlos, condescender con su delirio paternalista, aceptar que lo tratara como trataba a Mauricio, como a un caso perdido al que hay que ayudar para que haga algo de provecho. Quería aburrirse de aburrirse, perder el tiempo sin miedo, renunciar a ser útil. No le interesaba jugar a ser periodista y menos señalarse con un artículo sobre la impotencia masculina. No tenía problemas a ese respecto, lo suyo era más bien una desgana vital, un cansancio que dejaba en penumbra su libido. Se acababa además de despedir de un trabajo, no le hacía falta otro. Tampoco necesitaba tomar Cialis si solo follaba con Casilda. Hacía más de un año que no tenía una aventura y no se encontraba de humor para salir de caza.

«Yo más que cazador he sido recolector», pensó celebrando la ocurrencia. El agua caliente, el vapor, el menor peso del cuerpo sumergido engrasaban el engranaje del pensamiento que discurría con soltura. Era una pena que la ventana del baño no tuviera persiana y fuera tan de día. Le gustaba estar sumergido y a oscuras, con luz no era tan fácil olvidarse del paso del tiempo.

No recordaba dónde había leído que los baños de agua muy calientes no eran saludables para la calidad del esperma. A lo mejor era por eso que su semen se había vuelto vago. Aunque ya no sabía si lo que dañaba el agua muy caliente era el esperma o la capacidad para empalmarse, al afectar a la circulación de la sangre.

Como tantos hombres proclives a la distracción y temerosos del fracaso, claro que había sufrido innumerables gatillazos. No había renunciado a los escarceos con mujeres a las que acababa de conocer, pero su entrada en la cama, sobre todo en los últimos años, siempre iba precedida por la excusa de haber bebido mucho. En ocasiones la exigencia de ponerse un preservativo le había servido de gran ayuda como pretexto para explicar la flacidez de su miembro. Incluso cuando conseguía dejarse llevar por la excitación y rematar con éxito el coito, se sentía incómodo durante el acto ante la amenaza de distraerse y perder la erección.

Él se lo explicaba entonces como una consecuencia de la falta de intimidad, necesaria en su caso para que la lujuria se manifestara sin rémora. Era una cuestión psicológica, que no tenía ni siquiera que ser un problema, sino algo habitual provocado por la maravillosa extrañeza de estar junto a otro cuerpo.

Hasta bien entrados los treinta no había sido preocupante, pero, en los últimos años, tenía que reconocer que su deseo de conquistas extramatrimoniales se veía frenado por el miedo a la disfunción eréctil. Eran demasiadas circunstancias jugando en su contra: la discreción que había que mantener en público, la fatigosa estrategia de seducción consistente en soltar ocurrencias por la boca, los estimulantes que parecían reducir el tamaño del pene, el horario dictado por el cierre del bar que le hacía llegar cansado a una cama ajena o, mucho peor, al incómodo sofá del salón de un piso compartido o, peor aún, al inhóspito portal donde la chica insistía en representar una pasión cinematográfica que no hacía más que enfriarlo. Habría hombres más sanguíneos dispuestos a cumplir sobradamente con el guion, pero él, aunque le hubiera gustado, no era uno de ellos.

Abrió el agua fría y colocó el chorro de la ducha en su cabeza hasta que empezó a dolerle. El agua estaba helada. Cerró el grifo y se volvió a sumergir, volviendo a la noria de sus vaporosos pensamientos. La posibilidad de un fármaco capaz de garantizar la erección le pareció de pronto milagrosa. ¿Cómo no había pensado en ello antes? ¡Qué curso tan distinto habrían tomado algunas aventuras pasadas de haberse librado del inicial gatillazo! ¡Cuántas historias comenzadas con mal pie, terminadas casi antes de empezar, podrían haber sido memorables! Recordó a Carmela, a Cristina, a Susana y a María. ¡Qué diferente habría sido su relación con cada una de haber tenido a mano una de esas pastillas!

Esa noche tenía cita con su mujer para procrear, no era el plan idóneo para probar el Cialis, pero si el fin era escribir un artículo no estaba de más empezar analizando el comportamiento del fármaco en una situación familiar, donde no había temor al fracaso ni tampoco una pasión encendida. Salió de la bañera, se vistió y bajó a comer un menú del día al Achuri. Luego se durmió una siesta y, a las siete, antes de que Casilda hubiera vuelto del trabajo, comenzó su experimento. En su cuaderno de notas apuntó:

Martes 18 de febrero
19.00 h
El tadalafil, principio activo del Cialis, hace efecto a partir de la media hora de su ingesta. Quiero sentir, sin embargo, su acción unas horas antes de que se produzca el encuentro con C. Tomo media pastilla de veinte miligramos y me siento en el sofá a la espera.

20.30 h
Gratamente sorprendido con el hormigueo que noto, desde veinte minutos después de la toma vengo sintiendo la sangre fluir por los capilares de la polla. Me he tocado un poco y enseguida me he empalmado. Sin embargo, si no presto atención y me pongo a pensar en otra cosa se me baja. Es decir, no se produce una erección automática, sino que parece estar a merced del deseo. Tener una erección súbita sería un poco incómodo para hacer una vida normal. El tadalafil (qué difícil memorizar el nombre) actúa en el plano orgánico, no en el psicológico. Por eso no puede ser considerado propiamente un afrodisíaco, porque no excita el deseo.

Casilda entró por la puerta y Julio dejó ahí sus anotaciones.
—Déjame ducharme que vengo de una obra.

La esperó en la cama, disfrutando del roce de las sábanas con su cuerpo desnudo. Hasta parecía que su miembro se había ensanchado. ¡Qué hallazgo de la civilización era aquella pastilla naranja! Todos esos argumentos tan manidos que salían a colación cuando se hablaba de impotencia le parecieron bagatelas, caramelos de consolación para lesbianos. A lo mejor era verdad que no todo era penetración o que el falocentrismo impedía el goce del resto del cuerpo, pero era innegable la importancia de un pene erecto, duro, palpitante con sus capilares bien nutridos. La turgencia casi dolorosa de su propia polla le estaba poniendo muy caliente.

—Casi: o vienes ya o me masturbo.

Había dejado de ver la televisión, de leer los periódicos y de escuchar la radio. También se había quitado del teléfono la aplicación de Facebook, y apenas encendía el ordenador. Las noticias del mundo le llegaban filtradas por lo que le pudieran contar sus amigos y sobre todo por Casilda, sensible ante aquello que pudiera perturbar el embarazo por venir. Así que sí, estaba al tanto de la existencia del coronavirus, del pangolín y del mercado húmedo de Wuhan, pero no le dio mucha importancia. Pensó, como la mayoría de españoles, que era una preocupación hinchada y no se tomó en serio que las autoridades fueran a imponer medidas de confinamiento y distancia física, como ya ocurría en algunos pueblos de Italia. A Julio lo que de verdad lo tenía maravillado era el hallazgo del Cialis. ¡Qué descubrimiento! Sus anotaciones en el cuaderno mostraban un entusiasmo erótico hacia su mujer que no sentía desde hacía años.

Miércoles 19 de febrero
11.15 h
Contra todo pronóstico, ayer follé como un animal. C estaba sorprendida de mi vigor. No dejé que la costumbre dictara nuestros pasos y la puse desde el principio a cuatro patas. Pensé que aquella erección desbordada me haría correrme pronto y le pedí que se masturbara mientras la penetraba. Sin embargo, duré lo que de costumbre. Qué gran descubrimiento. Hasta ahora pensaba que en una erección el elemento corporal y orgánico estaba subordinado al deseo, que era el deseo el que mandaba. Ahora descubro, ¡con cuarenta y un años!, que se da una relación dinámica o dialéctica en la que la condición de lo físico

arrastra en su potencia al deseo, lo despierta y lo anima. El Cialis invierte la lógica del deseo y nos devuelve a un estado primitivo, en el que lo mental es secundario: tener la polla dura te hace querer follar (no al contrario).

Se puso a preparar la pescadilla que había sacado del congelador la noche anterior. Cocinar era una disciplina diaria a la que se prestaba con gusto. No era un gran cocinero, pero sabía lo imprescindible para no estropear los alimentos. Un refrito de cebolla, ajo y tomate, unas patatas, unas zanahorias y una buena pescadilla de pincho comprada en la pescadería de la calle Esgrima. El agua, la sal, el tiempo idóneo de cocción y la posibilidad de comerlo como guiso o sin caldo y aliñado con una mayonesa fresca, emulsionada con una mezcla de aceite de girasol y de oliva. Una comida suave que no embotara los sentidos.

Julio encontraba en la cocina un reposo meditativo: el contacto con las verduras y el pescado, los olores, la transformación de lo crudo en lo cocido... La atención entretenida en cosas esenciales interrumpía sus delirios mentales. Quizás tendría que participar en un huerto urbano, reforzar el vínculo con la tierra. El año anterior había plantado en los balcones un par de matas de marihuana que no llegaron a prosperar, pero entonces aún estaba trabajando en la FNAC y no pasaba tanto tiempo en casa. Lo volvería a intentar este año, cuando empezara el buen tiempo.

El sol entraba ahora por la ventana de la cocina. Acercó una silla y se sentó bajo el cono de luz. Hacía hasta calor. Se hizo un porro. Los porros matutinos y en ayunas lo trasportaban a su ociosa juventud. El Cialis y la marihuana eran una combinación excelente, por arte de su magia volvía a ser un adolescente calenturiento y alelado. El guiso hervía en el fuego despidiendo un agradable olor a pescado y cebolla. Se sacó la polla de los pantalones para que le diera el sol. Le pareció que el Cialis también agrandaba el tamaño en estado de reposo. Pensó en apuntarlo en el cuaderno, pero no se quería levantar a buscarlo. No quería tampoco masturbarse, quería disfrutar del sol y de esa sensación rejuvenecedora de estar caliente.

—Ya te vale, Julio. Vaya imagen. Para enmarcar. Y vaya peste a porro.

Casilda había llegado y lo había sorprendido con los pantalones bajados y la polla al sol, recostado en la silla.

—Amor, ¿cuánto tiempo hace que no follamos al sol? Llevo desde que me he sentado invocándote. Y aquí estás.

—¿Te estabas haciendo una paja?

—No, estaba reservando mi semilla para ti. Tostándola al sol.

—Y los huevos se te están quemando. Están supercolorados.

—Si te insemino ahora, el niño sale pelirrojo seguro.

Casilda se descalzó, se quitó las medias y se subió la falda antes de sentarse a horcajas sobre Julio. Cuando llevaba un rato cabalgándolo le agarró la cabeza para que Julio la mirase a los ojos y riéndose le dijo:

—¿Quieres dejar de mirarte la polla?

—Estoy mirando cómo entra mi polla en tu coño. Veo más tu coño que mi polla —contestó Julio entrecortado por el esfuerzo, y como pillado en falta.

Casilda no se corrió y, cuando se corrió él, se escapó a tumbarse en la cama, con las piernas en alto apoyadas en la pared para favorecer la soñada fecundación. Julio se quedó en la silla, sintiendo en la piel el calor del sol y una ligera brisa que entraba por la ventana, con los ojos cerrados, tratando de alargar el sentimiento de plenitud de aquel momento.

Casilda se marchó enseguida al trabajo y Julio se echó a dormir la siesta. Al despertar escribió en su cuaderno el reporte de aquellas horas:

17.25 h

C ha venido a casa para comer, pero antes hemos follado. Está extrañada porque no le he contado nada del Cialis. Debe de pensar que me he vuelto a enamorar. Algo de eso puede haber. Al menos el agradecimiento de tenerla a mi disposición.

Es una suerte tener como pareja a alguien con la que después de casi una década se pueda follar dos días consecutivos. Sé que en su caso se debe a la ansiedad por procrear y que en el mío es consecuencia del uso de un fármaco y tal vez del goce narcisista de contemplar el poderío de un miembro vigoroso en acción, una polla estimulada químicamente, de acuerdo, pero una polla que es la mía. ¿Se puede hablar en este caso de amor? Por supuesto, el amor y el deseo nunca son sentimientos puros ajenos a intereses espurios. ¡Cuántas parejas pueden ver reactivado su amor por el uso de una simple pastilla que estimula la erección masculina! (Ahondar en esta idea para el reportaje y contestar con ello a las lecturas feministas de que la Viagra y el Cialis han servido para mantener la falocracia y el sistema patriarcal en pie).

Guardó el cuaderno en el bolsillo de su abrigo y salió a pasear. Estaba oscureciendo y las nubes y el viento no hacían la tarde agradable, sin embargo, el cosquilleo en la entrepierna le hacía a Julio sentirse animado. Se metió en el primer bar que encontró abierto para poder escribir sus sensaciones. Pidió un café solo y escogió una mesa junto a la ventana. En una hora abrirían el Mínimo, el bar con las camareras más guapas de Lavapiés. Anotó en su cuaderno:

20.15 h
Me doy cuenta de que vivo en el espacio mental, que, de normal, mi atención está situada en la cabeza y en las manos. La presencia ahora del miembro, su manifestación burbujeante allá abajo, me hace sentir poderoso, como si mi polla fuera un felino dormido capaz de despertarse y atacar a su presa en menos de un segundo. (Reproducir en el reportaje la estampa del caballo encabritado que aparece en el papel de plata del blíster y señalar al pie que representa bien el vigor animal que proporciona el Cialis).

La idea de llevar encima un cuaderno no era una tontería. Quizás su falta de disciplina con la escritura tenía que ver con la obligación de hacerlo en casa, concentrado en la mesa de su estudio frente a la pantalla del ordenador. Un cuaderno le permitía poder escribir en cualquier parte, ir y venir de la escritura a la vida en un continuo entretenido, sin aislarse. Escribir en su cuaderno al dictado de la inspiración le daba además una justificación admirable para sentarse solo en un bar.

Una gota de café manchó la página donde acababa de escribir. Para que no calara la hoja y manchara otras páginas, con el capuchón del bolígrafo extendió la mancha hasta convertirla en un sol radiante y debajo escribió el título de la canción «Ojalá que llueva café en el campo». Qué gran tema, de los pocos que salvaba de su repertorio como cantante de la orquesta Novedades. No es que fuera un mal repertorio, casi todas eran grandes canciones, pero a fuerza de repetirlas tantas noches seguidas acabó aborreciéndolas. «Ojalá que llueva café en el campo» nunca había perdido para él su encanto. Ni su misterio, y eso que era una bachata, un ritmo pensado para bailar. Una canción que sonaba como un ritual alegre de magia mimética: invocar la lluvia de café para que riegue de bienestar y riqueza el sufrido campo de los pobres.

En ese bar a esa hora de la tarde había dos mujeres y tres hombres solos, y todos ellos aparentaban estar ocupados: las dos mujeres y uno de los hombres miraban absortos el móvil, el hombre de pelo cano leía el periódico del bar y el más joven intentaba con mucha sobreactuación que su bulldog francés se sentara correctamente a su lado. En la puerta uno de los camareros fumaba. El tabaco, el móvil, el perro, el periódico... una ley no escrita organizaba con estos pocos elementos la coreografía de la soledad en la gran ciudad. Se habla mucho de la soledad de las grandes ciudades, pero la coerción social impide que se pueda ejercer por las buenas. Había que tener las manos ocupadas y el cuaderno y el bolígrafo le permitían a Julio no desentonar demasiado con la agitación del mundo.

Pagó el café y fue al baño a mear. La turgencia del pene en estado de reposo seguía siendo significativa. Al descorrer el prepucio le llegó el olor avinagrado del sexo de Casilda. El glande brillaba con una humedad babosa. Antes de salir se lio con discreción un canuto. Fumar hierba después de un café le producía un placentero entumecimiento muy agradable para pasear sin rumbo.

Se encaminó hacia el Mínimo, un bar de copas pequeño, como su nombre indicaba, con una barra alargada y tres mesitas. A Julio le encantaba acodarse en la barra y charlar distraídamente con las camareras, dos veinteañeras que por las mañanas estudiaban Arte Dramático. Una de ellas, Lidia, le gustaba especialmente, no era tanto por su belleza de actriz de los ochenta, con su pelo moreno rizado, sus espaldas anchas y su nariz respingona, sino por su manera de sonreírle mientras le servía una cerveza.

–¿Patatas, cacahuetes o aceitunas para acompañar la caña?

–¿A ti qué te gusta más?

–A mí las patatas. Las patatas fritas son mi *snack* preferido.

–Pues venga, patatas fritas y nos las comemos entre los dos.

Lidia dejó junto a su vaso un bol rebosante de patatas fritas y cogió una sin dejar de sonreír. Julio abrió su cuaderno y empuñó el bolígrafo:

Las camareras son ángeles nocturnos. Que el suelo interior de la barra esté elevado les da un atractivo dramático y ligero, como si calzaran unos coturnos o unas alas invisibles las sostuvieran un palmo por encima del piso. O será la juventud y su resplandor. ¿Me verá Lidia como un viejo rijoso? ¿Será verdad eso de que los hombres mayores resultan atractivos a las jovencitas? ¿Cuándo empecé a utilizar la palabra jovencita?

El paso del tiempo, pensó Julio, no era un asunto menor si se hablaba de un fármaco contra la disfunción eréctil. Con qué seguridad se había apoyado él en la barra, con qué confianza le había pedido una caña a Lidia y ahora le pedía otra. Estaba deseando que le preguntase qué estaba escribiendo con tanto misterio en aquel cuaderno. Le contestaría que apuntes del natural y le leería la frase en la que comparaba a las camareras con ángeles nocturnos. O, mejor, le diría la verdad, que estaba escribiendo un artículo sobre el consumo recreativo de Cialis. Si Lidia se asustaba no insistiría más, pero si demostraba curiosidad tal vez lo dejara acostarse con ella y disfrutar de aquel cuerpo joven y terso que ya no le correspondía por edad. Sin omitir su condición de hombre casado y el declive inevitable de la pasión en el matrimonio, la conversación podía desviarse hacia el encanto de la juventud, solo verdaderamente comprensible cuando se pierde con la vejez, y terminar con los versos de Garcilaso que le hicieron aprenderse de memoria en el instituto: «Coged de vuestra alegre primavera el dulce fruto antes que el tiempo airado cubra de nieve la hermosa cumbre». No sabía si sería capaz de ponerse a recitar, pero ya se imaginaba acercándose a su oído y aspirando el olor de su cuello entre susurrados endecasílabos.

Dios mío, se acababa de empalmar. ¿Cuántos años hacía que no lo sorprendía una erección en un sitio público? Con la mano desde el bolsillo se la acomodó para no llamar la atención. Aquella erección le dio la idea en la que basaría su artículo sobre el Cialis:

El viaje en el tiempo. Una pastilla de Cialis permite viajar en el tiempo, regresar a la juventud perdida, encarnarse en el cuerpo de un adolescente, volver a sufrir erecciones en cualquier situación. Hasta ahora los relatos de ciencia ficción han soñado con viajar a épocas históricas remotas o futuras, sin percatarse de que es más provechoso el viaje interior, experimentar con el propio cuerpo sensaciones del pasado. Gracias al Cialis es posible para un hombre teletransportarse hasta su juventud corporal sin renunciar a la sabiduría adquirida con la edad. ¿No es acaso eso lo que siempre hemos querido, volver atrás con la malicia adquirida?

Escribía en el cuaderno con una mano mientras con la otra se tocaba la polla erecta desde el bolsillo de su pantalón.

¿Y si se masturbaba en el servicio? Mejor probaba suerte con la camarera.

—Lidia, ¿a qué hora cerráis?

—Hoy miércoles, a las doce y media.

—¿Y vais luego a otro bar?

—Uy, no, yo mañana madrugo. De aquí me voy directa a dormir.

—Entonces no me pongas la última y dime qué te debo.

Había mantenido la breve conversación con la mano izquierda en el bolsillo palpando su pene erecto y cuando Lidia había revelado sus planes de bella durmiente su polla había perdido dureza. Era sorprendente que no se tratara de un impulso mecánico: la facilidad en la erección alimentaba el deseo, pero el deseo seguía mandando.

Se apresuró para llegar pronto a casa, pero Casilda ya se había dormido. También él estaba cansado. Desplegó el sofá cama de su estudio, encendió el portátil y, antes de dormir, se hizo una paja viendo un vídeo de un negro superdotado dándole por detrás a una chica de pelo rizado y cuerpo robusto que se parecía a Lidia.

Lo despertó el teléfono fijo. Era su madre anunciando que pasaría con su novio a finales de la semana siguiente por Madrid y que querían verlo. Le llamaba recostada en la tumbona del balcón de su piso y, aunque era imposible que se oyera el mar calmo de Benidorm a través del hilo telefónico, teniendo en cuenta que era un duodécimo, le pareció escucharlo a lo lejos. Tenía muchas ganas de orinar y una pronunciada erección mañanera; ¿es que nunca se iba a terminar el efecto de aquella pastilla?

–Antonio se quiere comprar un coche nuevo, de segunda mano, pero que está nuevo. Y ya de paso te veo. ¿Cómo vas del estómago?

–Del estómago bien. Desde que no trabajo todo está bien.

–¿A que no has hecho lo de la caca?

–No.

–Hijo, te he dicho que te lo pago. Si no te cuidas tú, yo ya no puedo cuidarte. Ya no tengo edad.

–Mamá, no estoy enfermo.

–Por eso mismo, aprovecha y ponte más sano.

–Hablando de ese tema, tengo que ir al baño. Hablamos mañana si quieres.

Se despidió y se fue a mear. No le resultaba cómodo hablar con su madre con una erección así. Era verdad que los efectos del Cialis, incluso tomando media pastilla, duraban treinta y seis horas. A su madre le habría parecido una aberración que se tomara una pastilla de Cialis, aunque era probable que su Antonio, que ya contaba setenta y ocho años, la tomara. Su madre tenía aversión a cualquier medicamento que se vendiera en farmacia y en cambio sentía devoción hacia cualquier remedio de herbolario, así como a cualquier régimen alimenticio que se vendiese como salvación. De la macrobiótica a la dieta cetogénica, las había probado todas. Unas veces los productos lácteos o la grasa eran el veneno, otras eran buenos y eran el gluten o la carne los que estaban prohibidos. Unos años atrás le mandó una carta con los alimentos adecuados para su grupo sanguíneo y, desde hacía dos meses, no paraba con la «psiconeuroinmunología» de un tal Xevi Verdaguer. Su madre no se cansaba ahora de repetir que el intestino era el segundo cerebro y que había que cuidar de la microbiota intestinal para que el sistema inmune funcionara sin desajustes. No era solo un discurso aprendido de un libro, era una guía práctica cuyo primer paso consistía en tomar una muestra de heces en un bote y mandarlo por correo para su análisis y posterior diagnóstico por parte de los ayudantes del tal Verdaguer. Luego te ponían un plan estricto de alimentos y te recetaban probióticos y otros suplementos alimenticios de su marca. Las consultas, análisis y píldoras eran por supuesto de pago.

Sabía que dentro de unos meses el interés de su madre decaería y que mientras tanto debía ser paciente con ella y aguantar que le mandase por wasap artículos y entrevistas con el famoso psiconeuroinmunólogo, y hasta un cuadro ilustrado con la escala de Bristol donde se ordenaban de mayor a menor dureza los siete tipos de heces, desde el tipo 1 «grumos duros similares a nueces», frutos de un intestino estreñido, al tipo 7, «Acuoso, sin trozos sólidos, totalmente líquido». Los zurullos más saludables eran del tipo 3 «en forma de salchicha pero con estrías en la superficie» y el tipo 4 «como una salchicha o una serpiente, lisa y blanda».

No dudada sobre las posibles bondades de aquella terapia, refrendada públicamente por famosos como la periodista Mercedes Milá o el humorista Carlos Latre, pero le molestaba el lenguaje promocional empático que usaba el gurú y que su madre había asumido, una manera de hablar que resultaba grotesca tratándose de mierda: «Si tus heces son blandas o pastosas y además tienes muchos gases hoy quiero que te des permiso para descubrir un problema que te cambiará la vida», se podía leer en su web. O, en el primer artículo que le mandó con gran entusiasmo su madre cuando supo que andaba suelto del estómago: «La diarrea es un síntoma y una oportunidad para conocer a tu segundo cerebro, el intestino, que te está pidiendo ayuda para transformar tu salud».

Le sorprendía en su madre, siempre tan escrupulosa con la suciedad y tan poco dada en su pasado a la broma escatológica, aquel entusiasmo con una terapia que te obligaba a estudiar cada mañana tu propia mierda y a interesarte por la consistencia de la de los demás. «Mercedes Milá ha hecho un programa sobre Xevi y no ha tenido reparos de mostrar su propia caca. Es natural, hijo. No es nada sucio. Es el camino hacia tu salud», le había dicho. Debía ser paciente, pronto su madre estaría con otro plan de salvación.

Trató de borrar de su cabeza las imágenes fecales y encendió el portátil. Quedaban todavía unas horas de las treinta y seis que duraban los efectos del Cialis. Se masturbó una vez más con un vídeo de una actriz porno madura que parecía tener un orgasmo real por el buen hacer de un muchacho imberbe. Julio pensó que tardaría mucho en volver a tomarse aquel medicamento contra la disfunción eréctil. Venciendo su cansancio apuntó en su cuaderno un par de reflexiones finales:

Jueves, 20 de febrero
12.42 h
Las treinta y seis horas de efectividad hacen que el Cialis sea conocido como la pastilla del fin de semana. Su éxito respecto a la Viagra (que tiene un nombre mucho más popular que el Cialis, pero solo tiene efecto cuatro o cinco horas) es debido a este tempo sin prisas ni angustia que permite alargar una pasión desde el viernes al domingo. El verdadero disfrute necesita de la repetición tanto como de la novedad. Bajo los efectos de una pastilla de Cialis uno tiene la posibilidad de follar varias veces la

primera noche, repetir la jugada al día siguiente y todavía tener potencia para despedirse con un último polvo el tercer día. Tiempo suficiente como para vivir un intenso romance de fin de semana y saber si merece la pena volver a ver a la otra persona.

Cuando, unas semanas más tarde, le tocó copular de nuevo con Casilda lo hizo sin la ayuda de ninguna pastilla. ¡Qué diferencia! Le costó excitarse y le costó correrse. «Será cosa del estado de alarma», le dijo a Casilda, después de jurarle que no se había masturbado los días precedentes.

–No me puedo creer que se te haya olvidado.

Julio pensó en excusarse, pero se quedó callado al ver la cara de indignación de Casilda, que sostenía en la mano derecha el bote para la muestra de semen, con su envoltorio de plástico sin abrir.

–Se me olvidó. Ya sé que suena raro.

–Recuerdo haberte dejado el bote en la mesa del estudio. Y tú me dijiste que al día siguiente lo llevabas. Solo tenías que hacerte una paja, llenar el bote y marcharte en taxi a la clínica.

–De verdad, no sé qué ha pasado. Me despisté.

–Hace un mes y medio que tenías que haberlo llevado. ¿Cómo es posible que después de todo lo que hemos hablado del tema no cayeses en la cuenta? Lo más fuerte es que si no me lo encuentro, no me habrías dicho nada.

–Lo siento.

–En la primera analítica te dejas fuera del bote la mitad del esperma y para la segunda ni siquiera lo haces.

Buscando unas tijeras, Casilda se había encontrado el envase para depositar el semen y, acto seguido, había llamado al hospital. Después de varias derivaciones telefónicas, le confirmaron que la segunda muestra de semen solicitada a Julio Martín Izquierdo estaba aún por entregar.

–Ahora me tengo que ir a la oficina. Solo espero que cuando vuelva hayas entregado el puto bote en la clínica. Tienes toda la mañana para cascarte una paja, si no eres capaz de eso yo ya no sé.

Después de ese amanecer lleno de reproches Julio necesitó una ducha y un buen desayuno. Estaba ya en el sofá cama de su estudio dispuesto a la tarea, con la persiana bajada, el móvil en modo avión, el portátil abierto en YouPorn y el bote de muestras a mano, cuando sonó el teléfono fijo de casa.

–Julio, que soy mamá, que te llamo para decirte que no vamos a ir a Madrid. Está la cosa fatal. Se están muriendo como chinches. Un amigo de Antonio del dominó es médico en el Marina Baixa y dice que no paran de ingresar a gente.

–¿No estás exagerando?

–No, hijo. Yo sé que tienes muchas ganas de verme, pero lo primero es la salud.

–Pero si es menos que una gripe, ¿no?

–De la gripe también se muere la gente.

–Y de miedo.

–Hijo, lo importante es prevenir.

–Sí, más vale prevenir que curar.

–No te quiero preguntar porque sé que no lo soportas, pero ¿a que no has hecho lo de la caca?

–No.

–Hijo, hazlo por tu madre. Métete en la web de Xevi y solicita una cita virtual. Lo puedes hacer también por teléfono. Lo primero que te van a pedir es que les mandes tu caca. Te vas a la farmacia que hay debajo de tu casa, compras un bote para las heces, cagas y lo llenas...

–¿Hasta arriba?

–Déjate de bromas. Con un trozo del tamaño de una nuez es suficiente. Rellenas el bote por la mitad y se lo mandas por correo, ellos analizan tu caca y así te hacen el diagnóstico. Hazlo, que yo te lo pago.

Su madre, su mujer, el mundo entero parecía haberse puesto de acuerdo en que se vaciara en botes de plástico. Análisis, diagnósticos, enfermedades: nunca había sentido tanta presión para cagar y masturbarse, dos actividades cuyo placer residía en el desahogo, en la liberación, en saber desprenderse.

La llamada de su madre lo había distraído. Se hizo un porro. Si su madre no lo hubiera interrumpido habría sido la primera vez en mucho tiempo que eyaculaba sin estar bajo los efectos de alguna droga. El efecto del porro, para el que había seleccionado una marihuana sativa, no tardó en darle cuerda a la poca lujuria que Julio podía sentir esa mañana, tras la riña de su esposa y el ruego escatológico de su madre. En la pantalla Jordi el Niño Polla se zumbaba a una tal Ginebra Bellucci, cordobesa especialmente dotada para el sexo anal. En el momento en que Ginebra, subida a horcajadas y trotando con alegría sobre Jordi, empezó con su mano a masturbarse el clítoris y a jadear, Julio se corrió.

Debido al ensimismamiento lujurioso le pasó como la vez anterior, que olvidó colocarse el bote en el extremo del glande para no desperdiciar nada. Puso, eso sí, mucho cuidado en recoger de su barriga desnuda todo el esperma derramado. Media hora después entregó la muestra en la clínica.

El verano que murió su padre fue el primero que Julio estuvo con la orquesta Novedades cantando todas las noches en el salón Esmeralda del crucero Mediterráneo Deluxe. Había terminado la universidad, cumpliría veintitrés años en otoño y ya había hecho las cuentas para un futuro lleno de aventuras. Por cantar las noches de julio y agosto conseguiría ahorrar ocho mil euros para vivir el resto del año en un piso compartido en Madrid. Había comenzado el nuevo milenio y, aunque ese mismo septiembre el derribo de las Torres Gemelas rebajaría la esperanza de un mundo feliz, Julio vivía en el mejor de los presentes posibles, ajeno a la sombra de cualquier amenaza. Se había liberado de los estudios, viajaba en un barco de lujo, le pagaban por cantar y al final del verano se habría embolsado ocho mil euros, un millón trescientas mil pesetas. En 2001 todavía estaba en uso la peseta, pero los precios, las transacciones y los sueldos venían ya expresados en euros para ir acostumbrando al personal. Pese a las voces que alertaban de la creciente precariedad laboral y del encarecimiento que traía la nueva moneda, Julio no tenía entonces aspiraciones a un trabajo fijo ni a una vida confortable, y contar con un millón trescientas mil pesetas lo hacían sentirse millonario.

Con la diferencia de unos pocos días, Julio se licenció y su padre se prejubiló. Tras tres décadas trabajando en Telefónica se acogió al expediente de regulación de empleo con una pensión del setenta por ciento de su sueldo. Estanislao, su padre, más conocido como Tano, tenía cincuenta y dos años y ya no tendría que trabajar más en lo que le quedaba de vida. Una verdadera liberación y a una edad en la que todavía era posible aprovecharla. El plan era vender el piso familiar de

Madrid, cancelar la hipoteca en Benidorm y guardar lo que sobrara para eventualidades futuras.

Como acto de celebración, su padre lo había invitado a comer en un asturiano y allí fue, frente a unas fabes con almejas impropias para un caluroso día de junio, cuando le contó estos planes de inminente cumplimiento. En los postres, o más bien en el paseo que dieron después por el Retiro, Tano añadió lo de la separación transitoria de su madre. «Después de veinticinco años juntos, hemos decidido darnos un tiempo», dijo con una frase hecha que a Julio le molestó sin saber muy bien por qué.

Desde que se anunciara dos años antes el expediente de regulación de empleo en Telefónica, su padre había estado entregado a la lucha sindical, perdiendo sus tardes y sus días festivos en la organización de una protesta en la que se fue quedando cada vez más solo. Su madre, cansada de esperar con la cena preparada al marido sindicalista que nunca llegaba a su hora, se había instalado en el piso de Benidorm de forma permanente y Julio pasaba entonces más tiempo en casa de su amigo Mauricio que en el hogar familiar. Su padre, por otro lado, no tardó mucho en decepcionarse de los sindicatos, tanto de los mayoritarios en los que nunca creyó, como de los minoritarios, más alineados con su postura anarcosindicalista de no negociar mientras la empresa tuviera beneficios. Aunque su padre contaba en casa los detalles de aquella lucha conforme se desarrollaba, ni su madre ni Julio prestaban demasiada atención a su relato. De manera que Julio no fue consciente de la evolución de su padre en el conflicto, ni de los acontecimientos que lo hicieron cambiar de postura y aceptar finalmente la prejubilación contra la que tanto había luchado.

En aquella comida le preguntó qué había ocurrido para que decidiera actuar igual que aquellos a los que tanto había criticado. Tano había perdido a dos de sus mejores amigos por haber acatado los planes de prejubilación un año antes que él. Julio mismo había asistido en el salón de su casa a una breve conversación telefónica con uno de ellos, zanjada por su padre con un cortante «Yo no hablo con vendidos». ¿Qué había pasado entre medias para que cambiara?

–Como dice *El libro de las mutaciones*: por apuntar demasiado lejos, la flecha no da en la diana.

Quiso saber más, pero su padre jugaba al misterio y, afectando solemnidad, le soltaba citas de sus recientes lecturas orientales:

–Como dice el *Tao Te King*: «Hay que ser como el agua, que a nada se resiste y nunca es vencida».

–Desde que te ha dado por el yoga, papá, estás demasiado trascendental.

–Os he dado mucho la paliza a ti y a tu madre con el tema del trabajo. Entiendo que tu madre por no aguantarme se haya ido a Benidorm. Cuando pienso que me he llevado casi tres décadas currando para la Telefónica no me lo creo. Y pretender que los compañeros lucharan por mantener las condiciones de trabajo fue una locura.

–No te preocupes, yo en tu caso también habría abandonado. Pero antes de empezar.

–Pues es una pena, pero no te culpo. ¿Cómo canta esa que pones en casa, la del trato?

–«Tengo un trato, lo mío pa' mi saco».

–Pues eso, todo el mundo barre para dentro. Solo que al final, si no se lucha con la gente y cada uno va a ver lo que se lleva, perdemos todos, menos los que están arriba que se lo llevan calentito.

–Eso es lo que no has parado de repetir en estos dos años.

–Ya no lo vas a oír más.

No fue esa la última vez que lo vio, seguirían durmiendo bajo el mismo techo un par de semanas, pero fue la última conversación importante que tuvo con él y, tras su muerte repentina a finales de agosto, pensó que su padre se había callado algunas cuestiones importantes, y no solo respecto a su capitulación con Telefónica. De hecho, antes de irse de Madrid lo llamó para dar un paseo, pero Julio tenía ensayo con la orquesta. Dar un paseo en boca de su padre equivalía a tener una conversación importante, ¿de qué habrían hablado? La liberación anticipada de su padre del yugo del trabajo coincidió con el primer empleo en la vida de Julio. Un empleo que a Julio no le parecía ni trabajo y que le llegó de casualidad gracias a la novia que tenía entonces Mauricio, cuyo hermano era el teclista y el dueño de la orquesta. Se enteró un martes y el miércoles se presentó en los locales de ensayo donde lo esperaba Ernesto, que así se llamaba el teclista y jefe de la orquesta Novedades. El cantante anterior les acababa de dejar colgados veinte días antes de embarcarse en el crucero. Se había presentado a las pruebas de *Operación Triunfo* y lo habían seleccionado, dejando vacante el puesto que ocuparía Julio los diez años siguientes.

A Julio le gustaba cantar y había tenido ya varios grupos, y con el último, La Bastarda Bin Bang, había tocado por bares, locales de asociaciones, casas okupas y universidades, llegando a tener un público que los seguía con fluctuante fidelidad. El repertorio de La Bastarda eran versiones de rumbas, coplas y clásicos latinoamericanos, y apenas se daban, con el extenso repertorio del crucero, un par de coincidencias: «El muerto vivo» y «Ojalá que llueva café». Ernesto, sentado al piano, le hizo la prueba con esos dos temas y con un tercero, «Fiesta» de Raffaela Carrá, para ver cómo se las arreglaba con un tema que no había ensayado nunca.

—No tienes buena voz, pero eres expresivo. Una cosa por la otra.

Pasó la prueba, pero la condición para contratarlo fue que se aprendiera, en esos veinte días que quedaban para embarcar, las letras de los ciento catorce temas que tenía el repertorio de la Orquesta Novedades. Ernesto no soportaba que los cantantes leyeran la letra en un atril y consideraba con razón que el músico orquestero más que virtuoso debía ser rápido para adaptar los ritmos de moda sin mucho ensayo. Si quería el trabajo tendría que saberse todas las canciones de memoria en veinte días.

75

—Aunque te parezca imposible, ya verás que es más fácil de lo que crees.

Y así fue. La semana antes de zarpar dedicaron las tardes a ensayar con la orquesta al completo; desde el segundo día, no necesitó consultar las letras. Ensayar en un local con el sonido perfectamente ajustado y con músicos profesionales fue una experiencia novedosa y placentera —nada que ver con la repetición machacona de cada tema que había sufrido en sus anteriores grupos amateurs—: las palabras salían de su boca sin esfuerzo. Antes de embarcarse Julio empaquetó sus pertenencias en cuatro cajas de cartón que dejó en casa de Mauricio. La cama y el colchón estaban tan viejos que se deshizo de ellos sin miramientos. El piso donde había vivido su infancia y juventud se había vendido una semana después de ponerlo a la venta, contaban con un margen de tiempo hasta formalizar los papeles, pero cuando Julio volviese en septiembre la casa familiar no estaría en Madrid sino en Benidorm. ¿Qué le importaba? Era un hombre adulto que ganaba su propio dinero, volvería a Madrid y alquilaría una habitación en un piso compartido.

Aquel verano dio para mucho. Las aventuras y desventuras de Julio como cantante de salón durante aquel verano darían para una novela; cada noche cantando entre puerto y puerto, dejándose querer por las pasajeras, paseando sin prisa por Marsella, Génova o Estambul o tomando el sol por las islas griegas. De vuelta en el último de los cruceros, durante la escala en Nápoles, la tarde del miércoles 29 de agosto, fue cuando recibió la llamada de su madre anunciándole que la noche antes su padre había muerto en un accidente de coche en un pueblo perdido de Las Alpujarras.

LA VIDA MÚLTIPLE

La primera vez que Julio visitó a Sara fue para convencerla de que desinsectara su piso. Llamó a la puerta y se presentó: «Soy Julio, presidente de la comunidad de propietarios; quería comentarte el problema que tenemos todos los veranos con la plaga de chinches». Sara lo invitó a pasar y a sentarse en una silla de oficina que bailaba en medio de un salón desordenado con muebles encontrados en la calle. Las dos únicas cosas que parecían estar en su sitio eran una mesa de camping llena de hilos de colores y cuentas para hacer pulseras y el sillón orejero en el que Sara se acurrucó para escucharlo.

Julio le explicó que la junta de vecinos le había encomendado solucionar personalmente la cuestión de las chinches. Ella lo miraba con atención y él trataba de sostenerle la mirada sin desviarla hacia el pecho que asomaba tímido por el escote de una camiseta dada de sí. De nada servía desinsectar el resto de pisos si un solo vecino se negaba a dejar pasar a los operarios, como había sucedido el verano pasado. Sin nombrar la palabra okupación, sin utilizar la jerga despectiva que se había empleado hacia los okupas en la reunión de vecinos, le explicó que podían solicitar la mediación del área de servicios sociales del ayuntamiento como garantía para que durante los dos días que estuviera el piso vacío la Tesorería no aprovechara para desahuciarlos. «Te doy mi palabra de que podréis volver al piso sin problemas».

—¿Y tú quién eres?

—El vecino del quinto dos.

—Compartimos patio y te molesta el ruido.

—No, no hay problema con el ruido. Son las chinches. Me tocó por sorteo ser el presidente de la comunidad, y en la junta de vecinos se trató el tema de las chinches y a mí me han encargado hablar contigo y con los del segundo seis.

—Cuántas explicaciones —dijo Sara poniendo por un momento los ojos bizcos—. Ven mañana y me lo cuentas otra vez, a ver si mañana lo entiendo.

Por la noche Julio se masturbó pensando en Sara, en su pelo teñido de rubio, en sus pechos sueltos y en sus ojos negros de párpados caídos. ¿Cuántos años hacía que no se masturbaba pensando en alguien concreto? Desde su adolescencia la pornografía había sido inseparable de sus juegos solitarios, hasta sustituir por completo a su perezosa imaginación. Tenía cuarenta y un años y la inspiración de Sara, cinco o diez años menor, se la había puesto lo suficientemente dura como para no tener que recurrir al portátil. Algo insólito. Fantaseó con los pechos de Sara en su cara, imaginó el tacto húmedo de su pubis, su lengua carnosa y su ano prieto.

Al día siguiente volvió por la tarde a llamar a su puerta, pero esta segunda vez fue Moctar quien le abrió.

Antes de bajar al piso de Sara decidió tomarse media pastilla de Cialis. No confiaba en que fuera a pasar nada, no había percibido la tarde anterior señales por parte de Sara que así lo indicaran, su propósito era, más humildemente, experimentar en el trato con mujeres desconocidas la seguridad psicológica que le confería un fármaco que, relajando las arterias y el músculo liso del cuerpo cavernoso, aumentaba el flujo sanguíneo en el pene. No sabía qué significaba aquello del músculo liso del cuerpo cavernoso, lo había leído en la Wikipedia y le sonaba incontestable; pensaba incluirlo en el artículo como argumento de autoridad, para evitar de paso recurrir al adjetivo morcillona, tan grasiento.

Se tomó la media pastilla y veinte minutos después, cuando creyó empezar a sentir el hormigueo en la entrepierna, salió de casa, bajó por las escaleras y llamó al primero dos. «Soy el de ayer, el presidente de la comunidad, vengo a ver si podemos charlar un rato del asunto de las chinches», ensayó mentalmente, pensando en que fuera Sara quien le abriera la puerta. Pero fue Moctar.

Al negro temido que alquilaba las habitaciones del segundo seis no le hacía falta una pistola para hacerse respetar: media casi dos metros, tenía los ojos encapuchados y una cicatriz le cruzaba la mejilla. Debía de tener su misma edad y no parecía muy hablador, le había abierto la puerta y como Julio tardó en reaccionar, elevó el mentón pidiendo explicaciones.

—Perdón que lo moleste, es que había quedado con Sara. ¿Le puede decir que salga?

—No.

—¿Cómo?

—Que no puedo. No está.

—¿Sabe cuándo volverá entonces?

—Cuando termine la manifestación.

—¿Usted también vive aquí?

—A veces.

—Es que soy el presidente de la comunidad y tenía que hablar con Sara para que desinsectara el piso esta primavera, antes de que llegue el verano.

—Tendrá que esperar.

—¿Esperar?

—Sí, tendrá que esperar a que vuelva. Ella es la que manda. Sobre todo hoy.

—¿Hoy?

—Sí, hoy. La manifestación. El día de las mujeres.

Moctar se reía. Tenía los dientes amarillos y le faltaba el incisivo superior, ¿quizás se estaba riendo de él? Julio se despidió con cortesía diciendo que volvería al día siguiente.

Subiendo en el ascensor lamentó haber desperdiciado la media pastilla de Cialis. Después de la sorpresa de encontrarse a Moctar se le había caído la libido por los suelos.

Casilda le había dicho que pensaba ir con las amigas del instituto a la manifestación. Este año ni siquiera le había pedido que la acompañase. Las manifestaciones colectivas le parecían una pantomima, por justa que fuera una causa Julio sentía vergüenza ajena al ver a sus defensores marchando en procesión y gritando consignas. El afán que tenía la gente de sentirse parte de grandes grupos humanos, fueran catalanes, mujeres, antisistema o madridistas, le parecía una forma de hacer bulto para no enfrentarse a la realidad de que estamos solos. Ni siquiera tenía el razonamiento muy articulado, simplemente las protestas y las celebraciones colectivas no iban con él.

Se puso a leer un libro que le había recomendado Manuela, *La muerte del padre*. Intentaba avanzar, pero la recreación literaria le parecía tramposa en una narración autobiográfica, y más si tenía que ver con la muerte del padre del escritor. Un

82

libro más sobre ese tema. Desde que Julio perdió a su padre no había pasado un año sin que se encontrase un libro en el que un autor contase la muerte de su padre o la difícil relación que tenía con él. En ese momento se acordó de aquellos que más le habían gustado: *Carta al padre*, *Patrimonio*, *El olvido que seremos*, *La maleta de mi padre* y *Tiempo de vida*. Si había un padre real en la historia devoraba el libro en un estado febril sin dejar de experimentar a la par un extrañamiento. A veces podía atribuirlo al efectismo literario, al empleo del suspense o a la perversión artística de contar la vida como si fuera un cuento, aunque quizás aquella falta de identificación fuera defensiva y se debiera a no querer sentir en las palabras de otro su particular dolor.

Unas voces que rebotaban por el patio interior lo sacaron de sus cavilaciones:

—¡Presidente! ¡Presidente!

Se asomó desde la ventana del estudio y una linterna lo deslumbró desde varios pisos más abajo.

—¡Presidente, baja! Que ya estoy.

Era Sara, que lo llamaba desde el primero.

—Ahora voy.

Elena, la vicepresidenta, lo había alertado contra Sara. «Es una lianta –le dijo–, tú ve a verla, pero ándate con ojo». El día anterior se había negado a acompañarlo pretextando una común antipatía cuyo origen no había querido explicarle. Antes de que golpeara con los nudillos Sara le abrió la puerta. Tenía pintada la cara de color morado, la luz de la bombilla del rellano creaba un efecto grotesco.

–Pasa. Llegas a tiempo de ayudarme.

Avanzó por el pasillo tras ella en dirección al baño. Iba descalza y del tobillo le colgaba un pequeño cascabel que sonaba al andar. Toda la casa estaba a oscuras menos el baño al fondo, de donde llegaba la luz tristona de una lámpara de gas. ¿Estaría Moctar acechando en alguno de aquellos cuartos?

–¿Está Moctar?

–Te ha gustado el negrón, ¿eh?

–Bueno, era porque quizás estaría bien que estuvierais los dos, para ver lo de las chinches.

–Uy, otra vez lo de las chinches. Creí que habías venido a verme por mi cara bonita. Ayúdame primero a quitarme esto y luego ya me cuentas tu vida.

Sara se sentó en el borde de la bañera y elevó la cara con los ojos cerrados para que Julio le pudiese quitar la pintura con ayuda de unas toallitas húmedas.

–Venga, no te quedes parado.

La espita de la lámpara de gas silbaba como el viento del desierto. Julio empezó por su frente. Iba a necesitar muchas toallitas. El silbido y la luz de la lámpara, la acción inesperada de desmaquillar a una chica que apenas conocía, los azulejos color café, la alfombrilla de felpa deshilachada, la propia imagen de él en el espejo, lo transportaba a un país extranjero. Sentía la excitación del viaje, sin ignorar que cuatro plantas más arriba estaba su cuarto de baño, su piso entero, con algunos tabiques menos, sin gotelé ni falso techo, pero simétrico, con las mismas dimensiones y la misma distribución. Si en ese momento un terremoto sacudiera la ciudad y derrumbara aquel bloque sobre sí mismo, tal vez Casilda se apareciera entre cascotes a su lado. Casilda habría llegado ya de la manifestación, ¿intuiría que diez metros por debajo de sus pies su marido estaba desmaquillando el rostro de la vecina okupa?

–Eres lento.

–Si te mueves no voy a terminar nunca.

–¿Eso le dices a tu mujer?

–Mi mujer no se pinta la cara con cera.

Se había sentado en un taburete de plástico, frente a ella, y la tenía cogida con una mano de la barbilla mientras con la otra terminaba de quitar los restos de pintura. Si había un color feo era ese violeta oscuro. El amarillo, el azul, el rojo, el naranja, pero el morado era un color espantoso. Sara estaba con los ojos cerrados; era guapa y probablemente más joven de lo que aparentaba. La piel castigada por la mala vida le daba un atractivo silvestre. Le gustaba su mentón pronunciado. Hacía poco había visto una película de Fatih Akin y Sara se parecía a la actriz turca protagonista.

–Ya está.

–Qué bien. Tú has nacido para esto. Te has ganado un porro y una cerveza en mi compañía.

En el salón se sentaron cada uno en un extremo del tresillo. «Estoy reventada», dijo ella, y se acomodó a todo lo largo apoyando sus piernas en el regazo de Julio. Entonces ya no tuvo duda de que iban a follar. La intuición que creía haber percibido el día anterior no era infundada. Estaba feliz de haberse tomado media pastilla de Cialis. La seguridad de estar disponible le hacía avanzar sin miedo. La lámpara de gas sumergía aquel salón destartalado en un ambiente acuático, como de pecera turbia. Se puso a tocar el cascabel de la esclava que rodeaba el tobillo izquierdo de Sara.

—Hazme un masaje en los pies.

Tenía los pies muy arqueados, pequeños para su altura. La última vez que había dado un masaje de pies había sido a su madre. Se entretuvo presionando con los pulgares la planta del pie derecho y continuó por la pantorrilla, metiendo las manos por debajo de los pantalones bombachos que Sara llevaba puestos.

—Toma, anda, que me voy a clavar el porro sola.

Julio le dio unas caladas. Era un hachís excelente. Las densas volutas de humo se quedaban suspendidas en el aire, ascendiendo pesadamente hacia el techo.

—Cuando quieras de este costo, me lo pides. Es caro, pero yo te lo paso por lo mismo que me cuesta a mí.

Le devolvió el porro y se arrellanó en el sofá. El tobillo derecho de Sara rozaba su polla. A pesar del vaquero que la constreñía, sentía al otro lado su piel. Le gustaba aquella situación, apenas habían cruzado unas pocas palabras y ninguno de los dos parecía incómodo con el silencio que dominaba la escena. Sara dio una última calada, aplastó la colilla en una concha que hacía de cenicero, bebió un sorbo de la cerveza y dejó la botella en el suelo. Luego dijo «Bueno, habrá que hacer algo para no aburrirse», y se puso a horcajadas sobre Julio, y empezó a besarlo sin prisa. Después se quitó la camiseta y aparecieron sus pechos, pechos de pezón ancho, lánguidos y con un ligero estrabismo. Julio enterró su cara en aquellas tetas que no eran grandes ni tampoco pequeñas. La temperatura de la piel de Sara, su tacto vivo, algo había ahí que lo llamaba desde muy dentro, como si estuviera enganchado a un anzuelo, a miles de anzuelos que tiraran de él. Lo ayudó a desvestirse. Le agarró la polla con la mano, apretando, y Julio pensó que debía hacer algo para no correrse antes de tiempo. La empujó hacia atrás en el sofá, le abrió las piernas y buscó con la boca su coño. Lo lamió degustando el sabor salobre, agitó la lengua mientras notaba que Sara arqueaba la espalda recolocándose en una

86

posición más abierta. Quizás estaba incómoda. A Julio le ardían las orejas y un zumbido febril lo mantenía en un estado de flotación. Se retiró y Sara recogió las piernas ofreciéndole su sexo para que la embistiera.

El hachís, la cerveza, el Cialis, eso que llaman la química entre dos personas, la fragancia húmeda de aquel coño, la piel de Sara, su dolorosa erección, el encaje gozosamente forzado, la amplia estrechez, el infinito arrinconado, la inutilidad de las metáforas, la carne, el arrebato primitivo, la elasticidad, el ritmo, la llamada de la especie, el temblor, el grito, el orgasmo, el tiempo detenido, los fluidos que corren… La secuencia de instantes se ordenaba y desordenaba en la mente de Julio horas después de aquel suceso. No recordaba si se había despedido. Le fue a decir algo, se acercó a su cara y ella le colocó el dedo índice en la boca para que se callase.

En casa Casilda ya dormía y Julio no tardó en echarse sobre el sofá cama de su estudio. Había sido una tarde inolvidable. Quizás el mejor polvo de su vida. El mejor, sin duda.

Los días que siguieron estuvieron llenos de noticias sobre el coronavirus y las medidas higiénicas que se iban a decretar. Casilda compartió con Julio la inquietud de si aquello, que decían que no era más que una gripe, podría afectar a sus planes de embarazo. Aparte de alguna broma sobre pangolines, no profundizaron mucho más en el tema.

La aceleración histórica mantenía el ritmo creciente de acontecimientos, pero Julio era cada vez más capaz de mantenerse ajeno al frenesí informativo. Se trataba de no dejarse arrastrar por la corriente del mundo exterior y poner la atención en otra parte, perderse por afluentes menos transitados. No le era difícil, su mente estaba casi exclusivamente ocupada pensando en Sara, recreando el encuentro que había tenido con ella y buscando excusas para próximas visitas. ¿Había sido un hecho aislado o tendría continuidad? Ni siquiera sabía quién era Sara. Todas sus historias de amor, incluso los escarceos que solo habían durado una noche, habían estado precedidos de intensas conversaciones. Hablar, hablar y hablar hasta asegurar o fingir una afinidad suficiente y, luego, el sexo.

Con Sara había cruzado algunas palabras, pero no habían tenido una conversación. No se había dado un intercambio de pareceres ni nada por el estilo. Pese a ello o gracias a ello, la sintonía entre sus cuerpos —esa era la expresión que a Julio le parecía más adecuada— había sido asombrosa. La falta de información sobre quién era aquella mujer impedía que fantaseara demasiado en términos discursivos, no había un relato en su cabeza que fuera más allá de imaginarse follando con ella una y otra vez. Había preguntas, pero eran tantas, que perdían importancia. En su cabeza se había hecho fuerte la

88

idea de que aquella sintonía entre sus cuerpos era debida al misterio y a la desinformación. La palabra no había podido imponer su juego, la ausencia de comunicación verbal había puesto de relieve otras formas de comunicarse, más sutiles o tal vez más primitivas. Una manera más animal de estar presente que no se enredaba en pretextos y dejaba fluir el deseo. El lunes se quedó en casa, pero el martes a mediodía, todavía notando el efecto de la media pastilla de Cialis que se había tomado el domingo, bajó decidido hasta la puerta de Sara y llamó. No abrió nadie. Estaría trabajando, pensó Julio, si es que trabajaba; o quién sabe si no estaría durmiendo. Subió a casa, se puso el abrigo y salió a la calle. Tenía que contárselo a alguien. Marcó el número de Manuela en el móvil, pero le saltó el contestador. Así que le mandó un wasap a Mauricio anunciándole que se autoinvitaba a comer a su casa y este le respondió al segundo, entre emoticonos de risa, que si tenía tos seca no se acercara.

Al llegar, Mauricio estaba en su jardín. Habían arrancado el césped desde la última vez que había estado allí. En su lugar había un huerto en el que empezaban a brotar algunas hortalizas.

—¡Te has convertido en agricultor urbano!

—Estoy preparándome para el fin del mundo.

—¿Tú también con el cuento chino? A mí lo que me sorprende es que la gente siga enganchada. No sé cómo no se aburren.

—Tú ríete, que pronto verás cómo los supermercados se quedan sin alimentos.

—No te veo, Mauricio, defendiendo tu huerta de las hordas de madrileños hambrientos.

—Hordas de gordas dispuestas a devorar mis vituallas. Ni Tinder voy a necesitar para llevármelas al huerto.

En el primer bancal había puerros y cebollas, en el segundo, espinacas y acelgas, en el tercero lechugas y en el cuarto guisantes y habas. Su amigo fue señalando con el dedo cada uno de los bancales y revelándole el nombre de aquellos pequeños brotes, para él, mientras no crecieran algo más, indistinguibles unos de otros. Le pidió que le ayudase a colocar una malla junto a la hilera de guisantes que sirviera de sostén a su crecimiento. Clavaron cuatro estacas de madera a las que ataron con bridas la malla y luego fueron enredando en ella las puntas rizadas de los tallos.

Hacía sol y Mauricio sacó dos cervezas que se bebieron a la sombra del viejo algarrobo. El contacto con la tierra lo había serenado.

—¿Y cómo vas con Casilda? ¿La has dejado ya preñada?

—Eso ahora es lo menos importante.

Hizo un esfuerzo por resumir su situación. Hacía diez días que no se veían y en ese tiempo le habían pasado muchas cosas. Le habló de la dificultad de llenar sus días ahora que no tenía trabajo, del hartazgo que sentía hacia su vida ya encarrilada, le habló de su condición de presidente de la comunidad, de la experiencia que estaba teniendo con el Cialis, de los pisos okupas, de las chinches, de las cucarachas y de lo que había pasado con su vecina Sara.

—Te juro que jamás me ha dado tanto gusto follar con alguien.

Mauricio, que nunca parecía sorprenderse por nada, fue a la cocina a por dos cervezas más. Brindaron entrechocando los botellines; «¡Por follar!», dijo Mauricio y, tras el primer buche, le contó a Julio su iniciación sexual. Tenía trece años y su madre había empezado a salir una o dos noches por semana con un novio. Ya tenía edad para quedarse solo en casa, pero para estar más tranquila, su madre habló con la hija de la vecina, cuatro años mayor que él, para que se encargase por trescientas pesetas de hacerle la cena y que estuviese en la cama antes de medianoche. Laura se llamaba su vecina y solo sabía cocinar huevos con patatas fritas y salchichas. Era el año 90 o 91 y no había móviles, y en casa de Mauricio tampoco había televisión, así que Laura ponía los Cuarenta Principales y se dedicaban a bailar y a corear los hits del momento. Ella no tenía ningún interés en Mauricio, ni él sentía en principio mayor atracción hacia ella. Tampoco tenían gran cosa de la que hablar.

–Pero aquellos bailes nos dieron una intimidad. Y una noche, bailando así medio agarrados, y ella que era más alta que yo, de pronto, no sé cómo, una de sus tetas se había metido en mi boca. A lo mejor fui yo el que había tomado la iniciativa, pero la que de verdad tenía la sartén por el mango era ella. Yo era un niño, me hacía más pajas que un mono debajo de un carro, pero no había tocado unas tetas en mi vida. Y la tía me pegaba unos refregones con sus tetas por la cara que me faltaba el aire. No sabes qué tetas tenía Laura.

–¿Cómo las de la estanquera de *Amarcord*?

–No, más manejables. Pero grandes y duras. Tetas adolescentes.

–¿Y llegaste a follar?

–No, menos meterla hicimos de todo. Y todo sin hablarlo abiertamente. Poníamos un pañuelo rojo sobre la lámpara del salón, encendía la radio y bailábamos. En plan marchoso al principio y ahí nos enredábamos, yo me acercaba y ella me empujaba. Mucho tonteo. Pero nos tirábamos en el sofá, le chupaba las tetas, le tocaba el coño y ella me cascaba una paja. Yo ya me corría, pero supongo que sería muy poco. Laura estaba obsesionada con que me corriera, con verme eyacular. Y yo, con trece años, me corría hasta tres veces en una tarde.

–¿Y nunca follasteis?

–No. Como mucho me ponía encima pero no se la llegaba a meter, nos corríamos rozándonos, pero sin llegar a meterla nunca. Que yo luego, pensando, raro fue que no se la metiera por accidente o en un descuido. A mí me daba igual meterla, ni sabía, pero el rollo era tan intenso que me ponía loco.

–Y ella qué te decía.

–Es que no me decía nada. Nunca me dijo métemela ni nada de eso. Era como un juego. Supongo que si lo hubiéramos hablado se habría acabado. Ella estaba mucho más espabilada que yo, porque yo era un niño. Me corría ya, pero la debía de tener todavía muy pequeña. Yo qué sé. Pero, vamos, recuerdo aquello como los momentos en los que he sentido mayor deseo de toda mi vida.

–Con tanto rollo de que si la visibilización, de que si el consentimiento, y, al final, vamos a tener que volver al armario. Vamos a tener que escondernos para disfrutar follando. Hay que volver a las prohibiciones religiosas para transgredirlas.

–Al final va a ser eso: solo hay placer donde hay pecado.

Apuraron la cerveza y entraron en la casa a comer. Luego se quedaron frente a la chimenea charlando un rato más y al atardecer regaron el huerto con la manguera. Quedaron en que no pasaría tanto tiempo hasta la próxima visita. Mauricio le hizo prometer que la primera lechuga cosechada se la comerían juntos.

Su suegro se había roto la muñeca y Casilda le pidió a Julio que lo llevara en coche a visitar las obras.

—Le hace ilusión que seas tú.

Lo primero que hizo al entrar en el coche y ver las migas en el asiento fue preguntar si aquello era un coche o una panadería. Estaba de buen humor. Con el brazo derecho en cabestrillo, sacudía con la mano sana el asiento y se reía mientras decía «alimento para las palomas», «alpiste para los gorriones». A Julio le extrañaba el afecto que le tenía Tomás, no había hecho nada para merecerlo y el hombre lo colmaba de atenciones. Aquel coche, sin ir más lejos, lo había comprado su suegro para la familia, pero las llaves se las había entregado a él, y en los últimos Reyes le había regalado unos guantes de cuero y un vale de cuatrocientos euros para ropa en El Corte Inglés que aún no había gastado.

La primera parada era un derribo y su suegro le agarró del brazo para avanzar entre los cascotes. A cada paso daba una orden. A Julio le llamó la atención comprobar que gozaba de una autoridad natural, confirmada por aquellos rudos albañiles que aceptaban de buen grado lo que les pidiese. Tener un dedo menos, haber empezado desde abajo y estar dispuesto a coger con la mano sana una radial para enseñarle al peón recién contratado la inclinación acertada para abrir una roza, le granjeaba a Tomás el respeto de sus empleados. En unos minutos la obra se había convertido en una dinámica coreografía de obreros con puntales, picos, palas, mazas y carretillas. Era en aquel mundo de derribo y enfoscado, de esforzada camaradería, donde su suegro tenía su reinado indiscutible. Fuera de allí sería un hombre sin lugar, un tipo provinciano

93

que hablaba más alto de la cuenta y ocupaba más espacio del que le correspondía, pero, entre ladrillos, era el rey.

–Julio, apréndete los nombres, que un día te toca –y señalando con el dedo fue nombrando a cada uno de los trabajadores–: Giovanni, Elio, Gabriel, Gustavo, Paul y Carazo. Todos eran latinos, ecuatorianos y colombianos. «Para tirar tabiques son los mejores», dijo su suegro. Gabriel era el mayor y el que aparentaba menos frenesí. De hecho, parecía que trabajase a cámara lenta. Advirtiendo su suegro que le llamaba la atención el paso moroso de Gabriel entre los cascotes, le dijo en voz baja:

–El importante aquí es él. Si le hablas con respeto lo tienes. Y si tienes a Gabriel, tienes a los demás. En una obra hay que tener mucho cacumen, no basta con ser fuerte. De todos estos el único que piensa es él. Sin Gabriel, estos locos te hacen un estropicio en un pispás.

Ya en el coche, camino de su segunda visita, Tomás fue enumerando algunos estropicios que habían sufrido en el último año. En el piso de Argüelles, aquella cuadrilla de albañiles, un día que no estaba Gabriel, a punto estuvieron de derrumbar el edificio entero. «En lugar del tabiquillo que tenían que echar abajo se pusieron a tirarle viajes a un muro de carga». Y en otro piso que reformaban, en la calle José Antonio Armona, por poco se mata Giovanni, se metió en la bañera a quitar los azulejos de la pared, el suelo cedió y la bañera se cayó con Giovanni dentro, destrozando la ducha de la vecina de abajo. Una obra era un lugar peligroso.

La segunda parada fue para presupuestar la reforma de una buhardilla. El posible cliente iba explicando con muchos adjetivos lo que quería y su suegro lo resumía en sintéticas notas que Julio iba apuntando en un mensaje de wasap para Casilda: «60 metros cuadrados, fontanería e instalación eléctrica, solería de gres para baño y cocina, tarima flotante imitación roble, tres ventanas Climalit de una hoja, armario empotrado puerta corredera 2 por 2,65 metros, 3 radiadores nuevos y 2 viejos que hay que decapar y darles pintura anticalórica».

Su suegro se despidió del posible cliente prometiéndole «un presupuesto con las tres bes: bueno, bonito y barato», y se fueron a tomar dos raciones de gambas a la plancha al Boquerón. Antes de sentarse su suegro le mandó lavarse las manos a conciencia y luego le pidió que le pelase la docena de gambas que le correspondían.

—Primero me das la cabeza para que la chupe. Quien come gambas sin chupar la cabeza se pierde de lo bueno lo mejor. Y ahora le quitas las patitas y luego la piel y al final tiras de la cola y ya está la gamba pelada. Me la dejas en el plato y ya la cojo yo, que manco solo estoy de una mano.

Desde que se conocían no habían pasado más de un rato juntos sin la presencia de Casilda. Julio sospechaba que tras aquellas maneras campechanas y aquella generosidad de su suegro se escondía en el fondo un carácter mezquino. Sin embargo, también percibía algo honrado, sin dobles intenciones, en la forma que tenía su suegro de tratarlo. Y su pasión por el negocio, que tanto lo espantaba, empezaba a resultarle simpática. No era su mundo, pero había que reconocerle a su suegro un olfato para sacar dinero en un terreno lleno de competidores. Aquel entusiasmo por las reformas inmobiliarias no era muy diferente a la pasión de un niño por el juego. ¿No era ese el secreto de una vida artística? ¿Acaso la entrega y el asombro que derrochaba su suegro no era la prueba de una vida plena? La infancia al fin recobrada que Bataille hallaba en la literatura, la encontraba su suegro en la construcción. La obra como cuarto de juego. ¿No era esta pasión, este gusto por jugar con alegría, lo que faltaba en su vida, en la vida de Julio?

Como era de esperar, Tomás le interrogó sobre los pisos vacíos de la Tesorería. Julio estaba contento por el efecto de la cerveza a media mañana, contagiado por el entusiasmo desbordado de su suegro, pero no había nada nuevo que contar, solo los intentos por parte de la comunidad de que los okupas, en espera de que los desalojaran, colaborasen con la desinsectación de chinches y cucarachas. Apuraron la cerveza, pidieron la

95

cuenta y su suegro sacó del bolsillo un fajo de billetes doblados con una pinza de plata. Pagó con cincuenta euros, recogió de la vuelta el billete de veinte y dejó una propina de cuatro. Volvieron al coche para acercarse a la última de las obras.

—En verdad, que echen a los okupas no es bueno —dijo Tomás mientras le señalaba la entrada del aparcamiento de plaza de España—. Si los echan, el precio de los pisos sube. Y al tenerlos todos vacíos seguro que la Tesorería querrá venderlos juntos. Tú no hagas nada para que los echen. A nosotros lo que nos interesa es que sigan los okupas y que nos vendan los pisos baratos, de uno en uno, para que no dé el cantazo.

Julio le decía que sí, sin mayor énfasis. Salieron del aparcamiento y se dirigieron al paseo del Pintor Rosales donde estaba el piso ya reformado que su suegro quería fotografiar para poner cuanto antes a la venta.

—Esperemos que la tontería esta del covid no pare las ventas. Al mercado del lujo le vienen bien las crisis.

Efectivamente se trataba de un lujoso ático. Trescientos metros cuadrados con una terraza que daba al parque del Oeste. Tomás hablaba de venderlo «como mínimo» por un millón de euros. Subieron las persianas y abrieron las ventanas para que se fuera el olor a pintura. Todo era grande en aquel piso, menos la habitación que daba al patio interior, «ese es el cuarto para la interna». Julio hizo las fotos con el móvil de su suegro y siguiendo sus indicaciones. También grabaron varios vídeos, uno desde el hall de entrada a la cocina y de ahí a las cuatro habitaciones, y otro desde el hall de entrada, asomándose al despacho primero, y pasando de ahí al espacioso salón para terminar en la terraza contemplando el soleado parque del Oeste aquel mediodía de marzo.

La jornada terminó en el Compostela, un restaurante gallego en cuya terraza encontraron mesa sin necesidad de reserva. Según les dijo el camarero, estaban de suerte, las noticias alarmistas sobre el coronavirus habían espantado a la clientela.

Al día siguiente el presidente del Gobierno anunció un periodo de confinamiento de quince días con vistas a frenar la crisis hospitalaria. El incremento de contagios por coronavirus estaba desbordando las unidades de cuidados intensivos. Se hablaba de llevar guantes, de que no eran necesarias las mascarillas, se hablaba de las muchas horas que el virus permanecía sobre las superficies esperando el contacto con la mano de sus víctimas que no tardarían en hurgarse fatalmente en la nariz, se hablaba de cerrar todas las tiendas que no fueran esenciales, de la peligrosidad de que los niños fueran por las calles tocándolo todo, de las nanopartículas que exhalábamos al respirar que se incrementaban exponencialmente al alzar la voz o al cantar, se hablaba de la vacuna de Microsoft y del 5G y cada vez con menos énfasis y más vergüenza de que España contaba con el mejor sistema de salud del mundo. Julio escuchaba aquella algarabía con la misma distancia con la que escuchaba el parte meteorológico: si llovía tendría que coger el paraguas, si hacía sol no se pondría el abrigo.

Se había despertado esa mañana con un plan maestro y no dejaría que los pánicos ajenos lo desviaran de su propósito. Iría a visitar a Sara con el pretexto de que le pasara algo de aquel hachís exquisito que habían fumado la tarde del domingo.

Se duchó, desayunó, se tomó media pastilla de Cialis y con el pelo todavía húmedo bajó hasta el primero. Sara le abrió la puerta sin manifestar sorpresa; como si lo hubiera estado esperando le hizo un gesto inclinando la cabeza para, a continuación, girar sobre sus talones con teatralidad y encaminarse hacia la cocina. Julio cerró la puerta tras de sí y la siguió, fijándose en su despeinada melena morena de mechas rubias, mientras notaba el hormigueo en su entrepierna.

Sara se acababa de despertar y se disponía a desayunar. De una caja de cartón que había sobre la mesa de la cocina agarró una bolsa de magdalenas de chocolate y un brick de zumo de melocotón de marca blanca. La cocina estaba vacía, a excepción de aquella mesa con la caja de cartón y dos sillas. Sara salió de allí, se metió en una de las habitaciones –la que se correspondía cuatro pisos más arriba con el cuarto destinado a su futuro hijo–, se echó en el colchón que había en el suelo y, acomodando los cojines y almohadas en la pared como respaldo, se sentó y abrió la bolsa de magdalenas.

–¿Quieres? El chocolate es como el del Donut Bombón.

Julio se sentó a su lado.

–He bajado a ver si me podías pasar un poco del costo del otro día.

–Primero el estómago y luego los pulmones.

–No tengo prisa.

–Bueno, si no tienes prisa, empieza a liarte el primero. Aquí está el tesoro.

El cofre del tesoro era una caja de hojalata de Cola Cao intervenida. La marca Cola Cao había sido corregida con un rotulador y ahora se podía leer Colo Cao. A la silueta de la negra porteadora, y a la del hijo también, se les había añadido un canuto humeante. Dentro había un paquete de tabaco de liar, un librillo de papel de arroz, una bolsita con filtros y una postura de hachís del tamaño de una pastilla de jabón.

El hachís era tan bueno que no hizo falta quemarlo para mezclarlo con el tabaco. Lio el canuto y lo prendió. Era el mismo sabor dulzón del domingo. El bienestar que le produjeron las primeras caladas le hicieron contemplar aquel cuarto desastrado con más simpatía. El suelo estaba lleno de ropa, mucha ropa, las sábanas floreadas parecían compradas en un mercadillo de los ochenta, cuando los niños hacían gimnasia en el colegio usando por chándal un esquijama. La colcha, con un estampado tristón de cachemires cárdenos y marrones, parecía robada del ajuar de un mendigo. Inspiró otra calada y se fijó en que la ventana que daba al patio interior estaba sin cristales, mal tapada por un trozo de cartón que se doblaba hacia dentro dejando pasar unos rayos de luz que cobraban vida al atravesar las volutas de humo que ascendían desde su boca. Hacía tiempo que no se fumaba un porro tan temprano. El placer estético reside en la mirada y aquella habitación, objetivamente espantosa, se le descubría a Julio como un espacio sublime, el escenario de una ensoñación erótica, una burbuja mullida para viajar sin desplazarse.

—¡Que huele a muñón! Pásamelo, anda.

Sara llevaba unas mallas negras con algunos agujeros y una camiseta con las mangas cortadas a tijera que dejaban ver sus hombros, pero no sus pechos. Julio se desperezó sobre el colchón. Sara se tumbó también y le dijo arrastrando las sílabas:

—Te ha sentado bien, ¿eh? El porro del desayuno siempre es el mejor.

Julio asintió y se quedó mirándola. Sara sonreía dominando la situación, sin bajar los ojos, entrecerrando los párpados cuando espiraba el humo. No había mucha luz, pero podía ver el negro húmedo de sus ojos.

Uno de los atractivos que ofrecen las drogas, incluso las más livianas como el hachís, es una familiaridad instantánea entre consumidores habituales. Compartes un porro con un desconocido y un atajo te conduce a un lugar cómodo para ambos, donde no hay necesidad de explicarse demasiado. Julio pensaba en el hachís como facilitador, como pócima mágica que diluye las resistencias. Llevaban un rato mirándose, olvidados ya el uno del otro, cuando Sara se quitó los pantalones.

—Venga, va, te dejo que me comas el coño.

Después de follar fue Sara quien se lio un porro. Julio estaba tumbado bocarriba, con los ojos cerrados, disfrutando del entumecimiento corporal.

Había eyaculado sobre la espalda de Sara y se habían quedado después abrazados hasta que el calor que sentían les hizo despegarse. Hacía siempre muchísimo calor en aquel piso. Julio recordó la sensación de estar tomando un baño de sol. Tenía sed pero no quería beber nada. Quería retener aquel sabor a coño que lo llenaba todo. Era como si estuviera tumbado en el mar Muerto, haciéndose el muerto, con el sol a mediodía quemándole la piel. Julio había estado en el mar Muerto diez años atrás, en una excursión programada desde el crucero donde trabajaba como cantante, y sabía que no te podías hacer el muerto en el mar Muerto pues podía entrarte agua en los ojos y lastimártelos por el exceso de sal. Estaba en cualquier caso muy colocado y aunque la habitación estaba en penumbra se sentía flotar en una agradable insolación. No estoy muerto, pensó, estoy mejor que muerto.

Fumó tres caladas del porro y se lo devolvió a Sara. Cuando a los tres cuartos de hora se despertó dudaba si realmente se había quedado dormido. Estar entre el sueño y la vigilia había sido reparador, como si el placer que sigue al orgasmo, esa tranquilidad profunda y ligera que no suele durar más allá de unos minutos, se hubiera ampliado una hora.

Antes de irse, Sara le dio una china de hachís del tamaño de una ciruela pasa. Julio sacó de la cartera un billete de cincuenta euros y se lo tendió a Sara esperando algo de cambio, un billete de veinte, al menos. Sara cogió el billete de cincuenta y se lo guardó sin más.

Estuvo toda la mañana del sábado comprando con Casilda en la carnicería, en la pescadería y en el supermercado. A mediodía se habían acabado ya las existencias de papel higiénico y de pan. Unas cámaras de Televisión Española andaban entre la concurrida clientela del supermercado preguntando a la gente por sus compras. Cuando volvían a casa contaron cinco plazas de aparcamiento libres en su calle, algo insólito. Los que podían escapaban de Madrid hacia segundas residencias para vivir como unas vacaciones las dos semanas de confinamiento decretado. El estado de alarma empezaba ese sábado, pero hasta el lunes no comenzarían a multar a los infractores.

Casilda había comprado el periódico en el quiosco, «son días históricos», se justificó, y nada más entrar en casa encendió la radio. Julio sintió que estaban protagonizando una película mala, una de esas donde los protagonistas llegan a casa, encienden la radio y una voz meliflua resume telegráficamente las noticias situando al espectador en el momento histórico:

«El Gobierno restringirá el movimiento de personas salvo en casos de fuerza mayor. El Consejo de Ministros, que aún se encuentra reunido, aprobará este sábado el decreto del estado de alarma que, entre otras medidas, prevé restringir el movimiento de personas salvo para ir a trabajar, a comprar alimentos o medicamentos, acudir a hospitales o a cuidar a personas mayores».

Mientras colocaban las compras en su sitio, oyeron llamamientos a la calma para evitar las aglomeraciones en los supermercados y que la bolsa española había vivido la segunda peor semana de su historia. El ruido de los cajones del congelador al meter los lomos de merluza, la lubina salvaje, los lenguados de miga, la ternera troceada para guisar, el muslo y el contramuslo de gallina con el cuarto de morcillo y el taco de tocino para la sopa les impidió oír las noticias sobre la hostelería y el turismo, pero oyeron que la Conferencia Episcopal pedía que se suprimiesen los pasos de Semana Santa, que se siguiera la misa por los medios de comunicación y que se suspendieran las catequesis presenciales. «Que la procesión vaya por dentro», dijo Julio. Un frente frío de aire polar barrería la península de oeste a este desplomando las temperaturas y dejando nieve en cotas bajas.

Esa tarde fueron a casa de su suegro. El sector de la construcción podía seguir trabajando, no había que exagerar. Pero había que estar preparado por si el Gobierno obligaba a suspender las obras. Casilda seguiría yendo a la oficina, pero su secretaria trabajaría desde casa para poder atender a sus hijas. Unos días antes, los colegios habían cerrado sus puertas hasta nuevo aviso. «Se han tomado la cosa en serio», dijo su suegro riéndose.

Casilda quería que su padre se quedara en casa. Ella misma se ofrecía a supervisar las obras en su lugar. Cada tarde le daría el parte con lo ocurrido y, si surgía cualquier duda, para algo existían los teléfonos y las videollamadas. La asistenta que tres veces por semana le limpiaba la casa, le lavaba y planchaba la ropa, le cocinaba y le mantenía llena la nevera no iba a poder hacerlo, pero ya se arreglarían. Julio escuchaba la conversación sin opinar, preocupado por los compromisos que estaba acordando su mujer, en los que con seguridad se vería implicado.

A la mañana siguiente su suegro los despertó a las diez en punto con una llamada. Se ve que por ser domingo había estado esperando. Su suegro llevaba toda su vida despertándose a las 6.45 de la mañana y entre semana era habitual que llamase a su hija a las ocho. En esta ocasión, como Casilda tenía apagado el móvil, llamó al fijo. Julio se levantó de la cama, descolgó el teléfono y apenas dijo «Sí, dígame» cuando su suegro le soltó lo que había estado pensado durante el insomnio nocturno:

—Os venís a mi casa, que es más grande, y ya está. Más cómodo para todos. Hacemos burbuja y ya está.

Julio no le contestó, le pasó el auricular a Casilda y volvió a la cama. Esa tarde decidieron aprovechar que aún no ponían multas y que la lluvia venía con retraso para dar un paseo por la Casa de Campo. La carretera de acceso al lago estaba cortada y tuvieron que aparcar junto al metro, donde solía dejar el coche cuando quedaba con Manuela. El parque estaba vacío, solo vecinos solitarios paseando a sus perros. Se adentraron por un camino y siguieron por un cortafuegos. No irían, por supuesto, a mudarse a casa de su suegro, pero Casilda tendría que visitarlo todos los días para que el hombre no se sintiera solo. También tenía una propuesta que hacerle a él en nombre de su padre:

—Mi padre dice que no te lo pasaste mal el otro día y que estas dos semanas estaría bien que las visitas de obras las hicieras tú, ahora que ya conoces a los albañiles. No tiene que ser todos los días y cuando estés allí basta que le hagas una videollamada para que se quede tranquilo. Insiste en que te quiere pagar y que si te conviene te puede hacer un contrato.

A Julio le sorprendió que la propuesta hubiese llegado tan pronto. Esperaba que su suegro intentase meterlo en el negocio y no se le escapaba que la visita del jueves a las obras tenía como propósito familiarizarlo con el asunto. Había pensado en ello, dando por supuesto que rechazaría cualquier relación laboral con su suegro, sin embargo, también para su sorpresa, no encontró desagradable la idea, quizás debido a la inmediatez de la propuesta y a que trabajar un poco cuando se obligaba a la mayoría de los españoles a permanecer en casa resultaba coherente con su vicio de andar a contramano. Habría que limar las condiciones con su suegro: lo llamaría por teléfono, pero nada de videollamadas delante de los albañiles y, desde luego, no sería todos los días ni se alargaría más allá de las dos semanas del estado de alarma. Tampoco quería contrato, ni hacía falta que le pagara. No tenía ni idea del asunto, recibiría instrucciones de su suegro y se las trasladaría a los albañiles sin fingir saber más de lo poco que sabía. Sería como un paseo a media mañana.

–Pensé que ibas a decir que no –le dijo Casilda–. No hay quien te entienda. Va a resultar que mi padre te conoce mejor que yo.

Hacía frío y el cielo estaba encapotado. A lo lejos, desde el camino que cortaba aquel cortafuegos, un par de guardas uniformados bajaban haciéndoles señales con las manos.

–Pareja, ¿no saben ustedes que se ha decretado el estado de alarma en toda España? Tienen que volver por donde han venido y permanecer en casa.

–¿No empezaba mañana la cuarentena? –preguntó Casilda.

–El estado de alarma ha empezado ya y por deferencia a los que no se han enterado no se multa hasta mañana.

De vuelta en el coche Casilda encendió la radio y buscó en el dial el noticiero. De nuevo, como en una mala película, una voz femenina con excelente dicción resumió las noticias del día, con ímpetu telegráfico, sobre un fondo sonoro de segundero electrónico que invitaba al infarto: «Ausencia de incidentes en el primer día del estado de alarma. El ministro del Interior, Fernando Grande-Marlaska, ha resaltado el civismo de los ciudadanos, que han tenido un comportamiento encomiable»; «La Policía Nacional extremará la vigilancia contra el pillaje y los asaltos a centros de abastecimiento, además de controlar las restricciones al movimiento de personas y vehículos impuestas para evitar la propagación del coronavirus»; «Incumplir las medidas decretadas puede acarrear desde multas de cien euros hasta penas de prisión»; «Las Fuerzas Armadas podrán dar órdenes a la población civil».

La voz impávida, la música que asemejaba una cuenta atrás, el ministro del Interior, la policía y el pillaje, las multas, la prisión y hasta las fuerzas armadas y la población civil, la realidad tenía un aire de *déjà vu*, de acumulación de detalles de un sueño ya vivido en novelas distópicas. Julio se reía, las películas de miedo siempre le hicieron reír, y la precisión de la locutora resultaba admirable, se la imaginaba alta y rubia, flexible y hermosamente hitleriana o bellamente soviética: «Gracias al aislamiento domiciliario se ha batido un nuevo récord de consumo televisivo, treinta y cuatro coma cinco millones de espectadores de al menos cuatro años de edad se sentaron frente a la pantalla. La comparecencia de Pedro Sánchez para informar del decreto de alarma fue seguida por dieciocho millones de personas»; «El etarra José Luis Erostegui, miembro del comando que secuestró al funcionario de prisiones José Ortega Lara y participó en el asesinato de varios guardias civiles, ha salido este domingo de la cárcel de Herrera de la Mancha (Ciudad Real)»; «El rey Felipe VI ha renunciado a la herencia que le pudiera corresponder de su padre, don Juan Carlos, quien a partir de ahora dejará de percibir la asignación que tenía fijada en los presupuestos de la Casa Real»; «La entrada hoy de un frente frío y una masa de aire polar traerá de vuelta el invierno, con intensas lluvias, fuertes tormentas y nevadas en el nordeste y centro peninsular».

La voz de la locutora se apagó y la cronometrada base electrónica siguió unos segundos y se paró en seco. Tras un momento de silencio arrancó una canción infantil cuyo estribillo decía «Lávate las manos». Miró a Casilda para reírse juntos, pero estaba llorando.

—¿Es por lo del rey?

—Cada día tienes menos gracia.

«Habría que reprogramar la calefacción. La mayoría de los vecinos están en casa y ha vuelto el frío. ¿La pones tú? El portero no está y yo estoy hasta arriba organizando las clases por videoconferencia, un lío monumental».

Elena, la vicepresidenta, le había mandado a las 9.34 ese wasap y a las once ya estaba él en el cuarto de calderas, configurando el reloj programador, una rueda de pestañas por cuartos de hora que se activaban presionándolas hacia fuera. La caldera se encendió y quedó programada para apagarse a las 10 de la noche. Los vecinos confinados no pasarían frío. El cuarto de calderas estaba en el sótano y se accedía a él por el patio interior. Al salir se encontró a Sara apoyada en el alféizar de la ventana de su habitación, con un porro humeante en la mano.

—¿Quieres desayunar? —dijo moviendo el porro en círculos.

Al darle la primera calada, recostado en el colchón de Sara, recordó con inquietud que la última vez que había tomado Cialis había sido el viernes por la mañana y que ya no estaba bajo su benéfica influencia.

Sara se acomodó a su lado y Julio pensó que, siendo lunes, era una suerte estar tumbado y fumando sin prisa un porro en compañía de una mujer que sabía vivir el momento con esa despreocupación adolescente tan valiosa y anacrónica. Tampoco pasaba nada si no se empalmaba, quizás la falta de erección podría prolongar ese tiempo detenido al que la eyaculación ponía un final. La erección ordenaba todo en un relato conocido con sus previsibles giros de guion. La impotencia era la barricada que cerraba la autopista, pero abría el camino.

—¿En qué piensas? Estás muy serio.

—No sé.

—Te salen hasta arrugas en la frente. Eso es que estás pensando algo difícil... o que estás haciendo caca. En mi cama no te cagues, eh, que eso no es de buena educación.

Julio se rio. Era una mujer divertida, no es que hablara mucho, pero su manera de mirar, aquella broma escatológica dicha en un tono pretendidamente mojigato... había inteligencia en ella, una comprensión atinada del momento que hacía muy agradable su compañía. A su manera, aquella mujer de la que tan poco sabía, era capaz de llevarlo a experimentar el presente sin la agobiante inminencia del futuro.

—Pensaba en lo bien que estoy. ¿Quieres que nos tomemos una microdosis de LSD?

—¿Eso qué es?

—Un estimulante que te hace estar guay durante el día.

—Lo de guay lo decía mi madre cuando trataba de engañarme. Las acelgas son guay, las drogas son otra cosa, ¿no?

Subió a casa, sacó del cajón de su escritorio el pastillero donde guardaba las microdosis y el Cialis. Cogió los cinco secantes que le quedaban y se metió en la boca una pastilla entera de Cialis. Del grifo del lavabo del baño bebió un sorbo que le ayudó a tragarse la pastilla. Se miró con confianza en el espejo, mejor estar preparado para lo que pudiera surgir.

Antes de salir miró la hora en la pantalla del móvil y vio que le habían llamado su madre, Casilda y su suegro. Su madre querría comentar las medidas de confinamiento. Eran las 12.30, tal vez su suegro y Casilda querían que comenzara hoy con lo de las visitas de obra. El trabajo, el confinamiento... la realidad de aquel lunes podía esperar a que fuera martes. Dejó el teléfono detrás de un cojín en el sofá y volvió con Sara bajando los escalones de dos en dos.

—Pero eso son tripis, con la carita del acid house y todo. ¿Cómo le has llamado?

—Microdosis. Es como una décima parte de un tripi. Se nota pero no se nota.

—Y entonces ¿para qué?

—Ya lo verás. Si quieres nos tomamos dos cada uno.

—Venga.

Se introdujeron dos secantes debajo de la lengua y, tras un momento de duda mirando la microdosis que sobraba, Sara sacó de su cofre de Colo Cao unas tijeras y con precisión de cirujano cortó en diagonal el cuadradito partiendo por la mitad el icono del sonriente smile.

—Con dos décimos y medio cada uno nos toca la lotería, seguro.

—Garantizado.

Había empezado a llover. Sara se lio un porro y propuso salir a dar una vuelta con las botas de agua puestas. Julio le explicó que estaba prohibido si no era para comprar alimentos o para sacar al perro. Sara dijo que ya lo sabía pero que quién iba a descubrir que estaban de paseo. Julio le explicó que además habían prohibido ir juntos por la calle. «Hijos de puta —dijo Sara—, a mí ya me está subiendo».

Julio también sentía la oleada de calor que anuncia los efectos de la microdosis. Estaban de pie en el salón, asomándose a las ventanas sin saber bien qué hacer. Julio se acercó para besarla, pero Sara se escabulló al baño.

—¿Bayeta o escoba? Me encanta limpiar drogada.

Julio agarró con desgana la escoba y se puso a barrer el salón mientras Sara pasaba una bayeta húmeda por la superficie de los destartalados muebles. El polvo era lo de menos; a una casa así, con el suelo de terrazo, aquellos muebles huérfanos y las paredes de gotelé amarillentas y con manchas de humedad, era imposible darle lustre. Se imaginó a la cuadrilla de derribos de su suegro tirando abajo las paredes y metiéndolo todo en una cuba.

Del salón pasaron a la cocina y de la cocina al dormitorio. Sara hizo un gurruño con su ropa y lo metió en una caja. ¿Dónde lavaría Sara la ropa si no tenía lavadora? Tampoco tenía nevera. Barrido el cuarto, Sara se fue a por la fregona y Julio aprovechó para asomarse a la otra habitación que se había quedado sin limpiar. Con un colchón individual sin sábanas, a medio cubrir por un saco de dormir mugriento y dos pantalones y una camiseta, aquel debía de ser el dormitorio de Moctar.

—¿Moctar y tú sois algo más que compañeros de piso? —le preguntó por fin de una forma un poco alambicada.

—Ni eso. Somos socios.

—¿Y os acostáis?

La estimulación de las microdosis le había quitado las inhibiciones y a Sara parecía que también.

—Imposible. Al negro le gusta mucho el caballito.

—¿El caballito?

—Sí, el jamaro. Le gusta mucho y eso le impide rendir. Aparte de que pasa. A Moctar le gusta el caballito y el dinero, las mujeres le dan igual.

Tardó en caer que se refería a la heroína y entonces le preguntó si a ella también le gustaba.

—Un poquito, pero solo cuando me va a venir la regla. De normal me estriñe y es un rollo. ¿A ti no te gusta?

—No la he probado.

Se quedó pasando la fregona al salón y a la cocina mientras Sara se puso con el baño. Julio notaba oleadas de calor y una exacerbación sutil de los sentidos. A ratos el olor de la lejía le desagradaba y a ratos le gustaba. Había en aquella limpieza un acto de comunión entre los dos. Del baño le llegaban las risas de Sara.

—¿De qué te ríes?

—De que son solo las dos y cuarto y la de cosas que hemos hecho. Yo habría dicho que son las cinco.

Dos microdosis y media eran un cuartito de tripi, no tendrían alucinaciones, pero sí que se notaba, con el refuerzo añadido de los porros, una apertura psicodélica y una intensificación de la experiencia temporal.

Terminada la limpieza se sentaron en el sofá. Julio, al pasar la fregona, había ordenado sin pensarlo los muebles del salón. Había puesto las tres sillas alrededor de la mesa de camping junto a una de las ventanas, en la estantería había colocado el costurero con las cuentas de hacer pulseras, junto a los dos únicos libros que había en la casa: una guía para echar las cartas del tarot y la tercera entrega de *Caballo de Troya*, de J. J. Benítez. El sillón orejero, cubierto con una jarapa verde, quedó pegado a la pared al lado de la estantería dejando frente al tresillo donde estaban sentados un espacio despejado.

—Parece la pista de una discoteca —le dijo Sara poniéndose de pie y tendiéndole una mano—: Si sabes barrer seguro que sabes bailar. Vamos a bailar.

—Pero si no hay música.

Sara ya lo guiaba con pasos decididos en una suerte de vals acelerado al ritmo de su tarareo. Estaba tarareando *La Traviata*, el famoso brindis de «Libiamo, ne' lieti calici»: na na na, na na na na na na... Julio se puso también a secundar el coro y, por ridículo que pareciese, aquel alegre tarareo en movimiento que los llevaba por toda la casa los metió a los dos en un bucle de intensidad explosivo. Terminaron cayendo sobre el colchón, sudorosos y riendo, y Julio, que hasta ese momento no había sentido el efecto del Cialis notó que su polla se ponía durísima al abrazar a Sara. Ella también lo notó.

—Por haberme ayudado a limpiar te voy a comer la polla hasta que te corras.

Después de eyacular siguieron retozando en la cama. Y cuando les entró hambre Julio bajó de su casa jamón ibérico, queso fresco, cuatro tomates, un aguacate y media hogaza de pan de ayer. La tarde la dedicaron a recorrer el edificio. Julio tenía consigo el manojo de llaves y, fingiendo ser un agente inmobiliario le enseñó la habitación del portero, el local del bajo, el patio de los cubos de basura, la sala de juntas y el cuarto de la caldera. Sara se interesó como empresaria de un negocio de pieles de visón por el alquiler del local, pero los dos mil euros de renta mensual le parecieron demasiado poco para una marca de lujo. «O me lo alquilas por ocho mil euros al mes o no hay trato». Los pasillos estaban vacíos y de las puertas de algunos pisos llegaba el rumor de las televisiones. Como ladrones subieron a la terraza del edificio.

—Qué cielo más grande, ¿no?

Desde la azotea se veía la iglesia de San Lorenzo y, a su espalda, el continuo urbano de la ciudad hasta los lejanos campos del sur. Los tejados de Lavapiés y las bandadas de pájaros que revoloteaban al atardecer no parecían formar parte de una gran ciudad. Estaba nublado pero en el horizonte se abría un claro de luces anaranjadas. Las calles desiertas, la ausencia del ruido del tráfico y el piar de las golondrinas, más el estímulo lisérgico, dotaban al conjunto de una sensación majestuosa de irrealidad.

—Algún día todo esto será tuyo —dijo Sara señalando alrededor y riendo con picardía.

Aquel lunes fue largo. Casilda no había regresado y Julio tuvo tiempo de darse un baño de agua muy caliente. El efecto de las microdosis continuaba, dándole una textura aceitosa al agua y acelerando el pensamiento. El tiempo psicodélico, incluso en dosis bajas, proporciona una convicción de que todo se puede lograr y él no era ajeno a esa confianza eufórica en el futuro inmediato: la pandemia y el confinamiento serían un elemento más del decorado, sin mayor interferencia en el desarrollo múltiple de su vida. Su vida sería múltiple, pensaba Julio, nada de seguir fiel al cuento único del buen esposo. Tendría un hijo y seguiría siendo feliz con Casilda, porque a Casi la quería mucho. Trabajaría, ¿por qué no?, en el negocio de reformas de su suegro, en contacto con ladrillos, azulejos, pinturas, rodapiés, puertas y ventanas, en contacto con hombres sudorosos que hacen bromas y cultivan una amistad superficial, de conversaciones que duran poco y de gestos, como cargar un saco de cemento a medias o tirar al alimón un tabique, imbuidos de esa hombría milenaria en lucha contra la cruel naturaleza. Las primeras cabañas, las grandes pirámides, el rascacielos, el cuarto propio y el cuarto de baño, ¿cuántos miles de años habían sido necesarios para la conquista del confort? Julio miraba salir el chorro humeante del grifo y se maravillaba de la larga cadena de hallazgos y esfuerzos que habían permitido que, al accionar una pequeña palanca brotara un manantial de agua caliente que, tras pasar por el serpentín del calentador de gas, gas que venía desde Argelia por tuberías y llegaba hasta su piso, llenaba una bañera en la que su cuerpo estimulado encontraba calma.

No había por qué renunciar a la vida con Casilda, la vida múltiple permitía el refugio y la intemperie, el confort y la aventura. La vida múltiple brindaba la posibilidad de follar con la vecina y darse cómodamente un baño antes de cenar con la esposa. La construcción en altura ordenaba verticalmente los hogares, y, por las escaleras o el ascensor, hacía posible comunicarse con otras vidas en otros refugios. Vivir la vida múltiple admitía convertirse en padre, tener un matrimonio feliz, trabajar con los albañiles de la empresa de su suegro, y entregarse un par de veces por semana a su vecina Sara.

Siempre había sido así, por los siglos de los siglos, la vida múltiple o, al menos, la vida distraída del primitivo hombre de las cavernas, que muerde su ración de mamut sin dejar de estar al quite de lo que ocurre a sus espaldas. La supervivencia había necesitado siempre de esa distracción, de estar en varias cosas a la vez para no acabar entre las fauces del tigre. Atención y distracción, concentración y extravío, un pie dentro y otro fuera. La sobriedad y la ebriedad, el trabajo y el esparcimiento. Un hijo y un suegro. Una esposa y una amante. Y, ¡alerta!, que no te coma el tigre.

No tenía que justificarse, ni ordenar la jerarquía de sus afectos. La vida múltiple no pedía coherencia sino entrega gozosa a los acontecimientos. El goce era el elemento indispensable para la supervivencia. Pandemia y confinamiento. Hoy vivo, mañana muerto. La vida múltiple sería la salvación. Su salvación.

—¿Te importa si enciendo la luz?

Casilda estaba de vuelta y ya se había enfundado el pijama. Se recogió el pelo en un gran moño frente al espejo y se lavó la cara. Julio pensó en contarle lo de la vida múltiple. La vida múltiple como escudo de protección ante un mundo enloquecido que trataba de confinar al ser humano en la cárcel de una pobre identidad individual. Antes de que abriese la boca, Casilda le anunció que estaba muy cansada y que mañana hablarían de todo.

—Claro, mi amor, mañana hablamos.

—Mañana por la tarde, que por la mañana tienes que ir a revisar las obras. Mi padre no ha parado de llamarte.

—Es que no sé dónde he dejado el móvil.

—Estará en el sillón, donde siempre lo pierdes cuando no quieres hablar. Están pasando muchas cosas en el mundo para que tú estés a tu bola.

—Me salgo de la bañera y hablamos si quieres. Hablamos de la vida múltiple.

—La vida múltiple... Mañana, cuando no estés tan fumado, me lo cuentas, ¿vale? Ahora estoy muerta.

Su nuevo trabajo, si es que podía llamarlo así, consistía en visitar las cinco obras que estaban en marcha. Ni siquiera tenía que madrugar. A las diez salía de casa con un papel impreso que le había preparado Casilda en el que se especificaban los detalles en los que se tenía que fijar y los progresos por los que tenía que preguntar. Su suegro le había insistido en que apareciese por sorpresa, pero Julio prefería evitar situaciones incómodas que lo obligaran a dar órdenes y, unos minutos antes de subir a los pisos, llamaba al encargado de obra y le avisaba de su llegada.

Cada visita solía durar una media hora. Julio leía en el folio impreso, «Derribo tabique 2 y 3» y, aunque tuviera el plano delante con los tabiques señalados, era incapaz de identificarlos sin la ayuda del encargado. Otras notas eran más fáciles: «Comprobar que los escombros estén retirados» o «Mantener el suelo cubierto para evitar daños en la solería» o «Pedir a Gabriel que hagan sitio cerca de la entrada para colocar ahí la espuma del aislante acústico y las planchas de yeso para el doble techo». Gabriel era el encargado de una de las cuadrillas, a la que solían confiarle los derribos y las reformas más largas. Gabriel era ecuatoriano, de Tena, un pueblo perdido cerca del río Napo, en el comienzo de la selva amazónica. Podía tener entre cincuenta y setenta años, andaba despacio y siempre parecía estar riendo para sus adentros, como un indio asombrado, de ojos negros muy vivos. A Gabriel trató desde el principio de ganárselo con sinceridad, sin miedo a mostrar su ignorancia.

—Gabriel, ¿qué son los premarcos exactamente? Tomás me ha dicho que hoy tienen que estar puestos los premarcos de las puertas y de las ventanas.

–Los premarcos de las ventanas no se ponen hasta que no estén las ventanas, por si llueve. Los de las puertas ya están puestos, son estos –decía Gabriel acariciando con la mano la estructura de madera fijada al hueco y en la que según entendió encajaría la puerta cuando llegase.

–Me han dicho también que despejéis el primer cuarto para colocar ahí el aislante y las planchas de yeso para el doble techo.

Gabriel asentía y le pedía que apuntara en el papel, al dictado, los materiales que había que encargar y la planificación de la siguiente semana:

–Los sanitarios que no los traigan todavía, pero que Casilda pida ya los azulejos para que estén a finales de la semana que viene. Y el fontanero que venga el martes. Que el lunes venga el Chispas y el martes el fontanero.

Junto a Gabriel, Julio se contagiaba de un ánimo poco común, como un sentimiento de aceptación dichosa frente a lo que pudiera ocurrir. La gente por la calle cambiaba de acera y se ponía nerviosa ante cualquiera al que le diera por toser. Y muros adentro, en la obra, se vivía aquella tranquilidad inesperada. En la rutina laboral que adoptó, la visita a esta obra la dejaba para antes del descanso del bocadillo, para quedarse allí con Gabriel y los albañiles. Era posible que permanecieran callados por su presencia, pero le daba la impresión de que era un grupo que pasaba la jornada en silencio. Hacían algunas bromas inocentes y si alguno hablaba de la pandemia eran comentarios poco apasionados, del tipo «La cosa está mala» o «Nunca llueve como truena». Comparados con los albañiles de las otras dos cuadrillas, tan ruidosos, charlatanes y soeces, parecían una congregación de monjes cartujanos.

Allí en medio de aquella tranquilidad de bocadillos envueltos en papel de plata, en aquel grupo de hombres que nada tenían que ver con él, Julio sentía un bienestar que nunca había experimentado en sus anteriores trabajos. Los nueve años en la FNAC, incluso su época de cantante de orquesta, las recordaba como experiencias incómodas en lo que al trato con los demás se refería. Entre aquellos albañiles latinos no se sentía juzgado ni en la competencia de tener que demostrar nada. Quizás su condición de jefe puntual que no tenía ni idea o de policía que iba a vigilar la marcha de la obra, lo ponían a salvo. Tal vez el encanto estuviera en tratarse de un trabajo normal, no intelectual ni artístico.

Tenía cuarenta y un años y empezaba a descubrir la inutilidad de haber enfocado su vida, sus estudios, sus esfuerzos, al mundo del arte. Era verdad que fue cantante, pero no de sus canciones; que cantó, vendió y escribió sobre la música de otros. Pero, aun así, pese a no tener una carrera artística, nunca había entrado en sus planes encontrar un trabajo normal, un empleo serio que le permitiera alejarse de sus propios intereses culturales. Y ahora descubría que se había equivocado, que un trabajo alimenticio sin grandes exigencias, que pudiera hacer sin convicción ni esfuerzo intelectual, lo liberaba de su natural pereza.

Uno de aquellos días Gabriel estaba levantando un tabique. A Julio le resultaba hipnótico contemplar aquella labor. El ritmo de Gabriel al manejar la paleta y la llana, con esos sonidos metálicos y terrosos al coger de la espuerta el cemento y aplicarlo sobre la fila de ladrillos, le pareció un ritual mágico. Gabriel se mostraba tan concentrado como relajado, ni tenso ni amuermado, fluido como un samurái virtuoso.

—Gabriel, ¿en qué piensa cuando construye un tabique?

—En poner un ladrillo encima de otro.

No era probable que hubiese apreciado aquel trabajo en circunstancias normales. Salir a visitar las obras, mientras la mayoría de la población permanecía confinada en sus casas, lo vivía como un privilegio. Las calles vacías se le presentaban como el decorado de una película distópica de gran presupuesto. No le ocupaba más de tres horas al día, pero era suficiente para distraerlo de sí mismo. El resto de las tareas que le salían al paso las enfrentaba sin la gravedad que le había pesado durante los meses precedentes, por no decir durante los últimos cinco años.

Volvía de una visita relámpago a la obra de Bravo Murillo, donde tuvo que asegurarse de que los enchufes funcionaran y que los interruptores estuvieran bien conmutados, cuando se encontró en el portal con su vecina Elena.

—Esperando estoy a la policía.

—¿Qué ha pasado?

—Una pelea. —La vicepresidenta hablaba entrecortada, con la respiración agitada y un ligero temblor en el labio—. Oí gritos y bajé, y ahora me veo, en el pasillo del segundo, un reguero de sangre del descansillo a la puerta de los okupas. Me pongo a llamar y me abre Suleimán, lleno de sangre. Consigo que me deje pasar, pero esta gente no tiene ni vendas. Ya cuando lo curo en mi casa veo que tiene cuatro cortes en el brazo, cuatro tajadas hechas con un cuchillo de cocina. No son cortes profundos, menos mal, porque ahora está la cosa como para acercarse a un hospital. Pero he llamado a la policía, porque no puede ser.

—¿Quién ha sido?

—Moctar. Los del segundo no tienen un duro porque no pueden salir de casa, y Moctar y Sara quieren que les sigan pagando por las habitaciones. Suleimán les ha dicho que no y el otro con un cuchillo por poco lo mata, menos mal que han salido los otros.

—¿Y ahora qué le vas a decir a la policía?

—Pues lo que ha pasado. Pero no sé si va a servir de algo porque Suleimán y los otros no quieren denunciar. Y a Moctar lo acabo de ver salir. Como si nada, silbando «Resistiré» que iba el muchacho.

—¿Resistiré?

—Sí, la del Dúo Dinámico.

Julio pretextó tener que hacer unas llamadas de trabajo urgentes y subió por las escaleras a casa. Al pasar por el primero pensó en llamar a la puerta de Sara, pero ¿qué le diría? Al llegar a la segunda planta se fijó en el descansillo y en el trecho de pasillo hasta la puerta del seis, pero no vio sangre por ningún lado. Con un cuchillo de cocina, había dicho Elena. No era difícil imaginarse a Moctar librando una guerra a machete en medio del África profunda, pero ¿en Madrid? ¿Y qué pintaba Sara en todo aquello?

Mientras hacía la comida recibió un mensaje de texto de Elena que lo tranquilizó: «La policía toma nota de lo ocurrido, pero sin la denuncia de Suleimán y sin un parte médico de las heridas, no se puede hacer nada. Suleimán no ha querido hablar con ellos, y Sara ni siquiera ha abierto la puerta. Alguien, yo creo que ella, ha limpiado con lejía el pasillo. La policía debe de haber pensado que soy una exagerada».

No pudo dormir la siesta pensando en lo que había pasado y en qué medida lo comprometía, como amante y también como presidente, que Sara viviera con un loco violento. Se fumó un porro viendo un documental de murciélagos en YouTube.

Había unas mil cuatrocientas especies de murciélagos, después de los roedores eran los mamíferos más abundantes. Uno de cada cinco mamíferos era un murciélago y si un ratón de larga vida duraba dos años, algunos murciélagos llegaban a vivir treinta. Que convivieran en colonias, durmiendo unos al lado de otros en cuevas umbrías, los hacía especialmente proclives al contagio de miles de virus, algunos de los cuales podían saltar a los humanos. «¿Son los murciélagos reservorios especiales para los virus que atacan a los humanos?», se preguntaba una mujer pelirroja con grandes gafas de montura metálica para contestar a continuación que no, que los peligrosos virus estaban bien repartidos entre murciélagos, aves y roedores. El documental se complicó, o quizás era el efecto del hachís de Sara lo que le impedía seguir el hilo, pero no consiguió enterarse sobre por qué la «fascinante» inmunidad de los murciélagos era consecuencia de su adaptación al vuelo. Tampoco es que le importara demasiado la actualidad de murciélagos y pangolines como orígenes del coronavirus.

Silenció el sonido del portátil y se quedó viendo las imágenes de murciélagos colgando apelotonados del techo; en el continuo formaban una espantosa tapicería de piel llena de ojos y bocas. Como responsables de la hecatombe coronavírica resultaban más convincentes que los pangolines, porque el terror si se junta con el asco resulta por repulsivo mucho más atrayente. Las paredes del infierno debían de estar tapizadas de murciélagos, pensó al cerrar el portátil.

La tarde se le estaba haciendo muy larga y Casilda no llegaría hasta por la noche. Se guardó el papel, el tabaco, la china de hachís y el mechero en el bolsillo. A continuación dejó el móvil detrás de un cojín y se levantó del sofá dispuesto a bajar a ver a Sara, no sin antes coger de la despensa una botella de vino. Entonces llamaron a la puerta. Era Sara.

—Ahora justo pensaba bajar a verte, ¿me esperas que coja una botella de vino y bajamos juntos?

—Bajamos después —le dijo Sara empujándolo suavemente y pasando al interior de la casa—, que llevo un día tremendo y ya no tengo fuerzas para ponerme a calentar agua. ¿A ti te importa que yo me dé una ducha rápida?

Julio balbuceó un no sé, pero ya Sara se estaba quitando la camiseta y avanzando por el pasillo. Al entrar al baño se volvió y, mientras cerraba la puerta, le dijo:

–No tardo nada.

Eran ya las siete. Casilda no regresaba hasta la noche, pero era un riesgo innecesario que Sara estuviera allí. ¿Sabía Sara de la existencia de Casilda? No recordaba haberle hablado de ella. En realidad, no recordaba haber hablado de nada en concreto con Sara. Quizás Sara estaba mal de la cabeza, como decía Elena la vicepresidenta. ¿Qué pensaría Casilda si se encontraba a Sara en su baño? Llamó a la puerta y Sara lo invitó a pasar. Me invita a pasar a mi propio cuarto de baño, pensó desconcertado por la seguridad que percibía en el tono de Sara. Para ella, que vivía en un piso okupado, no sería raro ducharse en casa ajena. Se habían acostado ya tres veces, ¿era esta invasión de su hogar un derecho que se arrogaba Sara a su favor por haberse dejado follar? ¿Se repetiría? Abrió la puerta y comprobó asombrado que Sara se estaba dando un baño con la bañera llena de espuma de jabón. Había usado la toalla de Casilda como almohada para apoyar la cabeza.

–¿Me haces un porro? Tráete una silla y me cuentas algo.

–Si fumamos aquí tenemos que abrir la ventana.

–Vale. Así vemos el atardecer.

Fumaron con la ventana abierta y la luz apagada. Antes de liarse el porro había mandado un wasap a Casilda preguntándole cómo iba, si llegaría para cenar. Casilda acababa de contestar: «Paso a ver mi padre y voy. Si me quedo a cenar con él te aviso. Tú cena cuando quieras». Tenía margen de sobra, por lo menos dos horas. Aun así, cuando apagó el porro, corrió a echar el cerrojo de la puerta de la calle, dejándolo a la mitad para que no se pudiera abrir desde fuera.

Sara le pidió que se hiciera otro porro, más cargado que el anterior.

–Lo que más me gusta de tu casa es que el agua sale muy caliente.

El sol ya se había ocultado tras los edificios de enfrente pero el crepúsculo, con sus nubes rosáceas y el vuelo veloz de las golondrinas y las piruetas erráticas de algún murciélago, ponía un fondo de intensidad dramática. Con Sara los momentos de silencio iban acompañados de un aire de inminencia, a su lado Julio sentía que algo, no necesariamente malo, estaba a punto de ocurrir, como en el instante anterior al relámpago o en los segundos previos al aterrizaje de un avión. Ella se conducía con seguridad, pero él no podía evitar sentir que la seguía de puntillas.

–He visto hoy un documental sobre murciélagos, ¿sabes cuántas variedades hay de murciélagos?

–¿Contando con Batman?

–Hay mil cuatrocientas especies. Mil cuatrocientas una contando con Batman.

–Mi padre era un flipado de los pájaros. Siempre me preguntaba ¿qué pájaro es ese? Y yo siempre le decía que no era un pájaro ni un avión, que era Supertriki.

–¿Tu padre era biólogo?

–No, era un cabrón. Pero le flipaban los pájaros. Ahora se habría puesto como tú a contar cosas de los murciélagos y de los vencejos. Yo creo que los murciélagos no le molaban, pero los vencejos eran sus preferidos.

–¿Los vencejos?

–Sí, son muy suyos. Están todo el rato en el aire. Comen, beben y duermen sin dejar de volar. ¿Me pasas una toalla?

Sara se levantó, con la altivez propia de su juventud y, tras un momento de pasmo, empezaron con precisión teatral a sonar aplausos que venían de fuera. Se miraron riendo y Julio experimentó una complicidad amorosa. Se había olvidado por completo de la pandemia, de los aplausos a los sanitarios a las ocho de la tarde, de Casilda, que aplaudía si le pillaba a esa hora en casa. Sara se secaba con la toalla y bajo la influencia cannábica, en aquella penumbra crepuscular y con el fondo sonoro de los aplausos, le parecía estar asistiendo al nacimiento de una venus carnal.

–Ciérrame la ventana, que entra frío.

Al cerrar se fijó en que Elena estaba aplaudiendo en el balcón de su casa junto a Suleimán, que no aplaudía seguramente por las heridas en los brazos. Julio no quería romper el encanto sacando a colación la pelea de la mañana, así que no hizo ningún comentario. Sara se vistió con la misma ropa sucia que traía. Con ilusión infantil, moviendo mucho la cabeza y probando los tres cepillos de Casilda, se secó el pelo con el secador dándole volumen a su melena morena de mechas rubias mal teñidas. Julio iba detrás recogiéndolo todo y echando a la lavadora las toallas que había usado Sara. Luego agarró la botella de vino, pero al llegar a la puerta, Sara le dijo que le había entrado mucho sueño y que mejor quedaban otro día. Ya con la puerta abierta, Julio se escuchó mentir:

—No me quiero meter en lo que ha pasado esta mañana. Pero a mediodía ha venido la policía buscando a Moctar. Como lo vean por aquí lo van a detener.

Cada día morían cientos de enfermos por coronavirus, aunque todavía Julio no conocía a nadie que se hubiese contagiado. Estaban, sí, los que aseguraban que su última gripe les había durado tres semanas, los que decían que tenían una tos muy seca pero no les había subido la fiebre, los que aseguraban haber perdido el olfato y aducían como prueba ser incapaces de saborear la comida incluso después de echarle mucha sal, los que presumían de ser asintomáticos. El mejor chiste le llegó en un audio por wasap. Emulaba el mensaje dejado por un amigo en el buzón de voz: tras un animoso saludo, sufría un terrible ataque de tos que terminaba con un «Quillo, que a ver cuándo nos vemos, ¿no?».

Por más que hubiera intentado mantenerse ajeno al asunto, los pocos con los que se cruzaba por la calle mantenían la distancia decretada, algunos incluso cambiaban de acera. Había notado a Elena, la vicepresidenta, dar un paso atrás cuando coincidían en el portal. Salvo algunos locos sin techo que lo hacían para provocar, por la calle no se oía a nadie toser ni se veía a nadie escupir, y eso que eran días primaverales, con mucho polen suspendido en el aire. De toser o de estornudar había que hacerlo poniendo la boca y la nariz en el pliegue del codo. Así te lo explicaban y aunque no quisieras te enterabas de cada detalle. Por ejemplo, elevar la voz, no digamos cantar, multiplicaba el riesgo de contagio en dos metros alrededor. Era sorprendente que todo el mundo hubiera aprendido las instrucciones con tanta diligencia. Si al entrar en el supermercado se te olvidaba ponerte los guantes de plástico, no faltaba quien te lo recordase. Junto a los aplausos de las ocho en reconocimiento a los médicos y enfermeras, momentos catárticos que servían para experimentar el vínculo comunitario cada uno desde su ventana, empezaron a circular vídeos denunciando a desesperados que se saltaban el confinamiento y acababan en el suelo golpeados por la policía, mientras los vecinos aplaudían, esta vez con furia, y lanzaban vivas a los uniformados.

El sentimiento de unión fraterna contra el virus, la emoción de pertenencia a una humanidad que luchaba solidariamente contra aquel enemigo invisible, encontró con rapidez su contrapeso en la aparición del chivato de balcón, que insultaba al desobediente por ir varias veces a comprar el pan en un mismo día. La humanidad, también en tiempos de crisis, seguía siendo decepcionante.

Julio pensaba en el desastre de la humanidad, y se sorprendía recordando las ensoñaciones revolucionarias de su adolescencia, el viejo anhelo de un mundo igualitario, justo, libre y en paz, para cuya conquista no importaba hacer correr la sangre.

Si intentar arreglar las cosas significaba hundirse con los demás en sus miserias, había, sin embargo, una posibilidad contemplativa. Una manera diferente de estar en el mundo. Ver el espectáculo de la gente como una coreografía de hormigas y escarabajos o como el agitado juego de una colonia de monos o como una gran obra urbanística que nunca termina, pero entretiene a miles de obreros con maquinaria pesada. Mirase donde mirase el show se desplegaba ante sus ojos. Los niños no podían salir a la calle debido al poder propagador del virus que se les atribuía, pero los perros sí. Su calle se llenó de señores y señoras con perritos agotados de tanto paseo. Y los niños de su comunidad, encerrados a cal y canto, se hacían presentes con las risas, gritos y llantos que resonaban por los patios interiores, o con sus carreras a la hora de la siesta, clavando mucho los talones en el suelo y transmitiendo al resto de vecinos, a través de la vibración en la estructura del edificio, la ilusión de vivir en un hipódromo.

Su madre había decidido no salir de casa para nada y había empezado a limpiar las compras que le traían del supermercado con lejía diluida en agua. Daba gusto imaginársela con la bayeta húmeda y un pulverizador, a ella, siempre tan reacia a lo que llamaba detergentes químicos, limpiando con esmero un kilo de naranjas mientras su marido sudaba el chándal tres kilómetros diarios a paso ligero dando vueltas a la mesa del salón. Casilda no lo hacía para ellos dos, pero, según se enteró, sí para su padre. Una vez a la semana encargaba por internet un pedido de fruta, verdura, carne y pescado y le sacaba brillo con una esponja remojada en lejía aguada antes de llevárselo a su casa. Casilda estaba preocupada, al principio del confinamiento llegó a pensar que su padre se había contagiado al acudir al hospital para que le enyesaran la mano. Transcurridas dos semanas sin que los síntomas se manifestaran ya estaba fuera de peligro, y, sin embargo, Casilda seguía inquieta.

—Tuvo un infarto hace tres años, tiene problemas respiratorios, está obeso, tiene setenta y dos años y es hombre —contestó cuando Julio le pidió que no se preocupara.

Pese a saber que el perfil de su suegro lo situaba entre las personas de mayor riesgo ante el desconocido virus, no podía evitar sentir que Casilda exageraba manteniendo con su padre una distancia de dos metros y cubriéndose la cara con una mascarilla de pintor que parecía una escafandra. Para Julio, la pandemia, por no decir la vida en la Tierra, era una gran obra de teatro protagonizada por malos actores.

El primer estado de alarma dio paso al segundo y se extremaron las medidas de confinamiento, reduciendo la actividad a los sectores esenciales, entre los que no estaba la construcción. A Julio, con Gabriel y tres paletas, le tocó entonces revisar a toda prisa y siguiendo las directrices en remoto de su suegro y de Casilda, las cinco reformas en marcha para asegurar que la interrupción no trajese ningún desastre. Apuntalaron las vigas de uno de los pisos por temor a que se cayera el techo, cambiaron la cerradura de la puerta de entrada de otro, cegaron el hueco de dos ventanas, retiraron unos escombros y limpiaron y ordenaron en lo posible los cinco pisos.

Con la luz y el agua cortadas, las ventanas cerradas y los cerrojos echados de la puerta del último piso, se despidieron. Había sido una jornada larga y ninguno sabía hasta cuándo duraría aquel paréntesis. En la calle, antes de separarse, Julio tuvo ganas de darle a Gabriel la mano afectuosamente como muestra de agradecimiento. De no ser por él, la experiencia de aquellas dos semanas habría sido muy incómoda, a él le debía la facilidad con la que había podido hacerse cargo de las tareas de supervisión encomendadas por su suegro. Aunque en los días precedentes no habían acatado ninguna de las recomendaciones profilácticas, el trabajo apresurado para poder cerrar los pisos hasta nuevo aviso había introducido miedo en el grupo de trabajadores. Las precauciones impuestas prohibían el contacto físico, así que se quedó parado a un metro de distancia de Gabriel sin saber qué hacer, hasta que este, con la naturalidad acostumbrada, resolvió la situación levantando el codo. Julio aproximó el suyo hasta que se tocaron. Sonrieron y se dijeron hasta pronto.

Aquella despedida le hizo aterrizar en la realidad de la que hasta entonces se había estado escapando. Tendría, qué remedio, que vivir confinado las siguientes semanas como la mayoría de los españoles.

La convivencia con Casilda no fue tan difícil como temía. Llevaban años sin coincidir, y estar más de un día juntos encerrados en casa los obligaba a una nueva forma de relacionarse. A Julio lo que más le preocupaba era ser vigilado. Casilda era una mujer incapaz de perder el tiempo, lo contrario que él, cuyo verdadero logro en la vida consistía en haber aprendido a desperdiciar sus horas sin sentimiento de culpa. Tenía justificaciones de sobra en contra de la agitación y la productividad, pero temía que Casilda le pidiera explicaciones, algo que no formaba parte de su idea de lo que debía ser un matrimonio.

El primer día Casilda lo despertó llevándole el desayuno al estudio. Era una broma, pues sabía que Julio, por mucho que madrugase, tenía cerrado el estómago hasta media mañana. Mal que bien se levantó. Casilda estaba de muy buen humor:

—Yuli, hay que vivir estos días como unas vacaciones. Pasar tiempo en la cama descansando, cocinar, jugar al parchís, limpiar los cristales de las ventanas...

Cuando terminaron de comer, después de haber pasado la mañana cocinando, jugado al parchís y limpiado todas las ventanas de la casa, se durmieron una siesta. Y por la tarde cada uno buscó alejarse del otro. Él en su estudio y Casilda en el dormitorio.

Los siguientes días ya fueron más relajados. Como no se podía ir acompañado por la calle, bajar a por el pan, a la pescadería o al supermercado se convirtió en una manera de zafarse de la presencia del otro. Julio estaba acostumbrado a muchas horas de soledad y lo más fácil ahora, con Casilda en casa, fue mantener su horario eminentemente nocturno para no sentirse agobiado. Que se acostara a las cuatro o cinco de la mañana y se levantase a las doce del mediodía no parecía molestar a Casilda, al contrario, Julio creía percibir en ella el mismo alivio. Eran un matrimonio bien avenido, lejos de dramas sentimentales.

Casilda trabajaba por las mañanas preparando los papeles para el ERTE, los Expedientes de Regulación Temporal de Empleo de los trabajadores a cargo de la empresa. Como sabía de la aversión de Julio hacia las cuestiones burocráticas apenas le comentaba nada del asunto. Comían y cenaban juntos, y el resto del día cada uno iba a lo suyo. Casilda le pidió que no escuchara música en alto, que utilizase los auriculares, y las primeras veces lo arrastró a la ventana para que aplaudiese a los sanitarios, luego ya no hizo falta, pues a Julio le gustó asomarse a verles la cara a los vecinos.

Elena salía siempre con Suleimán para el aplauso, pero Sara no se asomaba jamás. Supo por la vicepresidenta que Moctar había desaparecido y que Sara había dejado de insistirles a los okupas del segundo seis para que pagasen.

La primera tarde que Casilda se fue a visitar a su padre, Julio trató de ver a Sara. Llamó al timbre y le dio la impresión de que Sara estaba y no quería abrirle. Entró al patio común y con la escoba que estaba en el cuarto de calderas golpeó la carpintería de la ventana del dormitorio de Sara, por ver si se asomaba. No es que estuviera preocupado, pero la idea de que Sara pudiera estar pasando un mal momento, le daba la excusa. Ella misma, la última vez que se vieron, se había casi colado en su casa para ducharse.

No tenía mucho tiempo, Casilda podía estar de vuelta en dos horas. Con cuidado para no alertar a los vecinos, Julio trajo del otro patio uno de los cubos de basura, pero no era suficiente subirse a él para alcanzar la ventana del primero. La escalera de mano, ¿cómo no se le había ocurrido?, había pasado dos veces por delante y no había reparado en su utilidad. La apoyó en la pared y subió cómodamente. Apartando un poco el cartón que sustituía al cristal pudo abrir la falleba sin dificultad. Antes de entrar llamó en voz baja a Sara, sin tener respuesta. Allanar una morada, aunque fuera un piso okupa, era un acto delictivo. Pero no era el miedo a una denuncia lo que le hacía estar en suspenso. Dos temores aceleraban su respiración: la posibilidad de encontrarse a Moctar, que en lugar de desaparecer podía haberse confinado sin más, y la idea de encontrarse a Sara muerta. ¿Tenía Sara motivos para matarse? No que él supiera, pero entrar con sigilo en aquel piso tan desordenado disparaba su imaginación.

No había nadie. En la cocina, una bolsa del supermercado llena de galletas tenía un tique de compra de ese mismo día, a las quince y veinticuatro, apenas hacía una hora. Si Sara entraba en ese momento por la puerta, ¿qué le diría él? Le diría que estaba preocupado por ella. Se inventaría que Elena le había dicho que tanto ella como Moctar habían desaparecido, y se había colado por la ventana para comprobar que no había pasado nada grave. Se está muriendo tanta gente, los hospitales a rebosar y la tasa de suicidios disparada. Sobre la mesa del salón encontró una tarjeta de visita de un tal Ricardo Salduera, educador de perros, y el carnet de identidad de Sara. La fotografía era en blanco y negro y Sara parecía una adolescente, no tanto por el pelo corto sino por la abierta sonrisa que lucía. El carnet había sido expedido en octubre de 2014, pero lo que más lo sorprendió no fue el cambio que parecía haber experimentado Sara desde que seis años atrás se hiciera aquella foto, sino descubrir que había nacido en 1994 y era mucho más joven de lo que él pensaba. Él habría calculado unos treinta y dos años, incluso alguno más, y hasta agosto Sara no cumpliría los veintiséis.

Volvió al dormitorio y se tumbó en el colchón. El olor de aquellas sábanas sucias lo excitaba. Miró entre la ropa que estaba amontonada por el suelo y enredadas en unas mallas estaban unas bragas usadas. Eran negras y por dentro estaban manchadas de un flujo blanquecino ya seco. Se las llevó a la nariz

130

y aspiró. Aquel perfume agridulce y vivo, tan similar al de cualquier mujer y a la vez tan personal, estaba lleno de matices sutiles, entre la Coca-Cola, el vinagre y la sopa de pescado. No era un olor muy fuerte, pero era el de Sara. Tenía que respirar antes aire limpio para poder apreciarlo. Cuanto más lo olía más se le escapaba; tan rápido se acostumbra la nariz a los hedores, a los propios y a los ajenos de los que el deseo nos hace apropiarnos.

Tenía una erección tan dura como si se hubiese tomado una pastilla entera de Cialis. Sopesó masturbarse allí mismo, pero la posibilidad de que lo sorprendieran sería tan humillante que se abstuvo. Tampoco podía robar las bragas. No creía que Sara fuera a darse cuenta, dado el desorden en el que vivía, pero llevárselas a casa, con Casilda sin ir a la oficina, lo descartó por arriesgado.

Las olió una última vez, las enredó en las mallas y se fue por donde había entrado, intentando no dejar huella de su incursión.

Poco después Casilda regresó de casa de su padre y le contó que a la ida había visto a Sara discutir con un policía. Casilda no sabía que se llamaba Sara, pero sabía que era la vecina okupa del primero dos que realquilaba las habitaciones del segundo seis a negros sin papeles, y no tenía una buena opinión sobre ella.

—Estaba como una loca, con una cadena de perro en la mano, diciéndole al policía que había perdido a su perro.

—Si esa gente no tiene perro —dijo Julio sin aparentar mucho interés.

—Joder. Sales con una cadena de perro y si te pregunta la policía dices que se te ha escapado el perro. Tonta no es.

—A Mauri le han puesto una multa de seiscientos euros porque entró a un supermercado, no tenían lo que iba a comprar y salió con las manos vacías. Y el policía no se creyó que había salido de casa para comprar, se pensó que estaba paseando. ¿A esta le han puesto la multa?

—Yo creo que no.

131

Sus amigos estaban bien. Incluso algunos, como Manuel, estaban mejor que bien, o eso decían. Manuel se había divorciado de Magdalena hacía cuatro años y, desde hacía dos, andaba litigando con ella por tener la custodia compartida de su hija Candela. Como Magdalena era enfermera y sus padres eran muy mayores, al llegar el coronavirus no había tenido más remedio que dejar a Candela con Manuel, que estaba por ello feliz hasta el empalago. En las videollamadas colectivas con todos los amigos no dejaba de enseñar los dibujos y las esculturas, así las llamaba, que hacía Candela con cartones, macarrones, témperas y plastilina. Un día, Manuel a la guitarra, Candela a la voz cantante, interpretaron en directo «Pueblos del mundo extinguíos», la canción de Siniestro Total. Era una gran canción, pero algo impropia para el momento y para una voz infantil de niña de seis años con dentadura mellada. Candela atacaba las estrofas mirando al cielo, como si estuviera en el coro de una iglesia, pero en los estribillos, animada por su padre, se desmelenaba: «Pueblos del mundo extinguíos, dejad que continúe la evolución, esterilizad a vuestros hijos, juntos de la mano... hacia la extinción».

–Para la próxima, Candela, una de La Polla Records. Que tu padre se las sabe todas –soltó Mauricio esa tarde.

Casilda decía que al ser la única niña pequeña del grupo todos tenían la obligación de cuidarla. Pero mientras Manuel estaba con Candela, el resto de los conectados a la videollamada no podían hablar de nada serio y, para Julio, el tiempo se perdía en cumplidos y carantoñas a la niña.

–Cuando tengamos un hijo, espero que seas más paciente que con Candela.

—Confío en el reclamo de la sangre. Y espero no tener que hablar con él por videollamada.

Con Carlos, Mauricio y Manuela hablaba por teléfono, sin la molestia de tener que verse a través de una pantalla. Sería por la familiaridad con el invento, pero Julio apreciaba ventajas comunicativas en el uso del teléfono mientras que la videollamada le parecía una tecnología incómoda y agotadora. Atender solo a la escucha, sin la implicación de la vista, con el cuerpo del otro lejos y su voz cerca, permitía abordar conversaciones más profundas y ligeras que frente a frente. Por teléfono la distancia aseguraba una concentración y una intimidad que la imagen en la pantalla distraía.

Carlos estaba solo en su piso, «teletrabajando sin parar». Le dijo a Julio que el artículo del Cialis lo podía entregar cuando la pandemia pasara, que ahora no era oportuno.

—Aunque si le quieres dar un enfoque distinto, acerca del papel que están jugando los fármacos contra la impotencia en el confinamiento, puede funcionar. Tendríamos que averiguar si se están vendiendo más o menos. O si la gente lo busca más ahora en internet que antes del coronavirus. Sería el dato que nos permitiría afirmar que la gente confinada folla más, como en las epidemias medievales. Un buen titular y puede hacerse viral.

—Ya, pero me da que la gente ahora folla menos que antes. Todos los escrúpulos nuevos, que no te puedes ni dar la mano, no creo que ayuden. Y encima si estás encerrado con alguien es con tu pareja habitual.

—Bueno, esa es tu impresión. No todos los matrimonios van a ser como el tuyo.

—Lo que habría que mirar es si ha subido el consumo de porno. Somos un país de pajilleros solitarios.

—Hay muchas parejas que ven pornografía juntos para inspirarse.

—Seguro que hay más que la ven por separado.

—Bueno, si me entero de algo que puedas utilizar para el reportaje te aviso. Y si no, me lo entregas cuando pase la locura.

Desde que había empezado el confinamiento, Carlos lo llamaba más asiduamente. Cada cuatro o cinco días le telefoneaba, no hacía falta excusa, estaban confinados y esa excepcionalidad justificaba la intensificación telecomunicativa. Carlos podía empezar la conversación con algún tema de actualidad, sin mucho énfasis, como si estuviera haciendo zapping mientras hablaba, para pasar después, con voz susurrada y reclamando la mayor de las atenciones, a los avances de su amor con el vecino, un hombre casado sobre el que aventuraba un inminente y apasionado romance de escalera. Julio no entendía por qué Carlos desde la facultad le hacía confidente de sus ilusiones románticas y de sus contados escarceos, cuando él nunca le había correspondido revelándole algo íntimo. No se le ocurriría contarle nada de su relación con Casilda o del lío en el que se estaba metiendo con su vecina okupa y, sin embargo, no podía negar que lo divertían los cuentos de Carlos, siempre a punto de follar sin llegar casi nunca a conseguirlo:

—Yo sé que mi vecino —le dijo Carlos la última vez— cuando me mira está pensando lo mismo que yo. Hay electricidad en el ambiente. Ayer por la noche coincidimos después de tirar la basura. Él llegó antes al ascensor y en lugar de subir solo, al verme llegar me dijo «¿Subes?» y yo «Sí». Compartimos el trayecto en el ascensor. Yo no sabía dónde mirar, el macizo iba en chándal y se le marcaba el rabo y yo, te lo juro, pensando en parar el ascensor y arrodillarme. ¿Tú cómo interpretas que haya querido compartir conmigo el ascensor? Aquí la gente en mi edificio sube andando, no coge el ascensor por no respirar las miasmas de los otros. Y él va y me pregunta si subo. Me he masturbado ya tres veces desde ayer. Tendría que haber parado el ascensor.

Una amistad más íntima y dada a las confidencias tenía Julio con Mauricio, aunque la presencia de Casilda en la casa impedía que hablaran de lo que le estaba pasando con Sara. Podrían haberlo hecho de madrugada, cuando Casilda dormía en la otra punta del piso, pero al bueno de Mauricio le había dado por llevar un horario diurno, respetar el reloj circadiano y entregarse al cultivo de su cuerpo y de su huerta. Contra su costumbre, Mauricio lo había llamado por videoconferencia esa tarde para enseñarle los avances de sus cultivos. Había adelgazado un poco, estaba bronceado y muy ilusionado con la siembra de zanahorias y con cuatro matas de marihuana que crecían en un rincón del jardín. Le enseñó el semillero con brotes de fresas salvajes, lechugas y cebollinos, y el plantel de tomateras, donde estuvo un rato identificando las distintas variedades, cherry, raf y otra de «tomates tradicionales», como si a Julio le importase.

—La zanahoria es la hortaliza más interesante. Delicada y dura al mismo tiempo. Naranja, y verde en las hojas. No es agridulce: es dulce y agria, unas veces la muerdes y sabe dulce, y al siguiente bocado puede tener un amargor de alfalfa. El sabor se experimenta de manera diferenciada, la contradicción entre lo agrio y lo dulce no se resuelve.

—No he pensado tanto sobre el particular.

—Otro día te cuento los misterios de la alcachofa. Seguro que no te dejan indiferente.

A Mauricio le gustaba profundizar en cuestiones fútiles, los grandes debates no lo motivaban. Para Julio era asombroso que su amigo siempre tuviera interés en algo y que supiera tanto de cosas que a nadie le importaban. Por ejemplo, podía disertar durante horas acerca de las diferencias y semejanzas entre el trazado que realiza para desplazarse una hormiga, una abeja o un burro. También podía contarte la historia de la ciudad centrándose en la escalera y en la llegada del ascensor. El día que supo que en los desayunos de Casilda no podían faltar kiwis amarillos, contó lo que supuso la aparición del kiwi verde en la España de los ochenta, relacionándolo con la sociedad de consumo y el cambio de hábitos alimenticios y excretores. Aficionado como era a la cerveza, contaba que la verdadera transición en España, el momento en el que España se vuelve civilizada, había sido el cambio en las pautas de consumo alcohólico, concretamente la victoria de la birra sobre el tintorro en los años ochenta.

135

Con Manuela solo se podía hablar de madrugada. El confinamiento había multiplicado su trabajo:

—Ocho horas de teletrabajo son como una jornada de doce. Acabo muerta. La gente se ha vuelto loca comprando libros por internet. ¿Sabes cuáles han sido los libros más vendidos en este mes de confinamiento?

—*1984* y *Un mundo feliz.*

—¡Qué va! El primero ha sido una mierdecilla de Javier Castillo y el segundo uno de Miguel Ángel Revilla, el presidente de Cantabria, y se titula, no te lo pierdas, *¿Por qué no nos queremos?* Y en tercer lugar uno de Juan Gómez-Jurado. Ser librera en la pandemia, y antes, es como ser pastelera y ganarte la vida vendiendo Bollicaos.

—A ti te encantan los Donuts.

—Lo único que me reconforta es que en el quinto lugar está Woody Allen con su biografía.

—Pero ¿tú no estabas a favor de Mia Farrow?

—No. Por ser feminista precisamente estoy en contra de esa loca. Yo siempre he sido más de Diane Keaton.

—Pues no sé dónde he leído que se estaban vendiendo mucho las novelas distópicas. *1984* y *Un mundo feliz.*

—Sí, a lo mejor se están vendiendo un poco más que de costumbre. Es verdad que como se han suspendido las presentaciones y la promoción de novedades y tampoco la gente puede ver los escaparates de las librerías, se está moviendo más el fondo editorial. A mí en enero se me ocurrió la idea de promocionar clásicos del siglo XX en la web, en febrero no se vendió nada, pero desde el confinamiento se ha disparado la demanda. Yo pensé que había sido por mi ocurrencia... El caso es que ahora me tienen loca reordenando el fondo. Han puesto en ERTE a todos los dependientes, pero a los jefes de sección nos están explotando a lo grande. Y encima he tenido que echar a Pedro de casa y me he quedado sin marihuana.

A Manuela le costaba dormirse sin su porro de buenas noches. La abstinencia la tenía, según sus palabras, «emocionalmente desarmada», y todas las tardes, a las ocho, interrumpía su trabajo y lloraba a moco tendido en su ventana, aplaudiendo a médicos y enfermeras.

—Desde mi ventana solo veo a la familia marroquí y a una mujer, creo que es una mujer mayor, que saca por un ventanuco imposible sus manos y es la última en dejar de aplaudir. Pero en el patio resuenan los aplausos y silbidos de toda la calle y aunque no quiera me pongo a llorar como una loca, no sé si porque no tengo porros, por Pedro, por los que se están muriendo, por la pobre mujer mayor que debe de vivir en un metro cuadrado y solo tiene esa ventanita para aplaudir, que ni asomarse puede a la calle... Por un lado, me da vergüenza llorar todos los días a la misma hora, pero es que me quedo tan a gusto... El otro día conseguí no llorar durante los aplausos, pero al terminar un vecino puso a todo meter a Aute. No veas qué llorera. Puso «Sin tu latido» y la de las «Cuatro y diez», y ya me acordé de mi padre y de los viajes en coche hasta la playa. Menos mal que los vecinos no me pueden ver, yo ahí cantando y llorando.

Manuela, tan dada a la novelería, era quizás la que mejor habría entendido sus desvelos, pero Julio no sabía por dónde empezar y también sentía que contar la aventura con Sara era convertirla en pasado, fijar una historia que apenas era un comienzo.

Ignorar las noticias no le servía de mucho, abundaban mensajeros alertando sobre los superpoderes del coronavirus. Sin prestar atención había tenido que oír no sé cuántas veces los ejemplos de resistencia del virus en distintas superficies. En el metal del pomo de la puerta podía quedarse agazapado hasta tres días en espera de una mano descuidada, ¡tres días! Casilda también se hacía eco del pánico y había traído una caja con guantes desechables de nitrilo azul para que se los pusiera siempre que saliera de casa. Hasta su madre le había dado una receta para hacer una pomada hidroalcohólica con aceite de Argán, para que no se resecaran tanto las manos. No había vivido una situación igual, un país, el mundo entero, atrapado en un bucle informativo. Todas las mentes a una repitiendo a coro: co-ro-na-vi-rus. Para colmo otras noticias en circulación no dejaban de resonar, como la crisis de la Corona con la actuación estelar de Corinna. Ni el peor guionista se habría atrevido con esas aliteraciones inverosímiles que vinculaban el futuro de la monarquía y la amante del rey a un virus letal: corona, Corinna, coronavirus.

El pánico generalizado servía también de pegamento social, aunque se hubieran decretado medidas de alejamiento para evitar la propagación del virus, había un sentimiento de unión en la desgracia. Elena, la vicepresidenta, se había puesto en contacto con las vecinas mayores y había organizado con Suleimán las compras de las más miedosas. Como presidente, Julio tuvo que autorizar el pago en negro a dos de los okupas del segundo seis para que tres veces por semana, los lunes, miércoles y viernes, limpiaran con lejía las escaleras, puertas y ascensores, con atención especial a pomos y superficies de contacto asiduo. Los centenares de muertos diarios, el estado de alarma, los aplausos de las ocho, la desaparición de Moctar y la decisiva entrega de Elena para salvar a los okupas de la inanición implicándolos en tareas comunitarias, habían creado un agradable ambiente en aquella vecindad normalmente desconfiada.

Suleimán desplegaba sus encantos en cada tarea que asumía. Por el telefonillo tomaba nota de los pedidos a los vecinos. Acto seguido recogía el dinero que le lanzaban por las ventanas envuelto en un calcetín o dentro de una bola de papel y se marchaba al supermercado. La vecina del cuarto tres le dejaba buena propina maravillada por el orden que encontraba en las bolsas: los productos perecederos en una, los comestibles envasados en otra y los detergentes, servilletas y papeles higiénicos en una tercera. Lo más celebrado, sin embargo, era ver cómo recogía el dinero y entregaba las vueltas ayudándose con un camión de juguete teledirigido. Ponía en el remolque las monedas y billetes, y, a cuatro o cinco metros de la puerta que tocara, sin dejar de sonreír, accionaba el mando conduciendo al camioncito como si de un kamikaze nervioso se tratara, hasta que chocaba con las mullidas babuchas a cuadros del señor del sexto uno, o aparcaba con destreza entre los pies de la vecina del tercero siete.

Elena le relataba por teléfono las proezas de Suleimán, como si fuera su hijo. ¿Se había enamorado Elena de Suleimán o había decidido adoptarlo? ¿Se estarían acostando? Lo que estaban viviendo era una aventura común, de eso no había duda. Suleimán había contactado con la asociación de senegaleses de Lavapiés para colaborar en las labores del banco de comida. Elena también se había implicado y llevaba ya varios días acudiendo con su coche y en compañía de Suleimán a Mercamadrid, a por los excedentes de fruta, verdura, carne y pescado que donaban las distribuidoras.

—Lo que más falta hace son productos perecederos. La gente dona arroz, pasta y esas cosas, pero nadie dona un kilo de manzanas o una lechuga. Y son ya cuatro semanas de confinamiento con muchas familias que no tienen ingresos y es importante mantener una dieta equilibrada para no perder la cabeza.

En situaciones de drama colectivo siempre hay personas que encuentran una nueva razón de ser, su lugar en el mundo, pensaba Julio, mientras escuchaba el relato entusiasta de Elena, que se recreaba contando al detalle la estantería que había montado Suleimán en el local de reparto, con dos tablones de obra y una pila de ladrillos, para colocar los cajones de verduras. Sin transición, Elena saltó a los asuntos pendientes de la comunidad: que si la tele de la del quinto seis que está sorda no deja dormir a la del sexto seis o que por qué no dejaban acceder a los vecinos a la azotea, al menos a los que lo habían solicitado, entre ellos la madre del cuarto tres que estaba encerrada con dos niños hiperactivos.

Elena usaba un nosotros que a Julio le sonaba extraño, «Tenemos que arreglar la cerradura del cuarto de calderas», «Tendríamos que establecer un horario para la azotea, pero antes tenemos que cubrir con malla metálica el hueco del patio». Sin excluirlo del nosotros, Elena llegó finalmente a pedirle lo que parecía importarle más: que escribiera como presidente de la comunidad una carta a la Tesorería de la Seguridad Social para solicitarle el uso del local como almacén del banco de alimentos.

—De los locales vacíos de la zona es el más grande y el mejor situado. Y es público, al fin y al cabo. Y está al lado del Teatro del Barrio, que ha empezado a dar comidas. Si se lo pedimos bien, la Tesorería no puede negarse.

Julio le contestó que no tenía impedimento en firmar esa petición como presidente, siempre y cuando el conjunto de vecinos se manifestara a favor de que el local fuera destinado a ese uso. Los propietarios de la comunidad, pensó, ni por asomo respaldarían la propuesta, ¿un banco de alimentos en los bajos del edificio? ¿Colas de menesterosos al lado del portal? Aquel edificio era de los pocos de la zona que desde que se construyera, allá por los cuarenta, en el solar de una antigua corrala destruida por las bombas, siempre tuvo ascensor. Los viejos propietarios mantenían respecto al resto de la calle un orgullo de superioridad pequeñoburguesa que no arruinarían con aglomeraciones de hambrientos.

Sin embargo, y para su asombro, al día siguiente supo que, de los treinta propietarios que había en el edificio, veinte habían votado a favor de pedirle a la Tesorería la cesión en usufructo del local del bajo. Seis vecinos estaban en contra, tres de ellos dispuestos a cambiar su voto si el local se usaba solo como almacén, no como lugar de reparto de las cestas. Los otros cuatro que quedaban eran los que habían ido a confinarse en segundas residencias fuera de Madrid, y Elena había decidido que teniendo una mayoría de aprobados no había por qué consultarles.

Elena, tan eficaz, le había dejado ya la carta para la Tesorería en su buzón, solo tenía que estampar su firma en primer lugar, como presidente que era. Después la pasaría por las casas de los vecinos que estaban a favor para que la firmasen también, y, a continuación, la escanearía y se la mandaría por correo electrónico al subdelegado, a quien iba dirigida la carta, y a otros cargos de la Tesorería.

Bajó para coger la carta del buzón y se puso a leerla en diagonal. No sabía que, hasta hacía tres años, poco antes de que se mudara con Casilda al edificio, aquel local del bajo había funcionado como sede de una asociación de sordos. Firmó la carta y la introdujo en el buzón de Elena, a la que avisó para que siguiera recogiendo la rúbrica del resto de vecinos partidarios de la cesión. Como era de esperar, aunque ni Julio ni Elena habían reparado en ello, los vecinos se negaron, por miedo al contagio, a tocar un papel manoseado por otros, y así fue que acabaron enviando la carta firmada solo por Julio y Elena, en calidad de presidente y vicepresidenta.

Una semana más tarde llegó la respuesta, no del subdelegado sino de uno de los otros destinatarios a los que habían puesto en copia. Mariano Amezco, secretario del Departamento Legal de Bienes Inmuebles de la Tesorería de la Seguridad Social, venía a decirles con distancia burocrática que no: «Lamento comunicarles que en estos momentos las decisiones relativas al alquiler o cesión en usufructo de los locales vacíos de los bienes inmuebles de la Tesorería de la Seguridad Social están en suspenso debido a la crisis de la covid-19». En el cuerpo del mensaje añadía un reparo razonable, que la petición de uso debía hacerla en todo caso la asociación, «una asociación legalmente constituida», que pretendiera hacer uso del local, no los vecinos que «con su buena voluntad buscan facilitar la existencia a los más necesitados, con una loable generosidad aplicada a un local que, empero, no es de su propiedad».

Las largas del secretario del Departamento Legal de Bienes Inmuebles de la Tesorería de la Seguridad Social no desalentaron a Elena, y dos días después, envió otra carta, esta vez firmada por el presidente de la asociación de senegaleses y por la coordinadora de los Ligres de Lavapiés, la asociación deportiva del barrio que en un primer momento había cedido su espacio y se había visto desbordada por el aluvión de familias demandantes de comida.

A esta segunda carta ya no contestaron. El local siguió vacío, como vacíos y tapiados estaban al menos veinte de los pisos de la Tesorería. La desidia institucional no le sorprendió en absoluto; sin embargo, la reacción de los vecinos, la concordia que se respiraba en unos momentos críticos, lo tenía asombrado.

Estaba preparado para el apocalipsis, pero no para la redención del ser humano. El apoyo mutuo anarquista formaba parte de su imaginario juvenil, pero, como le pasaba con la solidaridad comunista o el cristiano amor al prójimo, no creía desde hacía años en su aplicación universal. Podía entender aquellos deseos de fraternidad y cooperación como abstracta declaración de intenciones, como licencia literaria de autores perezosos, como argumento en boca de políticos peligrosos o como monsergas de curas pederastas, pero no como una realidad que ordenara la convivencia humana. No por nada, sino por la decepcionante naturaleza del civilizado homo sapiens, cuyo progreso individualista hacía impracticable una cooperación espontánea o duradera en el tiempo. Pero ¿y si estaba equivocado? ¿Y si la acción mortífera de un virus había puesto en crisis el funcionamiento capitalista? ¿Estaba él preparado para el apoyo mutuo y la compasión budista? ¿Por qué tenía tanta resistencia a creer en la evidencia de una sociedad libre e igualitaria? ¿Por qué no se entusiasmaba él como Elena o Suleimán ante el desafío colectivo? ¿Por qué cuando Casilda lo arrastraba hasta la ventana aplaudía sin ganas a los sanitarios? ¿Por qué no era como la misma Casilda que, enterada de las necesidades de las familias que acudían al banco de alimentos, además de donar dinero lo obligaba cada vez que iba al supermercado a comprar ocho paquetes de pañales, dos de la talla cero para recién nacidos, dos de la uno para bebés de un mes y uno de cada una de las tallas restantes? ¿Por qué siempre sospechaba de las buenas intenciones de sus congéneres? ¿Acaso no era él, más que cualquiera, el incapaz de experimentar un sentimiento de unión con sus iguales?

Este clima de familiaridad entre vecinos no llegaba hasta el piso de Sara. Para ella Suleimán era un aprovechado que se estaba follando a la vieja de Elena para vivir en una casa con televisión. Cuando la volvió a ver, después de que Moctar hubiera desaparecido, la encontró esquiva. Julio tendría quizás que haberse marchado, pero la curiosidad y aquel vestido veraniego de flores verdes le hicieron quedarse.

Casilda se había ido por la mañana a visitar a su padre y no volvería hasta la noche. Había preparado un pícnic de filetes de pollo empanados, tortilla de patatas con cebolla y una ensalada de tomate, aguacate y aceitunas negras de Aragón. Sara le abrió la puerta y él levantó primero un brazo con la bolsa de las tarteras y luego el otro con la botella de tinto.

—¿Vienes a darme de comer?

Sara se estaba fumando un porro en el salón, con las persianas bajadas. Parecía que llevase en aquel sofá toda la noche. El cenicero estaba lleno de colillas y el aire pesaba por el humo acumulado. Julio abrió la ventana más alejada del sofá para no molestarla, pero ella no se inmutó, siguió fumando con la mirada fija en un punto inconcreto del suelo.

—¿Tienes hambre?

—Mucha.

Sobre la mesa que cojeaba, Julio abrió las fiambreras y sirvió en cada plato un filete de pollo, un trozo de tortilla y un poco de ensalada. En previsión de que pudieran faltar, los platos y los cubiertos los había bajado de su casa. Los vasos los sacó del fregadero atestado de vajilla sucia, los fregó como pudo con un estropajo deshilachado y los llenó de vino.

—¿Me puedes traer, por favor, la comida al sofá? Estoy cansadísima –pidió Sara mientras dejaba el porro humeante en el cenicero.

Sin hablar ni mirarlo, como si estuviera sola, engulló la comida a gran velocidad. Julio comió en la mesa y pensó en todo momento que debía marcharse. Sin embargo, no tenía cosa mejor que hacer. Y se había tomado justo antes de bajar media pastilla de Cialis.

–Al porro de postre invito yo –dijo Sara saliendo de su mutismo.

Julio cerró las tarteras y se sentó en el tresillo con su copa de vino. Podía beber sin freno y fumar cuantos porros quisiera que la erección, si llegaba el momento, no lo abandonaría. Eso le daba una gran confianza. Se adelantó ligeramente hacia Sara para acariciar su pierna con la mano. El vestido de flores verdes le cubría con desgana los muslos y sus rodillas eran chatas, de mujer trabajadora, con cicatrices de niña inquieta. No habían hablado apenas, pero Julio sentía que podía disponer de ella a su antojo. La pasividad de Sara no entorpecía el avance. Se arrodilló frente a ella, le levantó el vestido de flores verdes, le quitó las bragas también floridas y, separándole las piernas, acercó su boca al coño de Sara y empezó a lamer. Estaba caliente. Con la lengua buscó el sabor entre los pliegues.

–¿Te has quedado con hambre, no?

Sara se retrepó en el respaldo del sofá y con un impulso grácil saltó al suelo. Le cogió de la mano y se lo llevó a su cuarto. Allí lo tumbó bocarriba sobre el colchón y se puso a masturbarlo con la mano, acercando cada poco su boca al glande y succionando.

Se corrió dentro de la boca de Sara, que, seguidamente, pero sin prisa, escupió el semen en una camiseta que encontró por el suelo.

Pasó una media hora adormilado. Qué feliz le hacía aquel perderse del mundo y olvidarse de sí mismo. Quedaban muchas horas por delante hasta que Casilda volviera por la noche. Sentía el calor de Sara a su lado como una vibración

145

apacible. Más tarde lamentaría haber interrumpido con sus preguntas aquel placentero sopor.

—¿Tú conoces bien a Suleimán? Parece muy simpático, se está encargando de las compras de las vecinas y organizando con Elena los turnos de limpieza.

Entonces fue cuando Sara se incorporó resoplando y le dijo que Suleimán era un aprovechado que se estaba follando a la vieja de la vicepresidenta para vivir en un piso con televisión y agua caliente. Julio trató de desviar la conversación, comentando que Elena no era tan vieja, que tendría solo cinco o seis años más que él.

—Esa es vieja y le gustan las pollas negras desde que nació. Con Moctar también lo intentó y ahora con Suleimán. Y de mí dice la guarra que le he robado las bragas del tendedero. Como no las use de paracaídas. Ya le gustaría a ella tener mi culo. Una envidiosa. Por eso se metió en medio de la pelea. Por despecho; como Moctar no se la folló no ha parado hasta que ha conseguido que la policía lo busque.

—Pero que parase la pelea fue bueno. Suleimán tenía un corte de cuchillo en el brazo y el pasillo estaba lleno de sangre.

—Ni sangre ni nada. Eso es otra mentira de Elena. ¿Tú viste sangre en algún lado?

—No, llegué cuando ya lo habían limpiado.

—Qué casualidad y qué rápido se limpian las cosas cuando conviene. ¿Cuánto le ha durado la venda en el brazo? Ni tres días. Ayer ya no la llevaba. Lo del cuchillo y la sangre es mentira de Elena y de Suleimán. Suleimán lo que pasa es que no quiere pagar, quiere vivir gratis a costa de los demás. Ahora se aprovecha de Elena, pero antes quería vivir en el segundo sin aportar.

Hablaba con tanta indignación que Julio dudaba de que fuera consciente de la trampa de su razonamiento. Debía de todas formas haberse callado y no intentar corregirla:

—Pero, Sara, el segundo, como este piso, están okupados, no hay que pagarle a un casero todos los meses el alquiler.

—O sea que les tendríamos que dejar a Suleimán y a los otros

146

que vivieran por la cara en una casa que hemos conseguido nosotros. Moctar y yo pagamos al portero que había antes ochocientos euros por la llave y nos pasamos tres días encerrados dentro sin poder salir. Amueblamos las habitaciones, estamos ahí y ponemos orden cuando hay problemas, reparamos las cosas que no funcionan... y eso es un trabajo y una inversión, y tú y Elena queréis que se lo regalemos a Suleimán. Por la cara.

—Pero el piso no es vuestro, no sois los propietarios. Estáis alquilando una casa que no es vuestra.

—Mira, cuando tú encuentres una habitación en el centro de Madrid por ciento cincuenta euros al mes y donde no te pidan los papeles, me avisas. Tú no tienes ni idea de cómo son las cosas. ¿A que si vas al banco y pides un préstamo no te parece mal pagar los intereses? Pues eso.

—¿Eso qué?

—Pues que es lo mismo. ¿O tú te crees que el dinero que te presta el banco es suyo? El banco te presta dinero que no es suyo y tú se lo devuelves con intereses. Ese es su negocio. Como el nuestro con el piso. Así funciona el mundo.

—Pero se supone que la okupación va en contra del capitalismo, que está a favor de que no haya negocio con la vivienda.

—Sí, claro, cualquiera puede hacer negocio menos los okupas... Yo creía que tú eras más inteligente.

—No sé, me parece raro que estéis sacando dinero de gente desesperada.

—No es gente desesperada y si viven en nuestro piso tienen que aportar. A lo mejor es que tú tampoco sabes lo que es aportar. A lo mejor tú te crees que por traer una pechuga de pollo empanada ya estás aportando. Y estás muy equivocado. Tú te crees que puedes venir aquí y follarme por tu cara bonita. Que puedes tumbarte aquí y que yo te coma la polla de gratis. Y dormirte una siesta y reírte en mi cara. Pues ahora mismo te vas de aquí. Un niñato es lo que eres, que no sabes lo que valen las cosas. Venga, llévate los tuppers y no vuelvas.

Pasaron varios días. Pasó una semana. Julio atendía las tareas cotidianas con distancia, como si su alma fuera una cometa conectada a su yo por una larga cuerda. Abrir y cerrar con guantes la azotea para que los niños hiperactivos del cuarto tres pudieran saltar y correr dos horas al día; cocinar más de la cuenta para que Casilda pudiera llevarle al padre su ración; participar en una videollamada con los amigos; llamar a su madre de cuando en cuando; hacer el amor con Casilda varias veces coincidiendo con su periodo de ovulación; dormir largas siestas sin despertador; fumarse un canuto antes de desayunar... Ninguna actividad despertaba su entusiasmo. Se levantaba cansado, pero era incapaz de conciliar el sueño por las noches.

Tenía demasiado tiempo para pensar y las distracciones habituales no le servían. Insistía en leer algunos libros que le había recomendado Manuela, pero su mente estaba en otra parte. Ni siquiera podía escuchar música, la oía como de lejos, desagradablemente cerca las voces y muy lejos los instrumentos. Los arreglos orquestales lo exasperaban y los temas desnudos le sonaban impúdicos, perpetrados por narcisistas dados al abuso emocional de su público. Lo más desagradable fue ver a Pau Donés moribundo, desde el balcón de un piso en Barcelona, anunciando su vuelta a los escenarios. Julio sabía que ese vídeo no estaba dirigido a él, y que probablemente los seguidores del cantante, en medio de una pandemia como aquella, en la que los medios ocultaban por un extraño sentido del decoro las fotos de los muertos, agradecerían la catarsis que brindaba un moribundo dando lecciones vitalistas. Pero eso no impedía que lo recibiese con una mezcla de tristeza y vergüenza ajena. Un tipo consumido por el cáncer, cincuentón pero vestido y peinado como si tuviera veinte años, se elevaba en mitad del desastre sobre el pedestal de la fama para entonar su canto del cisne. ¿No era ese vídeo casero de un minuto un reflejo fiel de la sociedad enferma en la que vivimos? Una enfermedad ridícula donde la fascinación exhibicionista por la visibilidad llevaba a extremos grotescos. Cuando era cantante de la orquesta Novedades tuvo que cantar infinidad de veces la canción de «La Flaca». En la ronda de peticiones siempre había alguno que la pedía. Acabó odiando aquella canción que parecía gustarle a todo el mundo menos a él y a Yara, la corista cubana de la orquesta. Para Yara aquel *hit* era una banalización del hambre que pasaban los cubanos y una mitificación romántica de las pobres jineteras que vendían su cuerpo para salir adelante. No lo decía con estas palabras, aunque Yara, que presumía de haber estudiado Farmacia en la Escuela Lenin, una universidad de élite en la que becaban a los estudiantes con mejores calificaciones, era muy aguda en sus comentarios:

—En pleno Periodo Especial, la gente con la jama y llega un yuma que no se entera de nada y se pone a cantarle a una flaquita. Y después no paraban de llegar yumas de España cantando el temita, aviones enteros de gallegos con camisetas del Che que venían a templarse por dos pesos a una mulata.

—Pero lo que dice la canción es que se conforma con un solo beso y que por él pagaría lo que fuera. —A Julio le encantaba provocarla.

—Mira, habla de una muchacha que duerme de día para engañar el hambre. Y encima se burla diciendo que no le engorda la cerveza, que sigue estando famélica a pesar de beberse una pila de cervezas cada noche, en la tasca donde se prostituye.

—Canción protesta. En realidad, se trata de un himno contra el castrismo.

—Sí, un himno anticastrista que rima «dormir a su ladito» con «a mí me tiene loquito».

¿Qué habría sido de Yara? Tan maternal como era habría perdonado al cantante, tan flaco ahora como La Flaca. Habría aceptado aquel anuncio de su vuelta, no se habría atrevido a criticar a un hombre medio muerto que prescribía ante los infortunios la receta de su música ligera: «Si la vida te da palo: Jarabe de Palo». Volvió a ver el vídeo y, la certeza del paso del tiempo, la impresión de ver a un hombre acorralado en su balcón, queriendo volver a ser lo que fue, lo emocionó. ¡Qué disparate!

Claro que había pensado en bajar hasta el piso de Sara. Presentarse como si nada hubiera sucedido. Según el acervo popular, las mujeres cambiaban a menudo de parecer. Se reía imaginándose con una capa toledana, entonando, tras llamar a su puerta, la famosa aria del Duque de Mantua: «La donna è mobile qual piuma al vento, muta d'accento e di pensiero». Se arriesgaba a que le diera con la puerta en la cara y a que los vecinos se enterasen de sus aventuras extraconyugales con la más proscrita del edificio.

La vecina del tercero dos había vuelto a escribir al administrador quejándose de los okupas y de los trapicheos de Sara, pidiéndole que trasladase su queja a la Tesorería para que acelerasen los trámites ante la justicia y de una vez desalojaran ambos pisos. El mail también le llegó a él:

Buenos días, José Luis.

Espero que al recibo de esta misiva se encuentre usted bien. Le escribo porque seguimos desesperados con los okupas del segundo seis y del primero dos.

A finales de marzo, concretamente el día 28, tendría que haberse llevado a cabo el alzamiento de los delincuentes intrusos del segundo seis. Una sentencia que se había dictado el pasado mes de octubre, después de mucha insistencia y mucho sufrimiento por parte de esta comunidad. Como ha pasado lo que ha pasado, el asunto se ha paralizado.

No obstante, los problemas continúan y en un estado de alarma se agravan. ¿Es que esto no se tiene en cuenta? ¿Es que tenemos que seguir arriesgando nuestra salud expuestos a la inseguridad y a las emanaciones tóxicas? Como ya saben, el primero dos es un fumadero de droga. Por las noches, y a veces también por el día, no se pueden abrir las ventanas que dan al patio por el hedor tóxico que emana del piso. También por la rendija de la puerta se escapa el humo enrareciendo el ambiente del pasillo. Por si esto fuera poco, ellos y las visitas que reciben para comprar droga, así como los africanos del segundo seis, van sin guantes, cogen el ascensor y entran y salen del edificio sin reparos. Pese a que personalmente les he llamado la atención en varias ocasiones desde la ventana, no hacen caso. No respetan las normas porque se saben impunes.

El otro día hubo una pelea entre africanos con muchos gritos y amenazas en su lengua.

El jueves 23 del presente mes de abril se desalojó a los okupas del antiguo Archivo Histórico de Protocolos de Madrid, en la calle Alberto Bosch, tan solo un mes y medio después de haber sido ocupado ilegalmente. ¿Por qué a ellos sí y a los okupas de aquí no? La Tesorería no puede seguir dando cobijo en su propiedad a inmigrantes ilegales y maleantes que atentan contra la salud pública. Lo único que nos puede devolver la tranquilidad es que se ejecute la sentencia y se lleve a cabo el lanzamiento. Tenemos miedo de lo que pueda pasar.

Le ruego que transmita mi demanda a los responsables de la Tesorería y a quien usted estime oportuno y pregunte por favor en qué situación se encuentran los expedientes. Del expediente del segundo seis sabemos que está paralizado de momento, pero ¿se sabe algo del desalojo del primero dos? En el primero dos vive una tal Sara, española, en compañía de un africano, y como ya sabe usted, los dos realquilan las habitaciones del segundo seis.

Como ya le he dicho en otras ocasiones, me ofrezco humildemente a testificar sobre la terrible situación que estamos viviendo. Tengo ordenador y conexión con internet, de manera que puedo testificar por Zoom sin incumplir las normas decretadas por el Gobierno contra la covid-19.

Quedo a la espera de sus noticias.

Muchas gracias y un cordial saludo,

Carmen Ponce García,
propietaria del piso tercero dos

La vecina no estaba al tanto de la concordia que reinaba desde hacía unas semanas con los africanos del segundo seis, pero no se le escapaba el trasiego de clientes que iban a visitar a Sara en busca de marihuana y hachís. Julio desconocía si era verdad aquel trapicheo y si, de ser verdad, implicaba otras sustancias cuyo comercio era más castigado por la ley. Lo más inquietante, lo que más inquietaba a Julio desde que Sara lo echara de su casa era si alguna de aquellas visitas pagaba por tener sexo. ¿Era Sara prostituta? Estaba seguro de que, de ser así, la vecina del tercero no habría pasado por alto el detalle. La vecina del tercero tenía más de setenta años y aunque mantenía el olfato suficiente para detectar el olor a porro que escapaba por las ventanas y hasta por las rendijas de las puertas, no era descartable que una posible sordera le hubiera impedido escuchar los gemidos de placer de Sara o de sus clientes.

Él vivía en el quinto, a mayor distancia que la vecina del tercero, pero era probablemente la persona que más se había movido dentro y fuera del edificio, y en ningún momento se había cruzado con extraños que pudieran ser clientes de Sara, ni de su hierba ni de su sexo. Tampoco Elena, que se enteraba de todo y le tenía bastante antipatía, se había quejado sobre el particular. En ninguna de las tardes que había pasado con Sara habían llamado a la puerta. Tampoco creía recordar haberla visto intercambiando mensajes o contestando al teléfono, actividades propias de cualquier camello. De hecho, tenía la impresión de que Sara no usaba móvil. Se le hacía raro imaginarla hablando por teléfono.

No le importaba que se dedicara al menudeo de drogas. Siempre había sentido hacia los camellos respeto, incluso ad-

153

miración. Con su labor garantizaban la ebriedad arriesgándose a ser encarcelados por unas leyes tan injustas como inútiles. Y la clandestinidad en la que se movían les brindaba, seguro, una vida de aventuras y dinero fácil. No le era raro imaginarse a Moctar vendiendo hierba por los aledaños de la plaza de Lavapiés, incluso resultaba creíble como uno de esos camellos malencarados que vendían por la calle del Barco micras de heroína envueltas en papel film y guardadas entre la encía y la pared interior de la mejilla. Pero a Sara no la veía en esas. Quizás sí podía vender con tranquilidad, sin las prisas y riesgos de la calle, hierba y hachís a unos pocos conocidos. De eso y del realquiler de las habitaciones del segundo viviría. Quizás recibiera una renta de inserción. Sara no necesitaba prostituirse, y de ser así, ¿por qué le importaba tanto? Más que la imagen de Sara acostándose con otros hombres a cambio de dinero, le molestaba sentir que había sido engañado, que la atracción que sentía por Sara no fuera recíproca. ¿Habría fingido Sara sus orgasmos? No le parecía, pero ya no sabía qué creer. Retazos de imágenes muy vívidas de Sara en éxtasis le venían a la mente. Aquella vez que Sara no pudo evitar, mientras él le lamía el coño por los labios inferiores, masturbar su clítoris retozando hasta correrse. O la primera vez que se acostaron. Es verdad que las dos últimas veces se había limitado a chuparle la polla y no parecía tener ganas de ser penetrada. ¿Significaba eso que le había hecho una felación esperando ser retribuida con dinero?

Aquellos días dejó la ventana abierta de su estudio en espera de algún signo que delatara movimiento en el piso de Sara. Una de esas tardes de finales de abril, tumbado en el sofá cama, después de haberse fumado un canuto, creyó oír la voz de Sara. ¿Eran gemidos? Se incorporó y se asomó por la ventana, pero no había más ruido que el piar de los vencejos que surcaban a toda velocidad el rectángulo del cielo. Estaba oscureciendo y la penumbra no le permitía ver con claridad la ventana del primero dos. Agarró el manojo de llaves del edificio y bajó hasta la sala donde se celebraban las juntas de vecinos. Abrió con mucho sigilo la puerta sobre la que se hallaba la ventana del dormitorio de Sara y cruzó el patio hasta el portón del cuarto de calderas. Desde allí comprobó que la ventana de Sara estaba cerrada como de costumbre, con cartones que sustituían a los cristales rotos.

Abrió la puerta del cuarto de calderas y se sentó en una silla, protegido por la oscuridad, con los sentidos puestos en el piso de Sara. Y de pronto la ventana se abrió. Se abrió, sin que desde fuera se pudiera saber quién la había abierto. Julio se quedó expectante, lamentando no haberse bajado un porro liado para fumárselo en aquella espera. El corazón le latía con fuerza. No se había imaginado los gemidos, eran reales, estaban sucediendo. O quizás sí, se había adelantado con la imaginación a los gemidos de Sara y ahora, en un crescendo escalonado, ondulante, le llegaban con una lacerante claridad.

El porro de la tarde lo había dejado muy receptivo y el crepúsculo también ayudaba a dotar al momento de un aire de profecía cumplida. Se bajó los pantalones y los calzoncillos y empezó a masturbarse mecido por los jadeos de Sara. Allí

155

no había nadie más que ellos dos, a pocos metros de distancia, masturbándose a la vez. ¿Y si subía y se follaba a Sara? Aquello no iba durar lo suficiente como para darle tiempo a cerrar y abrir puertas y a subir el piso que lo separaba de Sara. ¿Y si desde allí mismo la llamaba y le pedía que lo esperase? ¿Por qué no agarraba la escalera de mano que había en la sala de juntas y subía directamente? La ridícula similitud con una escena pornográfica y, sobre todo, la posibilidad de que hubiera un hombre en silencio haciéndola gozar lo hizo desistir. Bastaba en realidad con que Sara se estuviera masturbando pensando en otro que no fuera él para acobardarlo. Le dolía cualquiera de las dos posibilidades, y a la vez lo excitaba la reñida disponibilidad de Sara. Tenía la polla tan dura como cuando estaba bajo los efectos del Cialis. Concentrado en los vaivenes guturales de la voz de Sara, echó la cabeza hacia atrás, cerró la boca reprimiendo un gemido y se corrió casi a la vez que ella.

Apenas un minuto permaneció derrengado sobre la silla. Se levantó y se subió los calzoncillos y el pantalón. No quiso encender la luz del cuarto de calderas, el semen eyaculado habría caído sobre el suelo del patio, donde se confundiría con la suciedad. Los restos que tenía en la mano derecha los dejó en la pared y, sin entretenerse más que lo inevitable en poner la silla en su sitio, en el cierre y apertura de los cerrojos de las puertas del cuarto de calderas y de la sala de juntas y en el ascenso a toda velocidad del primer tramo de escaleras, se plantó frente a la puerta del piso de Sara. No era posible que en los cinco minutos que habrían transcurrido desde el orgasmo hasta ese instante, alguien saliera de allí. Si había un hombre con Sara ahora lo sabría.

Llamó golpeando suavemente con los nudillos. La voz de Sara sonó acercándose: «Ya voy». Sintió que lo miraba un segundo a través de la mirilla antes de abrir con decisión y decirle:

—En ti estaba yo pensando.

¿Llegó Julio a enamorarse de Sara? Si así hubiera sido y hubiera que situar un punto de no retorno, un momento decisivo, estaría en esa noche, cuando Julio, tras masturbarse al arrullo de los gemidos de Sara, volvió a sus brazos.

–En ti estaba yo pensando.

Julio entró y la abrazó y ella le correspondió acariciándole la cabellera a contrapelo, besándole en el cuello y en las orejas, como si fuera un soldado que regresa de la guerra. Le olían las manos a coño, todo el piso olía a coño, y al sudor de sus pechos estrábicos. Era el olor y el tacto, porque el piso estaba a oscuras, y quizás la oscuridad facilitó el olvido de la compostura y una entrega en la que los cuerpos se confundían. En aquella ocasión, a diferencia de las anteriores veces, no era solo la lujuria la que guiaba a los amantes, Julio al menos sintió una ternura sensual, un amoroso disfrute corporal que llenó su pecho de calor y vació su mente del ruido que habitualmente lo aturdía. Compenetración. Éxtasis. Plenitud.

No necesitó Julio de la ayuda del tadalafilo, ni siquiera se acordó de la pastilla y, cuando lo hizo, ya en su casa, se maravilló de haber podido empalmarse y eyacular sin retraso, habiéndose corrido poco antes.

Esa vez no cruzaron muchas palabras. El silencio los ponía de acuerdo y los protegía de sus diferencias. Nada tenía él que reprocharle: era mayor que ella, estaba casado y se hallaba sumido en una búsqueda de descendencia familiar. ¿Cómo se atrevía a juzgarla? ¿No estaba Sara dándole una lección de generosidad, sin obligarlo a renunciar a sus privilegios y a su vida, ofreciéndole en secreto su cuerpo y su tiempo?

Hicieron el amor y al terminar se quedaron abrazados, con el semen extendido como una fina película amniótica entre sus vientres, sin querer despegarse.

–Un ratito antes de que llamaras a la puerta me acababa de masturbar pensando en ti. ¿Tú crees en la telepatía?

–No sé. Yo también he pensado mucho en ti.

Julio no fue capaz de confesarle que se había masturbado escuchándola. Tampoco quiso preguntarle si había abierto la ventana con la intención de que él la oyese y de que sus gemidos actuasen como reclamo. Sus cuerpos vibrando en la misma frecuencia gozosa ya eran una prueba irrefutable acerca de la existencia de la magia. No necesitaban apelar a la telepatía ni buscar pretextos esotéricos.

Antes de irse, metió en la cajita de Colo Cao donde guardaba los porros un billete de cincuenta euros.

Sara lo despidió con un beso y pidiéndole que bajara a verla siempre que quisiera.

El mundo seguía girando bajo la hipnosis colectiva del coronavirus. No habían transcurrido ni dos meses y Julio se asombraba de que el asunto informativo siguiera tan vivo. No se hablaba de otra cosa. Bien es verdad que el inicial espíritu de fraternidad, tan inusual, había dado paso a un ambiente enrarecido de desconfianza y malestar. Ya nadie cantaba «Resistiré» y casi nadie aplaudía ya a los sanitarios. Proliferaban los amigos del orden que desde su balcón espiaban el correcto cumplimiento de las normas decretadas, denunciando a los que se sentaban en un banco a tomar el aire. Julio trataba de no asomarse a las redes sociales, pero Casilda siempre tenía un vídeo nuevo que enseñarle. Uno de los que más le impactó fue ver a una pareja de policías reduciendo en el suelo con dureza a una atrevida muchacha que había osado saltarse el confinamiento domiciliario para salir a correr. Lo más bochornoso no era el exceso de celo de la policía, sino los aplausos y vítores de los vecinos que grabaron el vídeo.

A la pulsión inquisitorial del vulgo se sumaba el desconcierto creado por las autoridades con un léxico a contramano del sentido común. Le daba igual que en las comparecencias apareciesen militares y se usara una jerga castrense, con su estado de alarma y sus apelaciones guerreras contra el enemigo. Lo que más le molestaba eran esas expresiones salidas de los equipos de comunicación de los políticos: «nueva normalidad», «fase de desescalada», «distancia social». Se imaginaba a los periodistas y politólogos reunidos a la busca y captura de conceptos grandilocuentes que hicieran a sus jefes aparentar conocimiento y control del asunto frente a sus electores, tratados indefectiblemente como si fueran idiotas. El presidente hablaba de nueva normalidad, los medios amplificaban la ocurrencia y la gente no paraba de hablar de ello, con los ojos achinados como vislumbrando un espejismo: nueva normalidad, nueva normalidad, nueva normalidad.

La realidad había entrado en un bucle de pegajosos estribillos, gusanos cerebrales que se repetían obsesivamente impidiendo el raciocinio: desescalada, distancia social, pico de la curva. Solo cabía darle la espalda a esa realidad y hacer oídos sordos a esos mensajes machacones.

Nada quiso saber Julio de las fases y los periodos establecidos por el Gobierno para ir abandonando las restricciones. Le bastaba con atender a las instrucciones de Casilda, que puntualmente le recordaba las novedades normativas. Así llegó la tarde del sábado 2 de mayo y Casilda preparó una mochila con dos botellas de agua, unas galletas de chocolate que había comprado por la mañana en la panadería y gel hidroalcohólico. Cogidos de la mano se recorrieron el barrio de Lavapiés, maravillados ante la acumulación de parejas que transcurrían ordenadamente intentando mantener la distancia unas de otras. Se acercaron hasta el parque del Casino, pero todavía permanecía cerrado. Y cuando Julio quiso sentarse en un banco de la calle Argumosa para comerse las galletas, Casilda le explicó que no podían hacerlo, que no estaba permitido. Por la calle Ave María vieron bajar a Elena y Suleimán, que los saludaron agitando la mano con emoción para pararse a dos metros, sin transgredir la distancia impuesta, e intercambiar algunas frases entusiastas sobre lo cerca que estaba ya el fin de la pandemia.

Una hora y media estuvieron por las calles, incumpliendo el tiempo máximo establecido de una hora por paseo.

Ya en casa, mientras cenaban, Casilda le enseñó en la pantalla de su móvil fotos de aglomeraciones callejeras que venían acompañadas de comentarios lamentando la irresponsabilidad de la gente, incapaz de acatar la orden de mantener la «distancia social». Casilda, que en su juventud había querido ser fotógrafa, le explicó que aquellas fotos eran engañosas, que estaban tomadas con teleobjetivo y en un picado que reducía la profundidad de campo, aparentando proximidad entre la gente. Julio quería creer que era cosa de cuatro con ganas de indignarse, pero Casilda deslizaba el dedo en la pantalla y no paraban de aparecer los comentarios maldiciendo a los irresponsables de las supuestas aglomeraciones. Cuánto apego al miedo y a la profilaxis, cuánta pasión por las normas y la obediencia.

A partir de ese día, todas las tardes que duró esa fase, entre las ocho y las once de la noche, franja horaria decretada, salían de paseo. Casilda además, entre las diez y las doce, la franja matutina establecida para adultos dependientes y mayores de setenta, sacaba a pasear a su padre. «Nunca he caminado tanto como ahora», comentaba Casilda con satisfacción, antes de añadir que aquello debía de ser bueno para activar el cuerpo y facilitar la procreación.

—¿Es tuya la bici del patio?

Que Sara llamara a la puerta de su piso y lo despertara lo llenaba de inquietud, ¿qué diría Casilda si descubriera la familiaridad con la que se trataban? Sara llamaba a la puerta a horas intempestivas y ni saludaba. Preguntaba cualquier cosa y ante el pasmo de Julio repetía la pregunta: «¿Es tuya una de las bicicletas que hay candadas en el patio?». Casilda se acabaría de marchar a casa de su padre. Suponía que Sara la habría visto salir y por eso se presentaba con tanto desparpajo.

—Que si es tuya la bici.

—Sí. La azul es mía y la roja de Casilda.

—Yo solo quiero una.

—Creo que está pinchada.

—No importa, yo la arreglo. ¿No te has enterado de que ahora se puede hacer deporte desde las seis de la mañana y por las tardes hasta las once?

—No sabía que tuvieras afición al ciclismo ni a madrugar. Son las nueve.

—De pequeña gané la carrera de triciclos de la guardería. Eso marca.

Unos meses después echaría de menos esas interrupciones en su rutina, aunque en el momento las recibiera con cautela, temeroso de que, tan imprevisible como era Sara, acabara en uno de sus arrebatos por descubrir a los vecinos o a Casilda su aventura. No tenía tanto que perder, se tranquilizaba Julio, al comprobar que tampoco tenía cosa mejor que hacer que dejarse enredar. Le dio la llave del candado y tras una ducha rápida bajó hasta su casa.

—Justo a tiempo —le dijo Sara dándole la bomba para hinchar las llantas–. Ya verás lo Rambo que te pones.

Le hizo pasar al salón. Había desmontado las ruedas del cuadro y tenía sobre la mesa un cubo de agua, un bote de pegamento, una lima de uñas y unos parches para arreglar pinchazos. La rueda trasera solo estaba desinflada. Se la dio para que la hinchase mientras ella, con una asombrosa destreza, limaba los bordes de un pinchazo de la cámara delantera, le aplicaba pegamento y le ponía un parche.

—Qué bien se te da.

—Ya te dije que de niña gané el concurso de velocidad en triciclo.

Con la bicicleta bocabajo, Sara terminó colocando las ruedas, alineando con tino la trasera y engrasando la cadena, los piñones y los platos.

—¿Qué hora tenemos?

—Serán las nueve y media.

—Todavía tengo media hora para hacer un poco de deporte. ¿Tienes casco?

Julio le bajó su casco y vio cómo Sara se marchaba calle abajo con su bici. ¡Qué hermosas son las mujeres en bicicleta! ¡Qué hermosa estaba Sara sobre la bicicleta azul a la luz del día! Incluso el casco le sentaba bien, dándole un novedoso aire de mujer resuelta y aerodinámica. Al verla desaparecer girando al final de la calle sintió una punzada de melancolía. La impresión de que con el paulatino fin de las restricciones su pequeña historia de amor estaría condenada a diluirse más pronto que tarde en las rutinas de la normalidad. Subiendo en el ascensor recordó una canción de Barbara, «Dis, quand reviendras-tu?», en la versión adaptada al español por Chicho Sánchez Ferlosio que siempre cantaba Mauri con voz afeminada, acompañándose con torpeza en un teclado Casio de juguete. La canción era tan buena que sobrevivía a la interpretación travestida de Mauri. A Julio le gustaba mucho la última estrofa, la única que se sabía:

Por más que te amo yo,
por más que te amo a ti,
por más que te amo aún,
por más que te amo así,
si tú no sabes ver
que tienes que volver
haré que nuestro amor
se pierda sin dolor.
De nuevo sentiré
el milagro de la vida
y me calentaré
debajo de otro sol.
No voy a morir
por causa de tu amor,
no soy la mujer
que aguarda frente al mar.

De esta estrofa le gustaba especialmente el final, mejorado por Chicho Sánchez Ferlosio. Si el verso en voz de Barbara decía literalmente «No tengo las virtudes de las mujeres de los marineros», Chicho lo elevaba con sencillez definitiva: «No soy la mujer que aguarda frente al mar». Se rio al identificarse, en el breve lapso de la despedida intrascendente que acababa de ocurrir, con la mujer que aguarda frente al mar. Qué ganas tenía de que Sara regresase para hacerle el amor. Amarla en la penumbra de su cuarto, con la imagen de ella subida en bicicleta aún fresca en la retina.

El episodio de la bici tuvo todavía un cierre enrevesado. Al entrar en casa, vio sobre la mesa del estudio la pantalla de su móvil iluminada. Casilda lo estaba llamando.

—Me acaba de llamar Elena. Han visto a la vecina okupa robándote la bicicleta.

No había pensado todavía en qué excusa le daría a Casilda sobre el préstamo de la bici. Una bicicleta que fue el primer regalo de Reyes que le hizo su suegro, cuatro años atrás.

Les regaló dos bicicletas carísimas, la azul para él y la roja para ella. Dos bicicletas que apenas habían usado.

—No me la ha robado. Se la he dejado yo.

—¿Se la has dejado?

—Sí, me la ha pedido por favor y no he sabido decirle que no.

—Pero se la has prestado para hoy o para estos días.

—No lo sé. No me ha dicho hasta cuándo la necesita.

—Pues precisamente hoy te iba yo a proponer que nos diéramos un paseo en bicicleta.

—Ya es casualidad.

—Es que no hay casi tráfico y es divertido ver las calles llenas de ciclistas y patinadores. Mejor que pasear otra vez por Lavapiés.

—Bueno, vamos a esperar y si no me la devuelve hoy, mañana se la pido.

—Vale. Pero no te olvides de llamar ahora a Elena y tranquilizarla, que quería denunciar el robo.

En lugar de llamar le mandó un escueto mensaje de texto al móvil: «Elena, Sara me pidió la bicicleta y no supe negarme. Gracias por avisar».

Al día siguiente, a media mañana, Sara se presentó en su casa. Llegó sudorosa, con el casco en la mano y chupándose un mechón de pelo que le caía sobre la frente. Julio pensó que venía a devolverle la llave de la bicicleta y la hizo pasar al recibidor, para evitar la curiosidad de los vecinos. Ella se le acercó y le dio un beso en los labios. Y como si fuera la dueña de la casa y él el invitado dijo: «Me doy una ducha rápida y enseguida estoy contigo».

La vio avanzar por el pasillo y desnudarse frente al espejo, sin cerrar la puerta del baño. Se acercó a llevarle una toalla limpia.

–Lo que más me gusta de tu casa es que haya dos lavabos. Y los azulejos amarillos. Mi color preferido es el amarillo canario –le dijo mientras entraba en la bañera y abría el grifo de la ducha.

Allí enmarcada Julio se dio cuenta de que tenía las espaldas más anchas y era más baja de estatura que Casilda. Y más blanca de piel. Sara tenía una piel de pelirroja, con algunas pecas difusas sobre un blanco que tendía a enrojecer con el roce o el agua caliente. El pezón se retrajo endurecido al contacto con el agua.

–¿Te vas a quedar ahí mirando? Hazte un porro y me invitas.

Julio se fue a su estudio. Abrió la ventana para ventilar la habitación en la que acababa de despertarse. Dobló la manta y, en lugar de recoger el sofá cama, estiró las sábanas y ahuecó las dos almohadas. No sabía si tenía ganas de fumarse un porro antes de desayunar. ¿Por qué no? Sería un buen atajo para conectar con Sara. Las drogas podían ser caminos, pero prefería pensarlas como lugares. Estados de ánimo concretos, sitios de reunión para las almas afines. El alma y el cuerpo también, una y la misma cosa. Pensó en tomarse el Cialis, pero desechó la idea, solo le quedaba una pastilla y la última vez no había sido necesaria. Deshizo el costo con el pulgar y el índice mezclándolo en la mano con el tabaco. Lo lio y, a continuación, introduciendo un lápiz por la punta de la embocadura, prensó un poco la mezcla. El papel sobrante ardió elevando una voluta de humo con briznas de cenizas. Aspiró la primera calada y vio entrar a Sara, como una ensoñación húmeda, envuelta en la toalla y con el pelo mojado.

–Hey, que el porro era para mí, que me lo he ganado. No sé ni cuantos kilómetros he hecho hoy.

Le pasó el porro y fue al baño a revisar que todo estuviera en su sitio. Sara había usado la mascarilla para el pelo de Casilda, dejándose el bote abierto. Lo cerró. Le quitó los pelos al cepillo y al sumidero de la bañera. Entre los pelos negros caídos de Casilda, se veían algunos rubios teñidos de Sara, tenían una longitud aproximada. Miró el matojo en su mano por un momento, como esperando una revelación, antes de tirarlos al wáter y pulsar la cisterna. Al regresar al cuarto con la ropa y los zapatos de Sara, ella estaba tumbada en el sofá cama, desnuda bajo la sábana, y le tendía el porro con la mano.

–Termínate el canuto y hazme un masaje. Te dejo que me toques, pero empieza por los pies.

Julio cerró la ventana y bajó la persiana dejando la habitación en penumbra. Apuró el porro y puso música relajante en el ordenador, una lista de reproducción en *streaming* que empezaba por el disco de *Alina* de Arvo Pärt, con «Spiegel im spiegel» en la versión para piano y violín. Sara, al escuchar el arranque, le preguntó si no tenía una vela perfumada para encender. Julio le dijo que no y empezó a tocarle los pies. Era el segundo masaje que le daba, reconoció la·sensación de tener en la mano sus pies pequeños y calientes, el arco pronunciado, el sonido sordo del cascabel que colgaba de la esclava de su tobillo derecho.

La música tintinabular en alianza con los efectos cannábicos matutinos lo sumergió en un estado meditativo. Acariciaba el cuerpo de Sara, ejerciendo presión a lo largo de sus músculos, confundiéndose con su carne viva y juvenil, sin pensar en nada. Al igual que en aquella música en la que la melodía y el acompañamiento eran uno, su cuerpo y el de Sara se confundían en un ritmo sereno de respiraciones largas. No era una sensación sexual. Al menos al principio. Sara se puso bocabajo y Julio se colocó encima, cubriéndola. Su polla estaba flácida, le gustaba sencillamente permanecer encima de Sara, sintiendo su calor. Probablemente en otro momento se hubiera sentido raro, pero Sara parecía participar del mismo juego. Solo al rato, Sara le pidió, más bien le ordenó, que le comiera el coño.

Con algún matiz salobre, el coño lavado de Sara sabía ahora al gel que usaba Casilda, y el ano también. Un ano es siempre más fácil de chupar que un coño, no tiene tanto misterio, basta con lamer sin miedo y presionar con la lengua. Julio era, como cualquiera, escrupuloso con los excrementos ajenos, pero sin exagerar tampoco, digamos que era capaz de apreciar con su olfato curioso el olor a heno de la orina reciente, tan distinto al hedor del meado rancio. Y le gustaba, sí, chupar con su lengua aquel coño fresco y aquel culo que acababa de sudar, así se lo imaginaba, sobre el sillín de su bicicleta.

Sin dejar de estar bocabajo, Sara comenzó a masturbar su clítoris. Julio entonces se incorporó, ensalivó su polla con la mano, levantó el culo de Sara y se la metió por el ano con tiento, mientras ella no dejaba de masturbarse.

A Julio le hubiera gustado que durase más, pero duró lo suficiente para registrar con detalle las sensaciones propias, los jadeos y la imagen de entrega de Sara que, apoyada en las rodillas y en una mano, arqueaba la espalda ofreciéndose a su empuje.

Muchos meses más tarde, Julio aún recordaría con detalle aquella mañana, volviendo sobre las imágenes y las sensaciones, volviendo al final cuando ella le dijo que podía correrse dentro y él, apretando los párpados, abriendo la boca y embistiendo con más fuerza se corrió dentro de su recto. Desligados cayeron como si estuvieran muertos, quedándose en un duermevela heroico. Julio identificaría después la música que sonaba tras su eyaculación: la primera de las Gymnopedies de Satie y, seguido, en voz de la Callas, el aria «Come per me sereno» de la ópera *La sonnambula* de Bellini. El sol de la mañana entraba por las rendijas de la persiana en haces de luz, detalle que se sumó a lo que Julio no pudo más que interpretar como una epifanía de dicha cósmica, de despertar primaveral. La Callas cantaba que la naturaleza no brillaba, que era el amor de su amado quien la coloreaba.

Se incorporaron mientras Maria Bethânia interpretaba «Três apitos» de Noel Rosa. Sara se había vestido y le preguntó si su mujer nunca estaba en casa. Él contestó que por las mañanas trabajaba y que estos dos meses había estado cuidando de su suegro, que se había roto la mano derecha y necesitaba ayuda. Luego le pidió que le devolviera la llave del candado, que Casilda quería darse por la tarde un paseo en bici. Sara le dijo que la necesitaba un par de días más: «¿Tú no me has dicho que tu mujer pasa las mañanas con su padre?». Al final, acordaron que por las mañanas podría utilizarla Sara, siempre y cuando dejara la llave del candado escondida debajo del tiesto de la aspidistra que había en el hall de entrada, junto a la puerta del patio interior, para que por las tardes pudiese él salir a pasear en bicicleta con Casilda.

—¿No te olvidas de algo?

Julio se había olvidado, sí, pero enseguida reaccionó. Sacó de su cartera un billete de cincuenta y se lo dio con descuido a Sara, como si le estuviera dando un cigarrillo.

—El próximo día que vengas a verme —le dijo ella con suspense, mientras se guardaba el billete en el bolsillo del pantalón del chándal—, te voy a hacer un regalo.

¿Qué habría dicho Agustín García Calvo de la pandemia y las medidas decretadas para la contención del virus? Julio pensó en preguntarle a Mauri, pero tampoco le apetecía hablarlo por teléfono. Si no recordaba mal, el filósofo echaba pestes del preservativo, no por impedir el placentero contacto con la piel ajena sino por la mera profilaxis, por meter entre los cuerpos de los amantes el miedo al futuro en un momento en el que lo que toca es el olvido orgásmico de toda prevención y norma, la entrega sin condiciones a un presente pleno. ¿Qué habría dicho de los encierros domiciliarios, de los paseos acotados en franjas horarias, de los guantes desechables de nitrilo azul y de las instrucciones para quitárselos con cuidado de no tocar con la mano limpia la parte exterior? ¿Se habría reído de las repetidas y detalladas instrucciones para lavarse las manos con jabón, él, que recomendaba no lavarse tanto?

Antes de conocer a Casilda, Julio era un habitual de la tertulia política de García Calvo en el Ateneo de Madrid. Nunca fue tan forofo del filósofo como Mauri, que era capaz de reproducir muchos de sus poemas y discursos, imitando su rítmica dicción. A Julio lo mareaban un poco aquellas charlas en las que los presocráticos se aliaban con Antonio Machado y las etimologías descubrían al pueblo (*populus*) hermanado con el álamo temblón (*poopulus*). No era solo el esfuerzo que había que hacer para seguir el desarrollo de sus argumentaciones, sino la dificultad de no adormilarse en los sofás de ajado terciopelo verde mecido por el ritmo hipnótico de su fraseo cavernoso.

García Calvo siempre iba acompañado de Isabel Escudero, su mujer, que no perdía oportunidad para interrumpirlo y seguir ella el razonamiento. Isabel había asumido por completo el discurso de Agustín, al que llamaba el Maestro; incluso cuando discutían en mitad de la tertulia, que no eran pocas veces, ella parecía hablar siguiendo un guion escrito por él. Los presentes, una cincuentena entre la que los más jóvenes eran Mauri y Julio, asistían a la discusión como a una representación pedagógica y, en la ronda final de preguntas, los más valientes intervenían demostrando haber entendido el tema, imitando también la manera de razonar del Maestro, lo cual tenía su mérito. Lo más divertido para Julio era que aquella forma alambicada de hablar siempre a la contra era presentada sin ningún rubor como el habla del pueblo, la verdadera expresión de los de abajo.

Le admiraba el funcionamiento mental del filósofo, su capacidad para sistematizar una visión del mundo y, hablase de lo que hablase, fuera la rima, el pronunciamiento estudiantil, el automóvil, la violación, la persona o el uso del preservativo, no moverse ni un milímetro de su punto de vista. Por momentos le irritaba, porque, al fin y al cabo, aunque García Calvo insistiese en que toda realidad es ideal y que la verdad no era más que el descubrimiento de la mentira, su perspectiva terminaba por imponerse como un corpus lapidario. Aquellas maneras de cuestionar el orden impuesto a través de la palabra, socavando los dogmas establecidos a favor de la razón común, de «lo que nos queda de pueblo por dentro, de lo que nos vive por debajo», tenían un aire de homilía que obligaba a la comunión de los acólitos.

Pero esta irritación no era tanta como para impedirle disfrutar del espectáculo de aquella clase atípica que se anunciaba como tertulia, aunque tenía más de conferencia magistral con turno final de ruegos y preguntas. A veces se le hacía interminable, pero raro era el día en que se iba de vacío del Ateneo. Aquel personaje disfrazado de sí mismo le resultaba seductor más por la singularidad que por el supuesto sentido común de sus argumentos. Y su indumentaria y su figura no se quedaban atrás, con tres camisas superpuestas una encima de otra, un foulard floreado, unos bigotes blancos que parecían salir disparados de los agujeros de su nariz para unirse a las patillas, una cabellera rala y canosa recogida en una coleta sin gracia y una cara de batracio somnoliento con grandes gafas de informático de los ochenta que no llegaban a cubrirle las pobladas cejas negras ni a enturbiar unos ojos de sátiro latino. ¿Qué otra cosa mejor podía hacer las tardes de los miércoles que escuchar a García Calvo? Así que cuando Mauri lo llamaba para ir a la tertulia política «de la política que hacen los políticos que no se dedican a la política» iba con ganas. Asistir además en compañía de su amigo, tan entusiasta, enriquecía la experiencia. Entre otros motivos, Julio intuía que Mauricio encontraba en aquel discurso una justificación para su desapego hacia las imposiciones sociales, hacia, en palabras del filósofo, lo que estaba mandado. Como hablar es hacer, según decía García Calvo, y ser hombre de provecho, labrarse un futuro, es entregarse a la muerte por anticipado, Mauri se sentía más vivo que nunca en su indolencia, reafirmado en su manera de vivir sin trabajar ni preocuparse del porvenir, teniendo siempre tiempo para la conversación o lo que surgiese. Una disposición de ánimo de la que Julio se contagiaba y que todavía hoy reconocía en muchos de sus actos y elecciones.

Al contrario que Mauricio, nunca llegó a ser capaz de desarrollar con fidelidad alguna de las argumentaciones del filósofo, pero guardó memoria de muchos detalles de aquella instrucción y, con el paso de los años, se le revelaban ayudándolo a entender los enredos del mundo. También sentía que el progreso de la historia dejaba obsoletas algunas de las ideas del Maestro, o, tal vez, era la memoria de Julio las que las iba confundiendo o, simplemente, se estaba haciendo mayor y ya no se identificaba con aquel legado a contracorriente. ¿Qué habría dicho por ejemplo García Calvo sobre el coronavirus? ¿Se habría reído Julio al escucharlo? ¿Se habría convertido García Calvo en el hazmerreír de media España, como le acababa de pasar a Miguel Bosé?

En su boda, después de que Manuela leyera como estaba previsto un poema de Wisława Szymborska, Mauricio se levantó espontáneamente y recitó de memoria los sonetos teológicos de García Calvo: «Enorgullécete de tu fracaso / que sugiere lo limpio de la empresa...». Sonetos de los que Julio siempre recordaba uno de sus versos como si se tratase de la máxima que alumbrara su existencia: «No hay Dios ni Ley que a contradanza no se pueda bailar». Antes de tomar muchas decisiones, sobre todo aquellas que lo comprometían, como ser presidente de la comunidad de vecinos o contraer matrimonio, se repetía estos versos como si se tratara de un oráculo misterioso: «No hay Dios ni Ley que a contradanza no se pueda bailar».

El sistema podía imponer la obligación de vivir en pareja, de tener descendencia y un trabajo, pero la desobediencia no consistía tanto en quedarse soltero, en paro y sin hijos, el camino que parecía haber escogido Mauricio, sino en ser consciente de las contradicciones, en «respirar por la herida», sin interiorizar las normas y los dogmas del poder, lo que está mandado. Julio se prestó con ese espíritu al circo de su boda y hasta creía estar viviendo así su matrimonio, bailando a contradanza el son que marcaba el sistema para un hombre de su edad y condición. La esperanza era que esa realidad dominante, tan exterior como íntima, tan ideal como concreta, podía vivirse de muchas maneras; sin poder escapar de ella, porque somos animales gregarios y nadamos todos en la misma sopa, pero sí pudiendo aligerar su peso en ratos de alegría, de rebelión y de descubrimiento de las mentiras que nos conforman como lo que somos. Para Julio, y eso creía haberlo aprendido de García Calvo y en la conversación infinita que mantenía con Mauricio desde el instituto, el desafío para una vida feliz estaba en ser lo menos posible. No podía dejar de ser español, residente en Madrid, clase media, marido, parado o futuro padre, pero podía no creérselo en absoluto, sobrellevarlo sin mayor entusiasmo.

Su juventud había estado ocupada en estas especulaciones teóricas, y de esos años le había quedado un poso de desconfianza hacia la normalidad y hacia toda forma de poder, pero las razones, la trenza de los argumentos, se le habían ido olvidando. Hasta que la pandemia y sus escrúpulos profilácticos le habían hecho recordar. Y también, cómo negarlo, la fulgurante aparición de Sara había reflotado algunas ideas de las tertulias del Ateneo, ¿sería capaz de dejar que aquellos ratos que vivía en su compañía lograran escapar al intento de domesticación conceptual? ¿Sería capaz de salvar aquello y dejar a un lado palabras como amor, infidelidad, aventura, relación, desliz, poliamor, pareja abierta, y demás etiquetas destinadas a matar el instante y convertirlo en pasado?

–El dinero del ERTE no ha llegado y hay que acercarle un adelanto a Gabriel.

Julio pensó que no sería mucho, pero Casilda le dio un abultado sobre de billetes de cien. Diez mil quinientos euros para que Gabriel lo repartiese entre los de su cuadrilla. Lo guardó en una mochila, junto a una botella de agua y una sudadera y se fue en bicicleta hasta Carabanchel. La llave estaba, como había acordado con Sara, bajo el tiesto de la aspidistra, pero el casco no se lo había devuelto. Fue sin él, agradecido de poder así disfrutar del aire en la cara y la sensación de amplitud. Eran las ocho, estaba dentro de la franja horaria autorizada, pero no tenía muy claro si el hacer deporte le permitía salir del barrio.

En los balcones había colgadas algunas banderas de España supervivientes del último rifirrafe nacional en Cataluña. ¡Qué pesadez! A Julio le seguía sorprendiendo el entusiasmo por las causas colectivas, especialmente si estas estaban encabezadas por políticos profesionales. Había también pancartas sorprendentes; junto a las de defensa de la sanidad pública, abundaban unas con el lema «Yo me quedo en casa». Era un caso de estudio, la variabilidad de las respuestas individuales en una experiencia colectiva. Julio pertenecía sin duda a los inconscientes, pero ¿cómo podía ser responsable si para ello había que asumir una ilusión de control y una devoción por la profilaxis contrarias a su manera de moverse por el mundo?

Gabriel vivía en un pequeño piso, en la cuarta planta de un edificio de ventanas pequeñas y sin ascensor, con una familia de seis adultos y cinco niños. Una mujer mayor, también de rasgos indígenas, le hizo pasar hasta el salón.

—Soy María, la esposa de Gabriel —le dijo antes de preguntarle su nombre—. Gabriel está pasando consulta. Espérele aquí sentado a la mesa, enseguidita le traigo un vaso de agua. ¿Va usted a tomar la medicina?

—No, vengo a darle un recado de la empresa de reformas.

—Ah, bueno. ¿Quiere entonces una cerveza mientras llega?

La cerveza era la más barata del Lidl, pero no sabía mal. María le puso un cuenco de quicos del tamaño de cerezas. Estaba solo en una mesa camilla. A un metro escaso, frente al televisor, había una pareja de treintañeros sentada en un tresillo y, a sus pies, seis niños sentados en el suelo. Veían todos con gran concentración un concurso de adivinar palabras, un programa de hace años que reponían para rellenar la parrilla ahora que las restricciones impedían usar los estudios de grabación. «Con la uve, flor del cardo»: «Vilano»; «Con la equis, nombre de cantante»: «Xuxa»; «Con la i griega, sinónimo de comer», «Yantar»; «Con la zeta, participio del verbo zumbar», «Zumbado». Gabriel apareció con una gran sonrisa, disculpándose por hacerle esperar.

—Vamos a mi despacho, que estaremos más tranquilos.

La habitación estaba amueblada únicamente con dos sillas y una mesa baja con una jarra de agua y una redoma con una pócima marrón, dos vasos grandes y dos de chupito. En un rincón había un par de cubos de plástico. La ventana daba a una pequeña plaza con árboles, sin demasiado encanto pero tranquila. Gabriel, notando su extrañeza, le pidió que tomara asiento en una de las sillas, y medio en broma comentó:

—Tienes peor cara que mis visitas.

—Hacía años que no pedaleaba. Me ha costado venir hasta aquí. No sabía, Gabriel, que fuera médico.

—Para ti soy albañil, para los míos soy el taita con el que tomar la cocción.

—¿La cocción?

—Sí, la medicina de la selva.

—¿Te refieres a la ayahuasca? ¿Eso de la botella es ayahuasca?

—Sí, ¿quieres un trago?

—¿Ahora?

—Te estaba tomando el pelo. Hay que prepararse, sobre todo los que no son de la selva.

Desde el salón llegaba el murmullo de las voces humanas y el ruido televisivo. Estaban sentados en las sillas de tijera. La austeridad de la estancia le confería el poder de lo insólito, la sensación de estar en otra parte, lejos de Madrid. La noticia de que Gabriel fuera chamán explicaba para Julio la confianza que irradiaba su persona. Julio no creía en pensamientos mágicos, y, sin embargo, su fascinación folclórica por la aventura exótica o su cansancio con la realidad cotidiana, lo predisponía a creer en milagros.

—¿Y la ayahuasca cura el covid?

—No, cura el miedo.

—¿El miedo al covid?

—El miedo a la muerte.

Tenía tantas preguntas que no sabía por dónde empezar. Sacó de la mochila el sobre con dinero y se lo dio a Gabriel, que lo dejó sin decir nada encima de la mesita, al lado de los vasos. Julio sintió que era el momento de levantarse y despedirse, pero no se movió.

—Gabriel, ¿y usted recibe a la gente y le da la ayahuasca?

—Sí, yo también bebo un poco, para acompañar.

—Pero la ayahuasca es un psicodélico, ¿tiene usted viajes con sus pacientes?

—El viaje es siempre. Esto es más bien un alto en el camino. Aquí nos sentamos, tomamos la medicina y veo a la persona.

—¿Y qué ve?

—Su caso y sus cosas.

—Y luego le da el diagnóstico.

—Luego hablamos un poco.

—Y cuando usted se toma la medicina ¿qué le pasa, qué ve exactamente?

—Veo a la persona, me vienen canciones y espíritus.

—¿Espíritus?

—Espíritus de mis antepasados que ya se fueron, vuelven. Mi padre, mi abuelo, al que no conocí.

—¿Y cómo se llega a ser taita?

—Mi abuelo, mi padre, eran taitas.

—Se hereda.

—No. Nosotros éramos nueve hermanos. Yo era el pequeño. Jugaba entre las piernas de mi padre mientras recibía a sus visitas. Muchas de las canciones que me vienen ya las cantaba mi padre, otras suceden en el momento.

—¿Y de qué hablan esas canciones?

—No tienen palabras. Te guían, te dan confianza. Mientras suenan somos esa música. Es como un río que te lleva por el aire. El miedo nos hunde y la canción nos enseña a deslizarnos.

Llamaron a la puerta y María asomó la cabeza:

—Ya está la cena en la mesa. ¿El señor se queda?

—No, muchas gracias, tengo que volver antes de las once, que si no me puede caer una multa.

La familia de Gabriel —los niños en la mesa camilla, los mayores en otra mesa que ocupaba el espacio del tresillo, ahora arrinconado junto a la tele— parecía feliz. Lo que más llamaba la atención era el bajo nivel de decibelios con cinco niños presentes. Nada que ver con el ruido que hacían los dos hijos de su vecina separada. Aquel era un piso humilde, más pequeño y con los techos más bajos que cualquiera de su edificio, y albergaba a una familia feliz.

En esa visita, la figura menuda de Gabriel había crecido hasta alcanzar la estatura de un semidiós en la mente confusa de Julio. De vuelta en bicicleta se sentía contagiado de una tranquilidad que ya había experimentado las veces anteriores que había coincidido con Gabriel en la obra. Una serenidad de espíritu que ahora identificaba como manifestación de la divina presencia de un chamán amazónico. Gabriel, el chamán ayahuasquero de Carabanchel.

Su mujer sentía aversión por los hospitales, tenía que ser él quien acompañase a su suegro a quitarse la escayola. Con el sistema sanitario desbordado por la primera ola de contagios, los centros de atención primaria habían cerrado y las citas médicas se habían suspendido hasta nuevo aviso. Pero a su suegro tenían que quitarle la escayola. Le habían colocado una férula para seis semanas y llevaba ya siete. Aunque tenía movilidad en los dedos, se quejaba de la hinchazón y del hormigueo.

El problema era que a los hospitales recomendaban no acudir de no ser por una urgencia grave. Circulaban relatos de enfermos que por otra dolencia menor pasaban por el hospital y acababan muriendo a consecuencia del coronavirus.

Esa mañana lluviosa fue la primera vez que Julio se puso una mascarilla. Al comienzo de la pandemia, pese a los mensajes reiterados de las autoridades sanitarias de que no eran necesarias, se agotaron las existencias y todavía no se había inundado el mercado con mascarillas Made in China. Su suegro tenía una buena provisión de las más preciadas –las FPP2, empleadas por los pintores de su empresa–; con ellas puestas acudieron a urgencias del hospital Jiménez Díaz.

En el mostrador su suegro tuvo que fingir un dolor exagerado en los dedos para asegurar que lo atendieran. Había camillas con enfermos aparcadas a lo largo de los pasillos y los médicos y enfermeras, ataviados con sus batas blancas y verdes, todos con mascarillas y algunos con mascarillas y viseras protectoras, corrían de un lado para otro. Julio agradeció que lo obligaran a esperar fuera del hospital. Dejó a su suegro en el ascensor número 5 y, tras comprar un par de cruasanes y un café en una panadería cercana, se metió en el coche dispuesto a pasar allí la mañana. La enfermera que les había despachado ya le había advertido que podían tardar horas en atender a su suegro.

La lluvia caía tristemente, pero Julio se encontraba animado. Tenía tantas cosas en las que pensar. El encuentro con Gabriel le había despertado el deseo inaplazable de probar la ayahuasca. Había leído algo en internet sobre los beneficios de la cocción amazónica y lo que más le interesaba no era su poder visionario, sino la posibilidad de reconfigurar la mente, de interrumpir los patrones mentales y poner en suspenso su discurso interior. Estaba tan harto de los filtros interpretativos, de ver la realidad siempre a través de sus ojos empañados de prejuicios. Tomar ayahuasca tal vez fuera la mejor manera de librarse de sí mismo, de abandonar el camino trazado y empezar a vivir otra vida, o la misma, pero de otra forma, sin tanta ansiedad, sin esa sensación de estar fuera de lugar.

Si no recordaba mal, un novio que había tenido Manuela se había desenganchado de su politoxicomanía a base de retiros en los que tomaba ayahuasca bajo la supervisión de un psicoterapeuta. Tenía que llamar a Manuela, su amiga de aventuras microlisérgicas, y a Mauri, con quien hacía ya más de veinte años se había tomado su primer tripi.

Mauri no contestó. Manuela se alegró de escucharlo, aunque no compartía en absoluto su entusiasmo:

—Prueba la ayahuasca y ya me contarás. Yo acabé tan harta de Antoine… más que de su época de cocainómano, de su época de iluminado por la ayahuasca. Me cuesta oír hablar del tema. Antoine hasta se tatuó una serpiente y gastaba las horas, las suyas y las mías, dando lecciones sobre la muerte del ego. Si tu chamán te habla de acabar con el ego, mala señal. Seguro que a los indios les ayuda mucho, pero, aquí, lo de la ayahuasca es un invento más para desesperados que van buscando la salvación.

—Pero tú misma me dijiste que Antoine se había desenganchado gracias a la ayahuasca.

—Sí, se quitó de las drogas duras, pero siguió siendo el mismo imbécil. El mismo imbécil pero más ególatra incluso que cuando abusaba de la cocaína. Un ególatra que no paraba de hablar sobre la muerte del ego. Todo el día con el mismo racarraca. Lo último que supe de él fue que iba de maestro y dirigía sesiones de ayahuasca en la sierra de Madrid. Apúntate a uno de sus fines de semana de purificación y luego me cuentas.

—Pero Gabriel es lo contrario de un excocainómano iluminado. Es un albañil que en sus ratos libres ejerce de médico de su comunidad. Lo suyo no es palabrería, ni va con una túnica blanca ni un sombrero de plumas. Lo que me gusta de él, lo que me da respeto, es que sin hablar transmite una serenidad de espíritu y una energía de paz.

—Julio, estoy por grabarte, tú hablando de espíritu y de energía.

—Llámalo como quieras.

—Te digo lo que dice el evangelista: «Aquel que quiera salvar su vida, la perderá».

—Manuela, parece que hemos invertido los papeles. ¿Estás deprimida? ¿Te pasa algo?

—Me pasa que estoy hasta el coño de trabajar sentada frente a una puta pantalla, que llevo dos meses sin ver a nadie, sin fumar porros y sin follar, que a Rulfo se le está cayendo el pelo, que mis padres están paranoicos y me han prohibido acercarme por su casa, que mis vecinos gays no paran de hacer fiestas, que tú me llamas después de un siglo solo para preguntarme por Antoine... ¿quieres que siga?

—Mujer, yo te he llamado para saber también cómo estabas.

—Con ganas de mandarlo todo a tomar por culo y de irme a vivir a las Hurdes. A una casa sin luz ni electricidad ni cobertura en la que a mi perro no se le caiga el pelo. Así estoy.

La ironía de Manuela no era nueva, pero su tono de irritación sí. Quedaron en llamarse en otro momento. Al colgar Julio tuvo la impresión de que acto seguido Manuela rompe-

181

ría a llorar y se abrazaría al pobre Rulfo que se estaba quedando calvo.

Se terminó el segundo cruasán y dio un último sorbo al café, que se le había quedado frío. Salió a tirar el vaso de cartón a una papelera y vio venir de lejos a su suegro. Bajo el paraguas, a manera de saludo, agitaba el brazo escayolado como si fuera un limpiaparabrisas.

−Me han puesto una nueva escayola que me retiran en dos semanas −dijo su suegro mientras le daba el paraguas, abría la puerta del coche y se metía dentro. Julio entró en el coche y siguió atendiendo a la enérgica explicación−: La otra escayola se había quedado floja; al bajar la hinchazón, la muñeca quedaba suelta, no estaba bien inmovilizada. El médico, muy simpático, me ha dado una tabla de ejercicios para que haga yo por mi cuenta. No hay servicio de rehabilitación hasta que el tema se calme.

−¿Había mucha gente en la sala de espera?

−Nadie. Tenían esa parte para atender lo que no es covid, pero se ve que está todo el mundo acojonado y nadie se acerca. Vamos a dejar abiertas las ventanas, aunque se meta el agua.

Arrancó el coche y condujo en dirección a casa de su suegro. Optó por tomar la calle Princesa y seguir por la Gran Vía. Se veían algunos taxis circulando muy despacio, autobuses medio vacíos y muy pocos coches particulares. Era insólito ver tan escaso tránsito por las calles a la hora del almuerzo, con los comercios y los bares cerrados. Hasta su suegro, de normal incapaz de apreciar el paisaje en términos estéticos, permaneció un rato callado, observando. Luego, sacando la mano sana por la ventana, señaló la plaza de Callao desierta, y con voz queda dijo: «No sé si está bonita o fea, pero impresiona».

Al tratar de explicarse lo que estaba viviendo, Julio recordaba cómo García Calvo definía la institución de la pareja como fórmula exclusiva y excluyente del amor, sustentada por el tabú del incesto. Buscando en el único libro que tenía del filósofo, *Contra la pareja*, encontró subrayado el pasaje sobre el tabú que justificaba la unión monógama de dos personas: «A fin de que nunca los amantes puedan quererse como hermanos, nunca los hermanos pueden ser amantes». Tuvo que leerlo varias veces para entender la maldición del amor en pareja. A diferencia de la fraternidad, el amor en pareja se concentra en sí mismo, construye una burbuja de privilegio frente a los demás. Un amigo no excluye la amistad hacia otros, ni estipula un régimen de tiempos, ni un progreso que acaba bajo el mismo techo. Más que un amor enfocado en el otro, la amistad fraterna es un amor compartido hacia el mundo, un cultivo de intereses abiertos, donde se da una libertad igualitaria sin el molesto control mutuo en el que se basa la pareja.

Julio, que era hijo único, reconstruía a su antojo las diferencias entre el amor de los hermanos y el amor de los amantes. Y luego seguía con su soliloquio. Al fin y al cabo, con Casilda había más una unión amistosa, como de hermanos, que la propia de una pareja. Sin embargo, tenía que reconocer que no le hubiera hecho gracia que Casilda se acostara con otro, que disfrutara con otro hombre que no fuera él, que se riera con otro como se ríen las mujeres cuando les gusta un hombre. No le haría ninguna gracia. Y estaba seguro de que a Casilda se le rompería el corazón de saber que se estaba acostando con Sara. Se imaginaba su semblante herido, la catarata de reproches: «Me has traicionado», «Has puesto en riesgo mi salud», «Yo nunca te lo habría hecho». No era descartable que lo echase de casa y pidiese el divorcio. Cualquiera que fuera su reacción, nada volvería a ser lo mismo. O a lo mejor sí. Casilda le perdonaba casi cualquier cosa, como una madre a su hijo, y, como una abuela a su nieto, no era una mujer que tratara de cambiar sus desordenados hábitos, salvo lo de poner la música muy alta o no ventilar ni vaciar el cenicero después de fumarse un porro. ¿Sería capaz de comprender una infidelidad repetida?

El caso es que Julio quería pensar que la aparición en su vida de Sara no solo no menoscababa su amor por Casilda, sino que lo reforzaba. Incluso sexualmente. Tras la última visita al médico, unos días antes del estado de alarma, habían restringido sus polvos a dos o tres por mes, coincidiendo con los días de ovulación. Así que en los dos meses y medio que habían transcurrido desde entonces habían follado unas seis o nueve veces, tres o cuatro desde que había empezado su *affaire* con Sara. Y Julio estaba seguro de que la intensificación de la experiencia con Casilda era debida tanto a la disminución de la frecuencia como a la comparación con otro cuerpo distinto. Escasez y variedad, los garantes del placer.

Para entender el renovado goce que después de diez años Julio experimentaba con su esposa, habría que descender al terreno de la carne: las piernas delgadas y musculosas de Casilda, como jambas de una puerta que se estrecha por sorpresa, recobraban su atractivo de agilidad y tensión en comparación con la carne relajada de los muslos de Sara, que lo envolvían gratamente como una pesada cortina de terciopelo. Y algo así se podía decir también de los brazos de cada una de ellas, los de Casilda estilizados y deportivos como los de una *songwriter* que toca la guitarra acústica con púa y los de Sara más blancos y tórpidos, como los de una actriz porno de finales de los setenta. Las tetas de Casilda, pequeñas y centradas, adolescentes, tenían un pezón pequeño y un solo lunar, las de Sara, más hinchadas, estaban llenas de pecas y el pezón era ancho y rosado como el morro de un lechón. Casilda estaba depilada y

184

Sara tenía un triángulo espeso de vellos pelirrojos más ondulados que rizados. La vagina de Sara era más mullida y adiposa que la de Casilda, que resultaba más elástica y prieta al penetrarla; al contacto, Julio sentía más vacuna la carne de Sara y más felina la de Casilda. Aunque no habría sido capaz de definirlo con estas palabras, para él era una sensación imprecisa que tenía que ver con la resistencia que encontraba su polla, la densidad de los fluidos y las secreciones, el olor aceitoso o avinagrado y las oscilaciones térmicas que sentía en la piel.

Y eso solo era lo referido a la materia, en realidad importante pero secundario frente a las diferentes maneras de follar y expresar cariño de cada una de las dos. En Casilda el juego tenía algo de colaboración deportiva, como una pareja de patinaje artístico se ayudaban el uno al otro para llegar juntos al orgasmo, desde una intimidad desinhibida de años, de una manera práctica y muy eficaz. Sin prisa, pero sin dedicar mucho más que el tiempo necesario, utilizando Casilda un pequeño vibrador del tamaño de una barra de labios para masajear su clítoris. Sara en cambio se dejaba hacer, lánguida y pasiva, hasta que el deseo la despertaba y un impulso de desesperación se adueñaba de ella hasta correrse, normalmente ayudada por su mano derecha frotando con determinación el clítoris. Entonces, como intentando prolongar el embeleso del orgasmo se abrazaba con fuerza a Julio para después soltarlo y quedarse adormilada en un estado febril. Con Casilda se corría dentro y con Sara fuera, y ambas cosas, aunque tardó en darse cuenta, le gustaban por igual. De correrse fuera le gustaba la intensidad del retardo, contenerse un segundo hasta sacar la polla para eyacular sobre la espalda, los muslos o la barriga de Sara. La posibilidad de que su esperma fuera vago (posibilidad que pronto quedará descartada por los hechos, antes que por los resultados de los análisis médicos) le daba una confianza anticonceptiva extra, que tampoco necesitaba, pues eran muchos años de hacer la marcha atrás y nunca, que recordase, se había corrido accidentalmente dentro de ninguna mujer. La única vez fue por un preservativo en mal estado que se rompió al final de un coito ocasional con la profesora de salsa del crucero donde Julio cantaba antes de ennoviarse con Casilda.

Podíamos hablar también de la respiración entrecortada y los agudos gemidos finales de su mujer o del ronroneo de su amante. En fin, la novedad de amar el cuerpo de Sara renovaba en cada detalle el asombro hacia un cuerpo tan conocido para él como el de Casilda. Era un hombre afortunado.

LA VIDA HEROICA

Tenía 18.556 euros en su cuenta corriente. Nunca había tenido tanto dinero. El grueso era el finiquito que le habían dado al despedirlo de la FNAC, a lo que había que sumarle dos mil euros del primer sueldo de la empresa de su suegro. Y en breve llegaría más dinero del ERTE. Casilda se había dado prisa en contratarlo y, con la suspensión de las obras por la pandemia, lo había incluido con el resto de los trabajadores en el expediente de regulación temporal de empleo.

Los gastos de la casa salían del sobre que guardaba Casilda en el cajón de sus bragas. Mientras hubiera en el sobre, la consigna era no tocar las cuentas corrientes. Cuando a Julio se le vaciaba la cartera la rellenaba con ese dinero procedente del pago en negro de algunas reformas acometidas por Anella Construcciones. Ese había sido el origen de los billetes de cincuenta con los que había pagado a Sara. Ahora, sin embargo, ante la perspectiva de que la relación con ella se asentase en un régimen de varias visitas semanales, para evitar preguntas incómodas de Casilda, se acercó a sacar seiscientos euros del cajero, la cantidad máxima que podía retirar en un día.

En el camino de vuelta se quedó pensando en lo barato que resultaba acostarse con una mujer a cambio de dinero. Nunca había ido a un burdel, pero sabía que la tarifa se negociaba en función de lo que deseara hacer el cliente y del tiempo empleado. En sus cavilaciones, Julio distinguía entre el sexo profesional y lo que Sara hacía con él, donde el reloj no contaba las horas ni se le ponía freno al deseo. El intercambio económico había empezado coincidiendo con la fuga de Moctar y la negativa de los inquilinos a pagarle a Sara por las habitaciones del segundo. En plena pandemia, sin posibilidad de ganarse la vida, era normal que Sara le hubiera pedido que colaborase. Porque de eso se trataba, de una colaboración, de un mecanismo de redistribución de la riqueza. No le importaba dar dinero a cambio de placer, pero quería creer que aquellos encuentros eran deseados por ambas partes.

—¡Pero si está aquí el Robachupos! Pasa y dame tu caramelo.

Sara estaba colocada y hablaba con lentitud pastosa. A Julio, que venía de la claridad de la calle al mediodía le costó acostumbrarse a la penumbra que reinaba en la casa. Sara vestía un camisón de franela cuyo estampado no lograba descifrar. A él le gustaba pensar que aquella mujer era un ser indescifrable y misterioso cuya alma, como aquel camisón de franela, tampoco se mostraba a las claras.

Esa vez ella se tumbó de lado y se dejó hacer por detrás sin moverse. Julio creyó que en aquel estado de enajenación no tendría ganas de follar. Ni siquiera se había quitado el camisón. Sin embargo, le pidió que no tuviera prisa en correrse, que siguiera, que siguiera fuerte pero despacio. No pudo cumplir con la petición, se corrió enseguida y ella se rio comprensiva, o eso al menos interpretó él.

Después de una breve siesta se levantó y metió dentro de la caja de los porros uno de los billetes de cincuenta que había sacado aquella mañana del cajero. El sonido al abrir y cerrar aquella lata abollada de Cola Cao despabiló a Sara:

—No te vayas que no te he dado tu regalito.

Sin levantarse, se arrastró somnolienta hasta el extremo del colchón donde había dejado Julio la lata de los porros. Al abrirla cogió el billete y tocándolo con las dos manos dijo «Qué planchadito, qué tieso», antes de volver a dejarlo donde estaba y sacar un chivato con una piedra marrón que en la penumbra Julio tomó por hachís.

—Enciende la vela y pásame ese libro —dijo señalando hacia el libro tirado en el suelo.

Era el de J.J. Benítez, cuya horrible portada, según se fijó al encender la vela, mezclaba un colorido satélite sobre fondo sideral con el dibujo de una escena bíblica de navegantes desesperados atracando su barca frente a un Jesucristo descalzo. Para mayor confusión, entre el título *Caballo de Troya 3* y el rótulo en letras de molde que lo identificaba como «Best seller mundial», una frase promocional resumía el contenido: «La respuesta a una de las grandes incógnitas de la vida del Hijo del Hombre: su infancia».

–¿Me lo pasas?

–¿Te lo has leído? –preguntó Julio tirando el libro al regazo de Sara, que se había sentado con las piernas cruzadas como los indios.

–No, pero es antiguo. A lo mejor vale dinero. Si te mola te lo dejo. Y me traes otro. Parece que no, pero los libros son útiles –decía Sara mientras rompía un pedazo minúsculo de la piedra que Julio había confundido con hachís y lo pulverizaba haciendo dos pequeñas rayas–. Este tiene el tamaño perfecto para hacerse las rayas y con el brilli brilli se ven muy bien. Y luego pone esto del caballo, ¿tiene gracia, no?

–¿Es heroína?

–Sí. Como me dijiste que no la habías probado –hizo un turulo con el billete de cincuenta y se lo tendió–. Una rayita de jamaro por cada agujerito, ya verás qué gustera. Antes de follar no mola, pero después es lo mejor.

–¿Tú no tomas?

–Yo ya lo llevo puesto, si tomo más, poto, y no es plan.

Julio esnifó aquellas dos rayitas marrones de apenas tres centímetros de longitud. Y se tumbó en la cama junto a Sara a esperar los efectos. Un par de semanas después, tras tres o cuatro tomas espaciadas, aprendería a apreciar lo que ella llamaba la gustera. En aquella primera cata, sin embargo, la falta de familiaridad le impidió reconocer las virtudes de la sustancia. Tuvo un par de horas de tranquila euforia, en las que sintió una gran complicidad con Sara, como iniciadora y compañera de aventura, seguidas de un duermevela y un picor epidérmico que, en ningún caso, en aquella primera toma, habría calificado de agradables.

Esa noche, el insomnio y la novedad le hicieron escribir en el cuaderno donde tenía las notas sobre el Cialis unos apuntes sobre su estreno heroico:

¡Qué decepción! Tanto mito y nada que sea de verdad destacable. Con un porro se llega mucho más lejos que con la heroína. ¿Cómo es posible que hayan muerto tantos por una droga tan tonta? Te deja abotargado, con picores, sin capacidad para hacer otra cosa que no sea tumbarte a esperar algo que no llega. También te deja el estómago revuelto. Dice S que si tomas un poco más vomitas y que a mucha gente le gusta lo de vomitar. Que vomitan y entonces se sienten muy bien. También te deja sexualmente inapetente. Me ha sido imposible la erección. Habrá que probar con la ayuda del Cialis. Aunque ha sido interesante estar tanto tiempo junto a S sin que su cuerpo y el mío sean lo central. Tumbarme con S, sin la obligación de hacer nada en absoluto, ni siquiera hablar ha sido a su manera liberador.

Es como si el interés de la heroína estuviera precisamente en que no pasa nada y que no importa que no ocurra nada. Pero eso más que hablar de la droga habla de la compañía, de la complicidad que hay entre S y yo. Porque sin ella, ya en casa, ese no pasar nada se hace eterno. Dura muchísimo.

Al día siguiente todavía sentía un sutil aturdimiento como efecto de la heroína, una distancia serena de los problemas mundanos. Casilda lo llamó muy inquieta desde casa de su suegro: «Mi padre está tosiendo y estornudando, y le duele la garganta», le dijo y se quedó callada esperando que le comentase algo, pero a Julio no se le ocurría nada.

—Estoy preocupada. He abierto las ventanas para ventilar y no me he quitado la mascarilla ni los guantes en ningún momento.

Julio no caía en por qué si su suegro estaba resfriado Casilda abría las ventanas.

—La única cosa que me tranquiliza es que no tiene fiebre.

La fiebre le hizo recordar que la humanidad entera estaba sufriendo una pandemia. Y que los principales síntomas de estar contagiado de coronavirus eran tos seca y fiebre superior a 38 grados.

—No creo que sea covid —se oyó decir—. El otro día volvimos del hospital con la ventanilla abierta. Y llovía. Habrá cogido frío.

—Ojalá sea eso.

Era la una del mediodía. Se había levantado hacía poco. Tras pasar un primer tramo de la noche en una duermevela de picores y pensamientos dispersos, al final había dormido muy bien. No sentía hambre y se encontraba ligero, sin que nada le doliese. Después de hablar con Casilda lo llamó por teléfono su madre para contarle su último descubrimiento: el dióxido de cloro.

—En internet hay un vídeo donde el doctor Kalcker te explica cómo hacerlo. Es muy fácil. Bueno, es un poco lioso.

Yo le compro a un catalán que lo vende con mucho misterio. Por cuarenta euros te manda la botella con el CDS ya hecho y eso lo mezclas con una jeringuilla en agua. La botella te da para varios meses, es casi un litro. Diez mililitros en un litro es lo que te bebes en un día. Siempre en ayunas. —Julio escuchaba con atención; si normalmente lo exasperaba cuando su madre se enredaba en explicaciones largas, con la distancia heroica apreciaba aquel ímpetu lleno de fe—. Tienes que tener cuidado al mezclarlo porque es un gas y los ojos se te secan. Huele un poco, muy poco, a lejía, pero no es lejía. Hay gente que se asusta cuando se ve las cacas, porque a veces cagas negro por las bacterias malas que quema el CDS. Pero eso es bueno, porque estás eliminando bacterias. Que hay bacterias buenas, pero otras no. Y el CDS solo mata las malas. Y para el covid también sirve.

—Pero, mamá, ¿para qué está indicado el dióxido de cloro?

—Para todas las enfermedades. Lo único que no cura es la diabetes. No la cura pero la mejora. Cura el cáncer, el sida, todo. Lo que pasa es que si estás muy enfermo tienes que tomar mucha cantidad. Pero sirve para todo porque lo que hace es que alcaliniza la sangre. Como los virus se desarrollan en un medio ácido, al alcalinizar la sangre no deja que se desarrollen, y quema a las bacterias malas. Y ahora dicen que es el remedio para el covid. En Bolivia se lo está tomando todo el mundo y no tienen coronavirus, muy pocos casos. Y ahora el presidente de Estados Unidos acaba de decir que lo toma para reforzar el sistema inmunológico frente al covid.

—Mamá, si hay alguien desacreditado es Donald Trump. La gente se ríe de él.

—Bueno, si es presidente de Estados Unidos no creo que sea más tonto que tú. ¿Tú te crees que iban a dejar que un presidente de Estados Unidos tomara un medicamento falso? Has visto muchas películas de espías. Yo te digo lo del CDS porque no cuesta trabajo y la salud se mejora; que cura el covid, perfecto, pero si no, te sirve para estar más sano. ¿Tú que prefieres estar sano o enfermo?

—Yo a gusto. Yo quiero estar a gusto. No sé si eso es sano o enfermo o colocado.

—Ya te has fumado el porrito de por las mañanas, ¿no? Ya decía yo que estabas muy amable. CDS, búscalo. El doctor Kalcker, que no es solo médico, que es investigador biofísico. En su web puedes descargarte su libro. Ahí lo explica todo. El libro se llama *La salud es posible*.

—Casi que me hubiera gustado más que se llamase *La salud es imposible*. Lo tranquilos que nos íbamos a quedar.

Al colgar sintió afecto por su madre. No es que no quisiera a su madre, pero de normal lo desesperaba su obsesión monotemática por los remedios poco convencionales. No dudaba de los poderes curativos que pudiera acaso tener el dióxido de cloro, en realidad, eso le daba igual, lo que lo molestaba era el tono pedagógico y militante que solían adoptar los defensores de la medicina alternativa, entre los que se encontraba su madre. Sin embargo, la tranquilidad con la que se había despertado le hizo sentir ternura hacia ella. Se acordó de cuando era niño, de la época en que la panacea era la arcilla. Cuando se daba un golpe, ahí estaba su madre aplicándole un emplasto de arcilla verde. Era cierto que le calmaba el dolor y le rebajaba la hinchazón. No recordaba si también encontraba alivio cuando le dolía la barriga y su madre le embadurnaba el vientre con una buena capa de arcilla templada. Lo envolvía a continuación en unas vendas para que no manchase las sábanas y por las mañanas la cama estaba llena de trozos de barro seco. En ocasiones, tomaban en ayunas y diluida en agua una arcilla distinta, de color blanco, con el objetivo genérico de «limpiarse por dentro». La etapa de la arcilla fue anterior al régimen macrobiótico, pero Julio volvió a ella para tratarse el acné. Su madre misma le aplicaba con una espátula de madera pegotes sobre las espinillas y los granos purulentos. Y a veces se ponían juntos una mascarilla fina de arcilla. Julio recordaba perfectamente la sensación pesada y relajante del barro húmedo en su rostro, cómo iba volviéndose tirante al secar y cómo dejaba de suave la piel al enjuagarse con agua caliente. Recordaba mirarse al espejo, ver a su madre, y cómo el menor gesto entre ellos, una sonrisa acaso, cuarteaba aquella máscara verde, dándoles un aire de viejos marcianos.

Quizás su afición a experimentar con drogas era una herencia torcida de la pasión de su madre por los remedios mágicos. Una manera de ensayar con el cuerpo maneras distintas de estar saludable, a contramano de las convenciones al uso. Podía parecer lo contrario, pero para Julio haber probado la heroína se le representaba como una consecuencia natural de la curiosidad de su madre hacia la botica salvadora. Si cuando le dolía la cabeza le hubiera dado una aspirina como una madre normal, en lugar de tenderle en la cama, apagar la luz y aplicarle un emplasto grueso de arcilla en la frente, tal vez la tarde anterior no habría probado la heroína. Lo importante no era la arcilla o la heroína en sí, sino una disposición hacia el experimento que ponía a prueba y jugaba con su conciencia corporal y mental. La indudable eficacia de la aspirina estaba pensada para el mundo urbano, rápida y cómoda en su efecto benéfico, compatible con las rutinas laborales. Pero el emplasto de arcilla tenía el encanto de la lentitud, de entregarse a un proceso curativo en el que las sensaciones iban allanando el camino y los sentidos se implicaban en la curación. Desde la tranquilidad que sentía, Julio pensaba en aquellos remedios de su madre como pruebas para adiestrarlo en la escucha de su cuerpo. Lo que había aprendido de ella era a suspender las rutinas que lo enfermaban y a dar tiempo a la curación; algo no muy distinto a lo que le habían enseñado las drogas, reflexionaba Julio, restándole importancia al descontrol poco saludable que había dominado el consumo de sustancias en la mayor parte de su vida.

Como no tenía cosa mejor que hacer se puso a curiosear en la página web del doctor Andreas Kalcker. Su perfil biográfico y los comentarios en los que denunciaba la persecución que sufría por parte del estamento médico y farmacéutico, así como la censura de la que era objeto, no tenían desperdicio. El doctor Kalcker presumía de haber registrado varias patentes internacionales con el uso terapéutico del dióxido de cloro para tratar la hipoxia, la inflamación y el coronavirus. Si el primer libro se titulaba *CDS La salud es posible*, había publicado la continuación, *Salud prohibida*, en la que, según sus palabras, «nos demuestra cómo la recuperación de enfermedades de la A a la Z consideradas imposibles de curar antaño, obtiene con el dióxido de cloro un éxito notable, pero abre una amplia polémica en el mundo de la ciencia convencional del establishment».

Entre fotos de títulos y de placas de reconocimiento, se iba desgranando la información. Bajo el epígrafe «In dubio pro reo?» respondía en primera persona a sus enemigos, empezando por algunos medios de comunicación que habían confundido el CDS, dióxido de cloro, con la lejía o hipoclorito sódico, lo que le valió que sus libros fuesen retirados de Amazon, «a pesar de su excelente acogida por parte del público que sigue solicitando a dicha compañía el regreso del libro a los estantes virtuales».

Entre los enemigos que lo difamaban estaba su propio hermano, al que Kalcker acusaba de haber robado la herencia familiar y de vivir como okupa en su casa de España, «¡Viva la legislación española a este respecto...!», ponía entre paréntesis.

Sus comentarios se extendían pormenorizando cómo una «pequeña universidad a distancia», tras conocer los efectos terapéuticos del dióxido de cloro, le había concedido el título de biofísica natural, «una disciplina que académicamente no está reconocida». También revelaba que había inventado un hidromotor, desarrollando «un sistema de mejora de combustión con agua» sin fines comerciales, «una solución para mejorar nuestro mundo utilizando menos gasolina y reduciendo la contaminación». Y terminaba aclarando que no era «obispo ni papa de nada, ni miembro de la iglesia Génesis II» y tampoco se creía extraterrestre, aunque confiaba «en la ecuación de Drake que define que no estamos solos en este Universo, y si solo uno de los muchos miles de avistamientos es cierto sería suficiente para demostrarlo». Esta creencia en la posible vida extraterrestre venía rematada con una conclusión lapidaria: «Evidentemente no interesa que sea pública esta verdad». ¿Cómo era posible que su madre tomara en serio a un tipo tan pedestre como Kalcker? En aquel escrito de defensa tan torpe acababa con cualquier atisbo de credibilidad. Incluso si el dióxido de cloro fuera la poción mágica de la salud eterna, no era Kalcker el idóneo para promocionarlo. Eso si lo que se pretendía era darle un barniz científico al producto, que a lo mejor no, que a lo mejor la estrategia de promoción se basaba en apelar al desprestigio de la ciencia médica, en un tono coloquial, propio de un hombre cualquiera. Lo que sí resultaba novedoso en el historial de su madre era que el producto no fuera una raíz, un extracto vegetal, o un trozo de roca, sino un compuesto químico con olor a cloro de piscina. Era la primera vez que su madre caía subyugada ante un remedio químico, cuando para ella lo químico siempre había sido antinatural, sinónimo de artificial.

Casilda lo sorprendió en pijama viendo uno de los vídeos de la web en el que Pablo, un bombero madrileño, con uniforme y en el interior de su coche, «cansado de ver tantos bulos en los medios como en las redes sociales» sobre el dióxido de cloro, tomaba la palabra en su defensa contando su experiencia y la de sus compañeros y amigos, gente en la que confiaba al cien por cien. El bombero contaba cómo dos amigas de un amigo, con síntomas muy claros de covid-19, lo habían empezado a tomar y «en cuestión de ocho a veinticuatro horas habían desaparecido todos los síntomas y estaban como nuevas al día siguiente». El bombero aseguraba que lo tomaba en todas sus guardias para prevenir el contagio, «porque ya sabéis que nosotros estamos en primera línea de contacto». Desde que comenzó la pandemia no había tenido ningún síntoma, decía que, aunque era posible que fuera asintomático, «dudo que cualquier virus que haya querido entrar en mi cuerpo, tomando dióxido de cloro, haya permanecido vivo más de veinticuatro horas». Entonces oyó que Casilda había llegado a casa y lo llamaba.

Paró el vídeo y salió de su estudio dispuesto a contarle sus descubrimientos. Pero Casilda no estaba de humor para escuchar milagros con olor a cloro. Había dejado a su padre en cama y seguía preocupada por la posibilidad de que fuera coronavirus.

Eran las tres y media de la tarde y a Julio se le había olvidado hacer la comida.

Entre los adoquines había crecido la hierba y todavía, las horas en las que la gente debía permanecer en casa, llegaba desde la calle un rumor de aldea perdida. Sentado al sol junto a la ventana abierta de la cocina, Julio cerraba los ojos y escuchaba con una atención difusa aquella sonoridad impropia de una capital como Madrid. El canto de los pájaros, el ladrido de un perro lejano contestado sin prisa por otro perro más lejano, el silbido de un transeúnte, una moto tan estridente como pasajera... Para completar el cuadro solo falta el rebuzno de un burro, el mugido de una vaca y el zumbido de un abejorro polinizando la flora primaveral, pensó Julio.

Las épocas de aceleración histórica se viven como una sucesión de momentos en los que el tiempo parece detenerse. El futuro se vuelve incierto y el instante, a fuerza de hacerse presente, tiene un encanto de nostalgia adelantada. La hierba entre los adoquines, el trino de los pájaros, aquel cielo de un azul amplio y vivo, eran tan reales ante sus sentidos que parecían ya ser un recuerdo.

Los días que siguieron a la experiencia de probar la heroína tenían a Julio muy entretenido relacionando lo que le pasaba o sentía con la sustancia. Aquellos instantes en los que el presente se amplificaba hasta abarcar el pasado, creía reconocerlos gracias a ella. El atontamiento heroico, así lo pensaba, le había dado un punto de vista desde el que relacionarse con la realidad. Haberla probado lo había obligado a frenar el curso de sus rutinas. Lo más burdo e incómodo había sido el estreñimiento y lo más sorprendente, encontrar placer en la ausencia de deseo sexual.

La heroína en sí podía ser decepcionante, sin embargo,

atreverse a probarla lo llenaba de satisfacción. Tenía ganas de hablarlo con alguien, pero no por teléfono. Tenía ganas de muchas cosas, menos de quedarse en casa. Después de dos días, había conseguido cagar. El cuerpo estaba otra vez en marcha, como siempre, pero de otra manera, pensó Julio. Eran las siete de la tarde y Casilda estaba con su padre. Así que decidió que iría en bicicleta a visitar a Manuela. La última conversación telefónica con ella lo había dejado preocupado. Nada que no arreglase una buena china de hachís. Para eso estaban los amigos. Le gustó además la idea de pasar antes por casa de Sara y verla solo unos minutos, con la excusa de pillarle costo.

—Vengo a pillarte y me voy.

—¿Heroína?

—Hachís.

—Es que como te veo tan ansioso. A lo mejor te has enganchado al caballo. Desde la primera vez, como nos decían en el cole.

—No sé ni siquiera si me ha gustado. El hachís es para una amiga.

—Si es para una amiga no te voy a poder hacer la rebaja que te hago por ser mi vecino.

—Tú dame cincuenta euros y me lo envuelves para regalo.

—Bueno, venga, te hago precio. No he visto billetes mejor planchados que los tuyos. Me encantan.

Sara abrió su cajita de lata y le pasó envueltas en papel film dos posturas del tamaño de una ficha de dominó, más del doble de lo que le había pasado las veces anteriores que le había comprado. Antes de despedirlo, ella cogió de un rincón el casco y se lo puso en la cabeza, «Así no te para la policía». Luego le pidió que, por favor, se lo devolviese al regresar y que no se olvidase tampoco de dejarle la llave del candado en la maceta.

—Que yo mañana por la mañana tengo que salir para hacer unos recados. A ver si te crees que los tesoros aparecen en la cajita por arte de magia.

Eran las ocho menos cinco, unos minutos antes de la franja horaria reservada para los paseos y el deporte y ya estaba su calle llena de gente. En la esquina con Santa Isabel, en el edificio que estaba enfrente del Cine Doré, una anciana aplaudía sola desde su balcón. Todo parecía detenido y, sin embargo, no paraban de pasar cosas. Así eran las épocas de aceleración histórica. Desde Antón Martín tiró por la calle León, se desvió por Huertas esquivando a los paseantes y en la plaza de Santa Ana tuvo que bajarse y atravesarla andando para no arrollar a nadie. En la Puerta del Sol y por Montera había una gran animación, todos los viandantes circulando en parejas sin poder sentarse en los bancos. Enseguida estuvo en la calle del Desengaño, donde vivía Manuela. Llamó al portero automático.

—¿Sí?

—Correo exprés, le traigo un paquete.

—Déjemelo en el ascensor y ya lo recojo yo.

—De acuerdo.

Julio subió y dejó que Manuela abriese la puerta del ascensor.

—Hijo de puta, qué susto me has dado. ¿A ti no te han explicado que hay que avisar antes de presentarse en casa de la gente?

—Cuando veas el regalo que te traigo se te van a olvidar todas tus penurias.

Al entrar en el piso de Manuela y oler a marihuana Julio supo que se le habían adelantado. Su amiga había conseguido un camello que le mandaba hierba a través de un servicio de repartidores de comida a domicilio.

—Ahora el camello cobra por Bizum y te lo traen en Glovo a casa.

—Mi hachís está seguro mucho más bueno.

—Segurisísimo. ¿Cuánto te debo?

—Te lo regalo, mujer. Que el otro día me diste mucha pena.

Rulfo, el perro, ladró desde el dormitorio para que le abrieran la puerta.

—¿Tienes encerrado al perro?

—Es que no para de babearme. Le estoy cogiendo un odio...

202

Julio le abrió la puerta y Rulfo se le abalanzó poniéndole las patas en el pecho. La verdad es que era un perro muy pesado.

—¿Lo sacamos de paseo?

—Sácame a mí que me estoy volviendo loca. A este lo dejamos en casa.

En el ascensor Manuela le dio un abrazo de esos que duran más de lo habitual. Llegaron a la planta baja y Manuela seguía agarrada.

—Sí que te estás volviendo loca, sí.

Se pusieron a caminar como si estuvieran por la Casa de Campo, desviándose sin rumbo por las calles menos transitadas. El porro de hachís los metió enseguida en su nube de amistad ahumada. Manuela le contó el calvario de su encierro, su soledad, sus problemas con la jefa de la FNAC y la mala suerte de tener que dejar de comer chocolate por las noches.

—Ahora me como las tortas de aceite de Inés Rosales sin chocolate y no es lo mismo, nos ha jodido, qué va a ser lo mismo. Pero es que me estaba provocando una úlcera y yo creo que es el chocolate el que me está llenando la cara de pelos. ¿Te has fijado? Me está saliendo barba.

—Yo te veo igual.

—Es que ya no hay luz.

Se quedó callado tratando de transmitir calma a su amiga. Manuela llevaba sola con su perro desde el comienzo del estado de alarma y no paraba de hablar de nimiedades. Él, en cambio, tenía muchas cosas importantes que contarle, a diferencia de lo poco que le había ocurrido a Manuela en esos dos meses largos, en su vida no habían parado de sucederse acontecimientos trascendentales. Tantos, que no sabía con cuál empezar. Manuela entonces le dio pie preguntándole si había probado ya la liana de los muertos con el ayahuasquero de Carabanchel.

—La ayahuasca no, pero hace tres días esnifé dos rayitas de heroína.

203

—¡Cuéntame! Yo creo que de este encierro vamos a salir todos yonquis. Mitad yonquis, mitad locos. La ayahuasca me da pereza, pero la heroína estoy segura que me va a encantar. Mejor no la pruebo. Si ahora me cuesta sacar de paseo al perro, imagínate el pobre con una dueña yonqui. O a lo mejor me vuelvo como esos yonquis que están todo el día de arriba para abajo con su perro. ¿Has traído heroína?

—No.

—Mejor así.

Julio entonces empezó por el final. Por los efectos que aún sentía de las dos pequeñas rayas que había tomado. Le habló del atontamiento y del estreñimiento, de la liberación que suponía la falta de deseo sexual, de la hierba creciendo entre los adoquines como símil del tiempo detenido que la heroína procuraba. Manuela escuchaba con atención sus abstractas divagaciones, hasta que lo interrumpió para preguntarle cómo era posible, cómo había podido conseguir heroína en pleno confinamiento. Y entonces Julio le habló de Sara. De su vida de hombre casado con Casilda y de los paréntesis de intensidad renovadores que abría Sara. Incluso le contó los cincuenta euros que desembolsaba por visita.

—No me cobra, me regala su tiempo. Y yo le regalo el dinero.

—Qué suerte tienen algunas —dijo Manuela con melancolía.

La noche se les había echado encima, eran las once, el límite horario para finalizar el paseo y estar en casa. Las calles estaban vaciándose aceleradamente. Llegaron hasta el portal de Manuela. Mientras Julio desataba su bicicleta ella subió a buscarle el casco. Lo despidió con otro abrazo de los que duran más de lo normal y le agradeció la visita y el regalo del hachís.

—Ya sabes que a mí para follarme no me tienes que regalar nada —le dijo sonriendo.

—Otro día con más tiempo.

Los golpes en la puerta lo despertaron. Era Sara:

–Te dije que pasaras por casa a dejarme el casco. Sin el casco la policía me para fijo.

Le dio el casco.

–He tenido que esperar a que saliera tu señora. Ya solo tengo una hora para ir y volver.

–Qué manía con hacer deporte. ¿Estarás luego en casa?

–Si no me detienen sí.

–Yo ayer llegué a casa media hora después del toque de queda. Me crucé con un coche de policía y no me dijeron nada.

–Tú es que tienes cara de bueno.

No era tonto y sabía que Sara utilizaba su bicicleta para trapichear. Le gustaba hacerse el distraído, dándole a entender que estaba al tanto del asunto y que no le parecía mal. Le habría dicho que en el fondo no eran tan distintos, que aunque su casa y su vida fueran las de un hombre casado, su alma era una hoja al viento. Julio se entretenía imaginando diálogos posibles en los que confesaba a Sara sus sentimientos, y Sara le respondía con zalamería. «Sara, tú serás el terremoto que me libre del confort» y Sara entonces le respondía algo así como «Para eso vas a tener que ponerme un piso con luz eléctrica y agua caliente» o el más escueto «Si quieres te pego con el palo de una escoba».

Se volvió a dormir y Sara, dos horas después, volvió a despertarlo llamando al timbre con insistencia.

–Me ducho un momento y me voy.

Julio le acercó la toalla y contempló cómo se desnudaba y se metía en la ducha.

—¿Me puedo duchar contigo?

—No, que tú la ducha la tienes siempre.

Ventiló su estudio y se lio un porro a la espera de que Sara saliera del baño. No tardó en llegar vestida con la misma ropa y el añadido de una toalla en la cabeza, enrollada como un turbante tuareg.

—Fúmate el porro conmigo y te vas.

—¿No viene tu esposa a comer?

—Viene por la tarde.

Sara se sentó con él sobre el sofá cama desplegado. Le dio varias caladas al porro y le preguntó si él y su mujer dormían siempre en habitaciones separadas.

—Es el secreto de mi matrimonio. Ella es diurna y yo nocturno. Dice que cuando duermo a su lado la molesto porque me muevo mucho.

Se acercó a la cocina a por un cenicero y aprovechó para supervisar que todo estuviera en orden en el cuarto de baño. Colocó la alfombrilla sobre el borde de la bañera y abrió la ventana para que se fuera el vaho que empañaba aún el espejo. En el estudio Sara se estaba cepillando el pelo. Había dejado el porro humeante apoyado en el alféizar de la ventana, Julio le dio una última calada y lo apagó en el cenicero. Sara estornudó colocando su dedo índice sobre el surco de la nariz, presionando el lóbulo para contener la espiración, como una niña bien, educada en colegio de monjas. Julio cerró la ventana.

—¿Te apetece otro porro?

—Venga, y me voy cuando se me seque el pelo.

—¿Cuánto tarda en secarse tu pelo?

—Según. En verano es superrápido.

Fumaron tumbados y Julio no pudo evitar sacar el tema de la heroína. Tenía mucha curiosidad sobre la asiduidad del consumo de Sara y cómo había sido su iniciación.

—A mí el caballo me gusta regulín. Lo tomo, un poquito, cuando me duele la regla. Luego no me gusta mucho porque me deja lenta.

−Pero el otro día no tenías la regla.

−Es que a veces se me corta la sangre. Hacía mucho que no me la tomaba y me dejó más moco de lo que me gusta. Tú me viste, ¿no?

−Sí. Estabas tranquila. Y cuando lo probaste por primera vez, ¿te gustó?

−No me acuerdo. No creo. Fue hace mucho. Si me hubiera gustado mucho a lo mejor ahora no estaría aquí.

−Para mí ha sido raro, pero creo que me ha gustado. Sobre todo después.

−Después de qué.

−Después de que haya subido. Los efectos del día siguiente. Incluso ahora que se ha pasado, me gusta cómo vuelvo a sentir el cuerpo. ¿A ti no te ocurre?

−No sé. Si quieres follar, dilo.

−Bueno. Estaría bien. Llevo dos días sin ganas, pero ahora es como si el cuerpo se despertara a lo bestia.

No era solo una excitación genital la que sentía Julio. Era como si todos sus sentidos hubieran vuelto en sí a la vez. Sara llevaba puesta la camiseta sudada con la que había recorrido kilómetros en bicicleta y en aquel olor a sudor se concentraba la vida. También en el tacto de su piel todavía caliente por la ducha o en el color rosado de sus pezones anchos. Julio se había fumado dos porros en ayunas y al meter la polla se le fue la cabeza. ¿No era acaso el placer una forma de olvido? Orbitando sobre el centro de sus cuerpos enganchados, se sentía suspendido en una sensación de plenitud. «Córrete fuera», oyó que le decía Sara y, volviendo de la inconsciencia, sacó su miembro y se corrió sobre el vello púbico de Sara.

Se quedaron quietos. Sara lo abrazaba con amor. Aquel ardor de piel irritada era amor. Aquel sudor mezclado con semen era amor. Era amor que Sara se cubriera y lo cubriera con el edredón. Era amor aquella burbuja de plumas, aquel útero nórdico de corazones acompasados. Así lo sentía Julio cuando del salón le llegaron, como si fueran de otra galaxia, el sonido de la puerta de casa y la voz de Casilda llamándolo por su nombre. Durante medio segundo no supo bien dónde estaba, luego saltó del sofá cama, se puso el calzoncillo y salió de la habitación cerrando tras de sí la puerta.

–¿Has estado fumando porros otra vez con las ventanas cerradas? –le dijo Casilda en tono de enfado mientras se dirigía al baño.

–¿Tú no volvías esta tarde?

Casilda le contestó, pero Julio había dejado de escuchar abstraído por la posibilidad inminente de que su mujer sorprendiera a Sara en su estudio. En menos de cinco minutos su vida iba a cambiar por completo. Quizás fuera lo mejor.

–¿Quieres dejar de seguirme? ¿Me puedes dejar por favor que mee tranquila? No me gusta mear mientras me miras con cara de colgado, ¿es tan difícil de entender? Apestas a porro revenido.

–¿Qué?

–¡Qué te vayas a tu cuarto y ventiles!

Obedeció. Giró sobre sus pasos y al encaminarse por el pasillo hacia su habitación oyó la puerta de la calle cerrarse. Su estudio estaba lleno de humo y olor a sexo. Sara se había escabullido. No podía olvidarse, la próxima vez que la viera, de pagarle sus cincuenta euros.

No tenía ya motivos para preocuparse, su vida seguiría discurriendo por los cauces habituales. ¿Era eso lo que quería? Podía relajarse, pero sentía su cuerpo todavía asustado. ¿Acaso no hubiera sido mejor que su mujer se encontrara con su amante? La voz de Casilda a su espalda volvió a sorprenderle con desagrado.

–¿Te digo que ventiles y en lugar de abrir las ventanas abres la puerta? Joder, Julio, que se llena la casa de humo. Cuando estás fumado pareces tonto.

El lunes se entraba en la fase uno del llamado Plan de Desescalada y podían retomarse las obras de reforma y rehabilitación. Casilda contaba con él para coordinar a las tres cuadrillas y supervisar el retorno al tajo. Su suegro se había recuperado de lo que había sido un simple resfriado, pero Casilda quería que permaneciese en casa y evitara el contacto con albañiles y proveedores. A Julio, por su parte, le agradaba volver a tratar con Gabriel y su gente, estar en el comienzo de la vuelta a la normalidad. No sabía si su buena disposición lo acompañaría mucho tiempo, pero mientras durara la coyuntura estaba dispuesto a echar una mano.

El dinero del ERTE aún no había llegado y Casilda preparó tres sobres para cada una de las cuadrillas, una manera de engrasar el mecanismo de Anella Construcciones, una empresa pequeña, al fin y al cabo, en la que el buen trato personal entre jefes y empleados ayudaba a ser productivos, o, como decía su suegro, «a ser felices todos».

Era viernes, y desde el día anterior Casilda había llamado sin éxito a Gabriel y a los peones de su cuadrilla. Julio se ofreció a ir hasta su casa a llevarle el dinero, como había hecho hacía un mes. Pensó para sus adentros que sería una buena oportunidad para hablar de la toma de ayahuasca; después de haber leído en internet sobre la cocción amazónica, tenía muchas preguntas que hacerle a Gabriel.

A las ocho en punto salió de su casa montado en su bicicleta con un sobre abultado guardado en un bolsillo interior de su chaqueta. Bajó desde Lavapiés por la avenida de las Acacias hasta el parque de Madrid Río, con la intención de cruzar el Manzanares por el sacacorchos, un puente monumental para peatones y ciclistas formado por dos tramos cónicos que se apoyan sobre una colina artificial, como si de una tubería rota se tratase. El puente, de estilo algo afectado, como salido de un catálogo de Ikea, es a su mitad una entrada preferente al parque. Los accesos debían estar precintados hasta el lunes, cuando habían decretado, entre otras medidas de la fase uno, abrir los grandes parques; sin embargo, cuando Julio atravesó el primer tramo de aquel puente, la valla y la cinta de balizamiento de uno de los accesos laterales estaban caídas. Los paseantes circulaban obedientes sin aventurarse por la cuesta abajo hacia el follaje. De pie sobre los pedales Julio oteó el horizonte y al ver que no había policía en las inmediaciones se dejó llevar hacia la ribera del río, sintiendo la brisa primaveral en el rostro.

Era finales de mayo pero parecía verano, los árboles y matorrales lucían esplendorosos bajo el último sol de la tarde. El césped nunca había estado tan verde y mullido. La ausencia humana durante casi tres meses había obrado el prodigio en un parque que por esas fechas y a esas horas solía estar ya mustio, agotado por el trasiego de las muchedumbres.

La llegada de una enfermedad infecciosa como aquella tal vez forzara a la especie humana a cambiar de estrategia civilizatoria. Si hasta ahora el progreso se basaba en la concentración y en la agitación de ciudades densamente pobladas, entorno propicio al contagio veloz de virus y bacterias, quizás se adoptaran en adelante formas de vida menos promiscuas, un futuro aireado, una ciudad jardín en las antípodas del sueño de Le Corbusier.

Cruzó por una pasarela baja que estaba sobre una de las presas que canalizaban el agua del río y se detuvo allí un momento a contemplar el paisaje. La decisión de abrir las presas, no limpiar el fondo de aquel canal y dejar que la naturaleza siguiese su curso había conseguido en pocos años que el Manzanares pareciese un río de verdad, con álamos y chopos en los márgenes y con pequeñas isletas frecuentadas por patos y otras aves similares que no supo identificar. ¡Qué rápido se asilvestraba la ciudad! ¡Cuán frágil resultaba la civilización! Detrás de unas pistas de tenis encontró un callejón lateral que desembocaba en la calle Antonio López. La misma avenida del General Ricardos, con tan poco tráfico, parecía más luminosa y amable. La ausencia de los coches, del ruido y del humo habituales le daban un aire de alameda que invitaba al paseo. Otra cosa era la desangelada calle donde vivían Gabriel y su familia, sin más gracia que la de unos edificios que parecían jibarizados, con ventanas y puertas diminutas y unas dimensiones claustrofóbicas. Qué diferente debía de haber sido el confinamiento en aquellos pisos levantados hacía medio siglo para emigrantes pobres que llegaban de provincias.

Ató la bicicleta a una farola y llamó al telefonillo. Preguntó por Gabriel, pero le dio la impresión de que no lo oían, de que el interfono estaba estropeado. Tardaron un rato en el que Julio pensó que bajarían para abrirle el portal. Sin embargo, volvió a sonar el zumbido del telefonillo seguido del timbre de apertura automática. Subió los dos pisos tratando de calmar la respiración agitada del pedaleo. Tenía muchísima sed.

Golpeó con los nudillos la puerta y sintió que lo miraban a través de la mirilla.

—¿Es de la funeraria? —preguntó una voz desde el otro lado.

—No, soy Julio. Vengo de parte de Casilda, de Anella Construcciones.

—Ahora no es oportuno.

Por el tono creyó reconocer a María, la mujer de Gabriel.

—María, no sé si te acuerdas de mí, estuve aquí hace un mes. ¿Puedo hablar con Gabriel?

—Un momentito.

Alguien acababa de morir y estaban a la espera de que recogieran el cadáver, ¿por qué si no le habían preguntado si era de la funeraria? Julio se puso la mascarilla. No era conveniente pedir un vaso de agua, pero era en lo único que pensaba mientras aguardaba en el pasillo del edificio que alguien saliera de la casa y le aclarara la situación. El muerto no tenía por qué ser un familiar de Gabriel, tal vez un paciente en una toma de ayahuasca. No recordaba haber leído que la ayahuasca fuera letal, pero ¿quién sabe?, el coronavirus estaba siendo un acelerador de muerte y cualquier dolencia previa podía agravarse y llevarte a la tumba.

–Buenas noches –dijo una voz de hombre a través de la puerta.

–Buenas noches, soy Julio, un compañero de trabajo de Gabriel. Venía a traerle un recado de la empresa, un sobre que le quería dar en mano.

–Lo siento mucho, señor, pero ahora mismo no puede atenderlo.

En aquel edificio las puertas eran tan malas que casi oía la respiración entrecortada del hombre. Julio preguntó si es que a Gabriel le pasaba algo y la voz de María le confirmó sus sospechas. Gabriel había muerto la noche del miércoles.

–Murió en paz con Dios. Se encontró mal recién de la cena y se fue a dormir temprano y ya no despertó.

Julio se oyó decir que lo sentía muchísimo, que cualquier cosa que necesitaran no dudaran en pedirlo, que Gabriel era una persona muy estimada en la empresa. El hombre, que se identificó como yerno de Gabriel, le agradeció el ofrecimiento, pero le dijo que no era necesario, que ahora debían quedarse en cuarentena hasta que el forense determinara si había muerto o no de coronavirus, «de coronavirus o con coronavirus», especificó. Llevaban casi cuarenta y ocho horas esperando a los empleados de la funeraria La Esperanza. Por teléfono le habían dicho que estaban saturados con tantos decesos y que irían por su difunto en cuanto se pudiera. Les habían advertido que una vez retirado el cuerpo se lo llevarían al Palacio de Hielo en espera de poder cremarlo, que no era posible ceremonia alguna y que ya les harían entrega de las cenizas.

También les alertaron de que guardaran distancia con el cadáver para evitar el contagio y que por lo mismo no abrieran la puerta a nadie. Antes de despedirse, Julio deslizó el sobre con dinero bajo la puerta.

–El sobre era para Gabriel, para que lo repartiese con la cuadrilla de albañiles hasta que llegue lo del ERTE. Yo creo que es mejor que de momento os lo quedéis para afrontar los gastos que puedan surgir.

–Muchas gracias, señor –le dijo el yerno.

–Vaya usted con Dios –oyó que le decía María.

De vuelta a casa se entretuvo un largo rato pedaleando por el parque vacío de Madrid Río. Fue incapaz de derramar una lágrima, pero revivió con nitidez la bondad serena que derrochaba Gabriel en vida. El recuerdo de la confianza que emanaba su presencia le dio fuerza para explicarle después a Casilda la entrega del sobre.

–Eran ocho mil euros. Les has regalado ocho mil euros que tenían que repartirse entre Gabriel y los otros cinco trabajadores –dijo Casilda con resignación, sin querer enfadarse, pero dejando claro que los negocios no funcionan así.

Casilda no había tratado con Gabriel, pero su padre sí. A su manera, sin saber que ejercía de chamán ayahuasquero para sus compatriotas, su suegro era consciente del carisma del ecuatoriano, «un hombre tan elegante», decía apesadumbrado mientras Julio le relataba el episodio del día anterior por teléfono.

Casilda le había contado, pero quiso hablar con él para saber más detalles. Julio omitió la entrega del sobre con dinero, pero su suegro terminó la conversación diciéndole que ya le había dado instrucciones a su hija para que ayudaran a la familia de Gabriel en todo lo que necesitase.

—¿Le has dicho a tu padre lo del sobre?

—No he querido darle el disgusto.

—A lo mejor no le habría parecido tan mal como a ti.

—Puede ser. La que tiene que cuadrar las cuentas soy yo y ahora tengo que llamar al yerno de Gabriel, del que no tengo ni el teléfono, para decirle que se queden con dos mil, pero que los seis mil restantes se los dé a los albañiles. A ver cómo se lo digo.

—Si es por seis mil euros prefiero dártelos yo de mis ahorros.

—A mí no me los tienes que dar, se los tienes que dar a los albañiles. Si tú quieres ser generoso, me parece muy bien, pero no a costa de un dinero que no es tuyo.

A Julio le hubiera gustado hablar de otras cosas. No le había revelado a Casilda sus planes de probar la ayahuasca con Gabriel. No se lo dijo en su momento y ahora, después del ajuste de cuentas, corría el riesgo de ser tomado por tonto. Ni siquiera le había dicho lo mucho que Gabriel le había enseñado con su sola presencia en la obra, ni tampoco que era médico ayahuasquero. Desde que estaban intentando tener hijos las cuestiones relacionadas con la ingesta de drogas no eran un tema de conversación tranquilo para Casilda.

Quedó con ella en que llamaría por la tarde a los cinco albañiles de la cuadrilla de Gabriel para darles a cada uno mil doscientos euros de su bolsillo. Se refugió en la cocina a desayunar y, mientras untaba la mantequilla sobre las tostadas, se descubrió cantando por dentro el tango de Gardel: «Sus ojos se cerraron y el mundo sigue andando».

¿Qué clase de mecanismo inconsciente accionaba la desgracia en la elección de canciones? Era como si las canciones se apareciesen según las necesitara, porque el pasmo que sentía Julio ante la muerte de Gabriel era precisamente ese, que el mundo siguiera andando, indiferente, movido en sus engranajes por el dinero. Un tópico nada original que el tango dignificaba. Acaso el cometido de las canciones no era otro que sacarle brillo al lugar común, darle sabor al chicle gastado de los sentimientos humanos.

El timbre del teléfono lo sacó de sus cavilaciones. Era su madre. Estuvo a punto de no descolgar, sin embargo, sintió que hablar con ella lo calmaría.

—Aquí estoy, sentada en el balcón frente al mar, ¿lo oyes?

—No, no mucho.

Su madre estaba de muy buen humor. Estaba viendo *Los Durrell*, una serie de televisión basada en la trilogía de Corfú de Gerald Durrell, y se acordaba mucho de Julio cuando era niño.

—¿No te acuerdas de que tu padre te leía las aventuras de *Mi familia y otros animales*? Y unos Reyes te regaló *La guía del naturalista*, un libro grande con muchas fotos de escarabajos que a ti te encantaba.

Recordaba aquella guía de Gerald Durrell, pero no que su padre le leyese cuentos. Oír a su madre hablar de su padre en un tono tan alegre no era habitual.

—Tu padre pensaba que serías biólogo o veterinario. ¡Y yo que no te dejaba meter animales en casa!

215

—Ni gusanos de seda me dejaste.

—Esos me daban más asco que los hámsteres.

Su madre le contó que apenas había hecho nada en los dos últimos días, enfrascada como estaba en la serie de *Los Durrell*. Hasta se había olvidado de tomar el dióxido de cloro: «Mejor así, que me estaba sentando un poco mal al estómago». La escuchaba con emoción y hasta se ahorró el comentario sobre el dióxido de cloro. En otras circunstancias habría cargado contra la fascinación de su madre por los remedios milagrosos, remedios que tan pronto adoptaba como abandonaba. Pero ahora solo podía escucharla admirado por el cariño que le trasmitía.

—Hijo, no dejes de ponerte la mascarilla cada vez que salgas. Ahora lo importante es la mascarilla.

¡Qué incondicional era el amor de una madre! Si alguna vez llegaba a ser padre, ¿sería capaz de sentir ese mismo amor sin condiciones por su hijo? Cuando le tocó hablar a él, dijo que se encontraba bien, que salvo que su suegro ya estaba recuperado de lo que había sido un simple resfriado no había ninguna otra novedad destacable.

Al colgar se le habían quedado las tostadas frías, así que se hizo otras. Cuando pensó un mes atrás en tomar ayahuasca estaba seguro de que la muerte de su padre emergería de su fuero interno y se impondría en la experiencia. Por eso tal vez había dejado pasar la oportunidad. La muerte de su padre, pensaba Julio, o más bien, la dificultad o la pereza de enfrentarse a ello, se le aparecía como el gran escollo en torno al cual se había configurado su personalidad adulta. Quizás no había sido para tanto. Su desencaje con el mundo tendría un origen más remoto, multifactorial, pero la muerte de su padre había contribuido significativamente en su distancia hacia las cosas mundanas. El trabajo, el reconocimiento social, la familia, los planes de futuro, no habían sido nunca para Julio una prioridad buscada sino más bien situaciones en las que se veía inmerso sin mayor pasión. Tal vez fuera el temor a la pérdida lo que le impedía celebrar sus logros y labores. Tal vez su manera de dejarse llevar por los acontecimientos no fuera más que un acomodo en la decepción, una forma de no exponerse al vértigo de las ilusiones o a las consecuencias del fracaso, pensaba Julio, capaz de especular sobre la muerte de su padre en términos abstractos, pero no sentidos.

No solo la conversación con su madre, la muerte de Gabriel había despertado también en él el recuerdo vivo de su progenitor. Por lo inesperado de su muerte y porque, ahora se daba cuenta, al lado de aquel ecuatoriano se sentía en calma igual que cuando era niño y su padre lo llevaba de paseo montado en el trasportín de su bicicleta.

Terminó su desayuno y esperó a que Casilda se marchase a la oficina para bajar a buscar a Sara. Tenía que pagarle los cincuenta euros de su último encuentro y aprovecharía para esnifar un par de tiros de caballo. Quizás eso lo ayudara a sobrellevar el día y frenar un poco el atropello del mundo.

El retorno al tajo se retrasó. Solo uno de los trabajadores de la cuadrilla de Gabriel había estado en contacto con él y debía guardar cuarentena, los otro cuatro, sin embargo, habían sentido miedo y ponían reticencias a volver. Casilda podría mantener a la cuadrilla de Gabriel en ERTE, empezar a medio gas con las otras dos cuadrillas, pero los clientes de las cinco reformas que habían dejado interrumpidas estaban presionando para reanudar las obras y se necesitaba a todos los trabajadores. Casilda acordó entonces con todas las partes comenzar una semana más tarde.

También él se había comprometido a incorporarse al trabajo, de manera que vivió aquella semana como el fin de una etapa, entregado a un consumo intermitente de heroína que tuvo un efecto benéfico sobre su espíritu, aunque a ratos le indispuso el estómago y al final le dejó una resaca de cansancio que duró varios días. «El tiempo tomado por anticipado en la embriaguez es un robo que le hacemos a los dioses», le dijo por teléfono Mauri, citando a Ernst Jünger. «Un robo que los dioses después se cobran con creces», le contestó Julio.

Tomó heroína en tres ocasiones dejando dos días entre toma y toma, la cantidad suficiente como para enfrentar las tareas domésticas sin que se le notara. No era por disimular que consumía esas cantidades tan modestas, descubrió que si esnifaba más sentía un malestar cercano al vómito y se quedaba atontado. Le gustaba mantenerse despierto, con esa elegante distancia olímpica que producía una dosis pequeña. La euforia calmada y desinhibida que desplegaban dos pequeñas rayas de caballo le permitían experimentar una vida normal sin las angustias habituales, enfrentarse a cualquier actividad sin la rémora de un cuerpo maltrecho: leer tumbado sin dolor en el cuello, caminar sin sentir fatiga, escribir sin distracciones, soñar despierto sobre su vida pasada. La única falta que encontraba a la droga, además del estreñimiento y el enrarecimiento estomacal, era la pesadez que transfería a labores donde la medición del tiempo cumplía una función determinante. Le impacientaba, por ejemplo, cocinar. Le daba la sensación de perder demasiado tiempo pelando patatas y zanahorias o esperando a que el agua hirviera. Si ponía el horno conectaba la alarma del móvil para ahorrarse revisar una y otra vez el estado del pescado que estuviera asando. Si estaba entretenido el tiempo se alargaba gozosamente, se ampliaba de una manera mágica, pero si se trataba de algún quehacer rutinario, incluso en actividades como cocinar, que tanto le gustaba, la lentitud del tiempo lo exasperaba.

El cuaderno que habían inaugurado sus experimentos con el Cialis se llenó aquella semana de apuntes sobre la heroína y otros temas vistos bajo su influencia. Un conjunto de impresiones y reflexiones que conformaban el relato en primera persona de una iniciación gozosa e intelectual, sin las trágicas consecuencias habituales en la literatura sobre la droga maldita.

25/05/2020

Dos finas rayas de unos tres centímetros de longitud esnifadas del tirón. Una por cada agujero de la nariz, para sentir el hormigueo repartido en ambos lados de la cara.

El sabor terroso y un punto agrio, menos químico que la cocaína, más amable. No sé la pureza de esta heroína marrón, pero aprecio un regusto vegetal, me hago la ilusión de que en ella se reconoce al fondo la presencia de la adormidera.

S al caballo lo llama jamaro. Me invita pero no toma conmigo, dice que solo le gusta muy de vez en cuando, que para tomarlo tienes que tener tiempo y que ella tiene muchas cosas que hacer (¿?).

219

Hablo con tantas reservas de la heroína que me preguntan si me gusta o no. A Manuela cuando fui a llevarle hachís y a Mauri hace un rato por teléfono no he sabido qué responderles. Hace falta familiaridad con la sustancia para reconocer sus efectos pacificadores, vencer la extrañeza inicial de las primeras tomas para disfrutar de la euforia que procura. Cada droga impone sus formas; acostumbrados a estimulantes nerviosos tardamos en identificar la calma eufórica, el estímulo tranquilo del caballo.

La supuesta superioridad de los consumidores de ayahuasca respecto a los consumidores de heroína no tiene sentido. También los opiáceos pueden ayudar a modular la mente o procurar una nueva perspectiva menos conflictiva del mundo y de la propia vida. A la toma de ayahuasca se refieren como a un desafío desagradable, una especie de sufrida purga con viaje visionario incluido. Tal vez se pueda acceder a esa pureza de espíritu desde otras puertas. La heroína quizás sea una de esas puertas, pero en lugar de las incomodidades del gran viaje ofrece el confort uterino de un buen sofá. Desde esa comodidad se pueden relativizar los obstáculos que nos hacen la vida incómoda, disolver los miedos que nos paralizan, las preocupaciones que nos acechan, los conflictos que nos enredan. El nombre de heroína está bien elegido, pues infunde, al menos en pequeñas dosis, el valor de la concordia con uno mismo, tan difícil de sentir en circunstancias normales.

26/5/2020

Por una entrevista a Eduardo Hidalgo llego a *Opio, diario de una desintoxicación* de Jean Cocteau. Son apuntes y dibujos hechos durante su rehabilitación en una clínica, en pleno síndrome de abstinencia. Entre comentarios sobre el teatro, la literatura o la pintura se intercalan algunos sobre el opio. Tengo la impresión al leerlos de que ya está todo dicho, de que Jean Cocteau agotó el asunto con un puñado de aforismos insuperables:

«Después de haber fumado, el cuerpo piensa».

«El cuerpo piensa, el cuerpo sueña; el cuerpo se desmembra, el cuerpo vuela. El fumador, embalsamado vivo».

«El opio es la única sustancia vegetal que nos comunica el estado vegetal. Por él nos formamos idea de esa otra velocidad de las plantas».

«El hastío mortal del fumador curado. Todo cuanto se hace en la vida, incluso el amor, lo hace en el tren expreso que marcha hacia la muerte. Fumar opio es bajarse del tren en marcha; es ocuparse de cosas que no sean la vida y la muerte».

27/05/2020

De noche otra vez, 48 horas después de la toma anterior, dos rayas muy finas de unos seis centímetros (esta vez las he medido). El subidón se nota entre veinte y treinta minutos después.

Las sensaciones corporales que las primeras veces confundí con fiebre y fatiga las encuentro ahora placenteras: el calor subiendo por la cabeza, el diafragma detenido, la impresión de estar apoyado en cojines mullidos, adopte la postura que adopte. El cuerpo se siente como un trozo de corcho flotando al sol, la piel aterciopelada como la de un delfín.

La mitad de mis vecinos no ha salido de casa en este último mes. Han decidido mantener la reclusión y el confinamiento. Ni deporte ni paseo. El miedo supera a la libertad o a la simple curiosidad de salir a la calle a ver qué pasa. Y es importante ver qué pasa: los momentos históricos en los que el tiempo se detiene llevan consigo el anuncio misterioso del porvenir. Para mis vecinos, que el mundo se haya detenido no augura nada bueno, como el silencio que precede al disparo. Desde el inicio del confinamiento, o quizás desde antes, los instantes de contemplación que interrumpen el frenesí llevan aparejados la sensación de que algo está a punto de ocurrir y va a cambiarlo todo. La heroína abre un hueco de confort en ese espacio de inminencia y permite con soltura gestionar la incertidumbre.

Si cada tiempo histórico tuviera su droga, la heroína sería la droga del siglo XXI. La marihuana y el LSD fueron las drogas que ayudaron con su sensualidad y sus visiones a romper la rigidez moral y política de los sesenta; en 2020, la precariedad existencial, el conflicto y la polarización, así como la sobreinformación que nos acorrala, precisan para poder vivir la ayuda de una droga como la heroína. La heroína te da un refugio en medio del temporal, un paréntesis de paz en medio del ruido atronador, un iglú con calefacción central en mitad de la gran nevada.

Leo una entrevista a un tal Murtaza Majeed, que trabaja en Kabul por la reducción de daños en el consumo de opiáceos. Habla sobre todo de las dificultades de tratar de forma compasiva el síndrome de abstinencia de los heroinómanos afganos y de poder combatir su enganche con sustancias como la ibogaína. Pero en un punto de la entrevista, Murtaza Majeed alaba la heroína como el mejor medicamento para el trauma, ideal en un país como el suyo, eternamente en guerra: «Después de consumir heroína tienes el mismo sentimiento que un niño pequeño cuando se pierde y recupera a su madre. Ese abrazo es el mismo abrazo que te da la heroína. La gente en las calles necesita ese abrazo, necesita sentir confianza. Creo que aquí deberíamos dispensarla a cualquiera que la necesite».

Mi próxima medida como presidente: repartir heroína a todos los vecinos con cargo a los gastos de la comunidad. Una medida urgente: el necesario abrazo cuando los abrazos se han prohibido y la gente se saluda con el codo. Esto no es Afganistán, pero la lucha contra un enemigo invisible es también una guerra aterradora.

Por los efectos que la heroína tiene en la percepción del tiempo, aquella semana sería recordada por Julio como un periodo rico en acontecimientos, aunque, en realidad, pasaron muy pocas cosas.

Casilda desaparecía por la mañana y no volvía hasta por la noche, enfrascada en preparar el reinicio de las reformas, todo el día hablando con clientes y proveedores. La noche del miércoles, durante la cena, resumió a Julio sus quebraderos de cabeza con parte de los materiales que venían de Italia y Marruecos.

–Los azulejos rojos de cinco por cinco para el baño de Arapiles están en un contenedor parado en el puerto de Génova. Y las baldosas hidráulicas no hay manera de saber si están ya en Algeciras o perdidas entre Tánger y Tetuán, y, como ya se han pagado, si las encargamos ahora al proveedor de Almendralejo, perdemos el dinero. Porque los de Arapiles están forrados, pero no se hacen cargo.

En estos casos Julio prestaba atención no tanto a las palabras de Casilda sino a la pasión que mostraba hacia su trabajo. Hacía comentarios como «qué putada», «los ricos, ya se sabe», «seguro que al final se soluciona sin problemas», y Casilda se iba desahogando, como un globo que se desinfla, hasta quedarse tranquila y pedirle que le pasara el salero o un trozo de pan.

En el edificio, la gran novedad era la reincorporación del portero y el cese de las labores de limpieza a cargo de Suleimán y sus compañeros del segundo seis. No fue fácil que el portero Jacinto entendiese que, en su ausencia, habían sido los negros okupas los encargados de limpiar y de sacar y meter los cubos de basura. Elena le explicó con un exceso de pedagogía el cambio vivido en esos meses:

—Suleimán, Abdul y Moha han estado al pie del cañón cuando más se necesitaba. Han arriesgado su vida limpiando y desinfectando los ascensores y los pasillos, y haciéndoles las compras a las vecinas mayores. Han regado las plantas de los patios y, lo más importante, han plantado cara y han echado a Moctar, el okupa traficante del primero. La loca sigue, pero ya no da problemas ni realquila el segundo seis. Ahora la comunidad está más segura y mejor que estén Suleimán, Abdul y Moha, que no cualquier otro que se pueda colar.

Más inexpresivo por la mascarilla que de costumbre, Jacinto asentía con los ojos muy abiertos, como un pez fuera del agua. Cuando Elena se puso a reflexionar sobre los derechos humanos de los inmigrantes, dijo que ya lo había entendido, que todo estaba muy claro, que «ahora los okupas son buenos y hay que tratarlos como si fueran vecinos legales».

A Julio le dio la impresión de que Elena sabía de sus visitas a Sara. Cuando hablaba de ella como la loca del primero lo miraba, esperando apoyo o contrariedad. Julio, en su nube de indiferencia heroica, le sostenía la mirada sin manifestar ninguna emoción.

La llegada del buen tiempo o el abandono de las medidas más duras del confinamiento hicieron que fuera más difícil encontrar a Sara. Varias veces bajó a buscarla sin éxito y cuando la encontró era ya de noche y no podía Julio despistarse de su mujer. Bajaba con la excusa de tirar la basura y la visita a Sara duraba lo suficiente como para esnifar dos rayas y volver a casa. El martes quiso comprarle medio gramo de heroína, pero Sara se negó. «Yo te invito cuando quieras, así me aseguro de que vienes a verme», le dijo, y a él le pareció bien.

El jueves aprovechó que Casilda se había quedado con su padre a cenar para pasar unas horas con ella. El ruido de la cadena y el candado de su bicicleta azul, que Sara seguía utilizando como si fuera suya, lo alertaron. Desde la ventana de la cocina la vio atando la bicicleta en el patio grande y bajó a toda prisa para encontrársela en el descansillo del primero.

—¡Qué sorpresa verte! ¿Vienes de paseo? —le preguntó en voz baja para que no lo oyera el portero, que estaría recogiendo sus cosas para marcharse.

—Sí, en un coche feo.

—¿En un coche feo?

—Sí, como la canción: «Vienes de paseo, pi-pi-pi, en un coche feo, pi-pi-pi».

—Si me invitas a tu casa, yo pongo la cena.

—¿No es un poco pronto para cenar?

—Horario europeo.

Así fue que cenaron a las ocho de la tarde en el destartalado salón de Sara, un guiso de carne con patatas que ella calificó agradecida como «comida de yaya». A los postres sacó su cofre del tesoro y lio dos porros.

—Uno para cada uno, no me vayas a contagiar el covid.

Julio se había traído el *Diario de una desintoxicación* de Jean Cocteau y se puso a comentar algunos fragmentos sobre la utopía farmacológica del autor, una sociedad futura en la que la ciencia separaría los principios curativos y destructores del opio, haciéndolo inofensivo y útil para «defender el sistema nervioso agotado». Sara, sentada en el sillón orejero, con una cesta llena de ovillos, agujas y bolsas con coloridos abalorios entre sus piernas, asentía con la cabeza sin entusiasmo mientras comenzaba a ensartar cuentas en un hilo. Julio, ajeno al desinterés de Sara, leyó en voz alta y despacio una de las citas que había subrayado en el libro: «El opio sigue siendo único, naturalmente, y su euforia superior a la de la salud. Le debo mis horas perfectas. Es lástima que en vez de perfeccionar la desintoxicación, la medicina no intente hacer inofensivo al opio».

—Se ve que el hombre le había cogido cariño al opio —comentó Sara.

Cocteau, siguió explicando Julio tras darle una calada al porro, estaba internado en la clínica y el síndrome de abstinencia espoleaba su imaginación en busca de un acomodo definitivo y cotidiano para el opio en el botiquín contemporáneo.

—«No somos ya, ¡ay!, un pueblo de agricultores y de pastores», se quejaba Cocteau, y mira su visión del futuro: «Yo afirmo que algún día se emplearán sin peligro las sustancias que nos calman, que se evitará la costumbre, que se reirá la gente del cuco de la droga, y que el opio domesticado mitigará la dolencia de las ciudades donde los árboles mueren de pie».

—Mola eso de que los árboles se mueren de pie. La verdad es que nunca había pensado en cómo se mueren los árboles. ¡Qué horror morirte y seguir de pie! No te dejan descansar ni cuando te mueres.

Julio cerró el libro con fuerza, como si quisiera matar una mosca entre sus páginas. Molesto por el poco eco que tenían en Sara las palabras de Cocteau, le preguntó con sorna si las pulseras las hacía con fines comerciales.

—Es un collar. De pequeña hacía pulseras con macarrones. A ti te gusta hablar o leer cuando estás fumado y a mí me gusta hacer collares. Me entretiene. Si quieres te vendo uno y se lo regalas a tu mujer.

No tardaron en echarse sobre el colchón de la habitación. Todavía no había oscurecido del todo y Julio, antes de quitarse el pantalón, para no olvidarse ni tener que estar recordándoselo mentalmente, sacó de su bolsillo un billete de cincuenta euros y lo metió con discreción en la caja de Colo Cao. Reticente como era a llamar prostitución al intercambio de sexo por dinero que tenía con Sara, empezaba a ponderar el valor de aquel comercio como una forma honesta de relación. Le hacía sentir seguro saber de antemano que iba a follar, que por tan solo cincuenta euros lo tenía garantizado, aunque a Sara no la impresionara Jean Cocteau. No había que preocuparse de tramar una estrategia de seducción ni de presentarse como un galán atractivo y enérgico. ¿Había en el siglo XXI algo más agotador para un hombre casado que el adulterio? ¿Cuántas mentiras había que contar, no ya a la esposa, sino a la que se pretendía como amante? Y ¿no resultaban ridículos aquellos maridos cuarentones persiguiendo a jovencitas?

Sabía que la gran mayoría de infidelidades se cometían en el trabajo, en el roce diario de los que comparten oficina y no necesitan explicar que tienen esposa o marido porque el otro o la otra ya está al tanto. Pero a él, que no trabajaba ya o que si lo hacía era rodeado de albañiles, ¿qué le quedaba? ¿Frecuentar bares y camelarse a camareras y borrachas ocultando su estado civil? ¿Cortejar a incautas en las redes sociales arriesgándose a dejar un rastro de mensajes que podían delatarlo? La utopía romántica de la pareja, por un lado, y, por otro, el mito de la transparencia poliamorosa, sumado a que las citas se acordaban en aplicaciones de internet y que abordar a una mujer podía ser tomado por acoso, no dejaba resquicio a los hombres casados para el escarceo extramatrimonial. Pagar, en cambio, era cómodo y a Julio le parecía baratísimo.

—¿En qué piensas, que estás muy quieto?

—En que me gusta estar contigo.

—¿Y qué es lo que más te gusta de mí?

—Tu manera de ser, tu inteligencia y tu simpatía.

—Vete a la mierda, eso solo se les dice a las feas.

Y fingiéndose enfadada Sara le golpeó repetidas veces con un cojín en la cara, con tan mala suerte que le arañó con el tirador de la cremallera en la frente y en el pómulo.

Apenas le había hecho daño; aunque a la luz del mechero Sara alumbrara una gotita de sangre encima de su ceja izquierda, no sentía dolor. Le gustaba que Sara se preocupase por él, que lo besara en la frente, que se pusiera a horcajadas y agarrara su cabeza y la hundiera maternalmente entre sus pechos. Se abrazaron. En realidad, lo hermoso de aquel intercambio, pensaba Julio, era que no se trataba solo de sexo y dinero, que también había amor. Se besaron. Sara le acariciaba la cara, «parece que tienes fiebre», dijo, y volvieron al abrazo. El olor de Sara ya le era familiar y le seguía resultando excitante, como si en aquel perfume acre estuviera condensada la juventud y la belleza. Sara encendió una vela y se desnudó. Él se quitó los pantalones y los calzoncillos y dejó que la camiseta se la quitara ella para tumbarse y quedar a su merced.

–Me encanta metérmela floja en la boca y que crezca dentro –dijo Sara antes de meterse en la boca la polla flácida de Julio.

Dobló el cojín que tenía bajo la cabeza para poder verla arrodillada chupándosela. La imagen se le quedaría grabada, aquel culo de ciclista levantado y aquella melena morena de mechas rubias como reflejos de la llama de la vela.

Fuera por lo que fuese, Julio no consiguió una erección esa noche y no fue porque Sara no insistiese, con su lengua de gato y su destreza succionadora. Cómo lamentó no haberse tomado la última pastilla de Cialis que le quedaba. El último mes no la había necesitado en ninguna de las numerosas ocasiones que se habían acostado. No sabía qué le estaba fallando, le dijo. Por supuesto, como la mayoría de los hombres, había sufrido algún que otro gatillazo, pero siempre con mujeres que no le gustaban demasiado o que lo ponían nervioso.

–Eso es del jamaro –dijo Sara riéndose.

–Pero si hace dos días que no tomo.

–A Moctar le pasa siempre. Dice que la heroína es una amante celosa que no le deja follar con otras.

A Julio no le gustó que lo comparara con Moctar, pero era verdad que las pocas veces que había esnifado caballo nunca había conseguido empalmarse. Y podía ser que el desinterés sexual se prolongara más allá del día de la toma. Habría que probar con el Cialis, pensó, sin decirle nada a Sara.

Se cubrieron con la sábana y se quedaron abrazados hasta que llegó la hora de irse. Entonces Julio le pidió a Sara que lo invitara a dos rayitas de jamaro.

–Son mis últimos días de libertad. El lunes comienzo a trabajar.

–Sírvete tú mismo.

LA VIDA EN MARCHA

El domingo previo a la reanudación de las obras sintió una gran tristeza. No era la vuelta al trabajo sino un cansancio griposo lo que resentía su ánimo después de pasar la semana estimulado con pequeñas dosis de heroína. Se hacía una vaga idea de la tristeza inmensa a la que se refería Cocteau cuando hablaba de su desintoxicación. Si le costaba soportar una resaca ligera como aquella, no podía ni imaginarse sufriendo las carencias de una desintoxicación en toda regla. Sin embargo, entendía la sensación de extrañamiento del escritor cuando hablaba de «La tristeza de un opiómano que ha vuelto a la normalidad».

Sin llegar a saber lo que es una dependencia más allá de su largo idilio con los porros, sentía ese desencaje con la realidad; cuando trataba de hacerse un hueco en el mundo de las personas corrientes era como si un fantasma ocupara su sitio y lo desplazara.

La heroína le había servido para detener el tiempo. En otras circunstancias la ansiedad de una semana a la espera de incorporarse le habría hecho renunciar de antemano al trabajo. Gracias a la interrupción de las rutinas mentales que le había brindado el caballo durante aquellos días, se sentía distraído como para enfrentar aquel nuevo reto de realidad sin miedo, como si de otra distracción se tratase. Bastaba con ir de una obra a otra y revisar la puesta a punto siguiendo las indicaciones de su mujer y de su suegro. Como jugar a un videojuego.

Lo que necesitaba era dormir bien para recuperarse, así que se excusó ante Casilda exagerando su indisposición y se quedó todo el domingo tirado en la cama, leyendo y tomando notas en su cuaderno.

Al día siguiente pudo despertarse temprano, ducharse, desayunar y fumarse un porro antes de coger el coche y hacer las visitas programadas a las obras.

El día avanzó sin contratiempos, en realidad, su labor no tenía grandes complicaciones, le tocaba hacer inventario de los materiales que había en cada uno de los pisos, apuntar lo que el oficial al cargo de cada cuadrilla demandaba y la estimación de los progresos para las dos próximas semanas. Luego trasladaba la información a Casilda con un largo mensaje de wasap y ella se encargaba de hacer los pedidos a los proveedores y organizar con su padre la rotación de albañiles, especialistas en Pladur, fontaneros, electricistas y pintores.

Dejó para el final de la mañana la visita al piso donde estaba la cuadrilla de Gabriel. Se fumó un porro de camino al coche y ensayó mentalmente un discurso para entonar ante los trabajadores, lleno de emoción y cariño hacia el desaparecido. La resaca en alianza con el porro le hacía estar especialmente sensible, hasta el punto de que se le saltaron las lágrimas cuando al arrancar el coche la voz de Franco Battiato sonó por los altavoces. Era «Magic shop», una canción poco conocida del siciliano que hablaba del materialismo espiritual, de la trascendencia mística convertida en producto de consumo para las masas. No era este mensaje contra la corrupción religiosa lo que lo emocionó. Tampoco era el recuerdo de haberla escuchado de pequeño en el tocadiscos familiar, pinchada por su padre, amante de todo lo que viniera de Italia, o de diseccionarla años más tarde con su amigo Mauricio como quien descifra un enigma. Era la voz, la propia voz de Battiato, su timbre y su manera de modularla, lo que le hizo llorar. Sin atender a lo que decía, Julio percibía en aquella voz inteligencia, valentía, asombro, delicadeza, amor, humor, internacionalismo... La voz de Battiato resonando en el interior de su coche le revelaba una manera ejemplar de ser hombre, a igual distancia de la rígida virilidad tradicional y de la blanda virilidad contemporánea. La aventura y la quietud, el viaje cósmico y el viaje interior, el misticismo y la sensualidad, oriente y occidente se mezclaban sin conflicto en aquella voz melodiosa.

El sonido estridente de un claxon lo sacó de su epifanía. El conductor de un coche le hacía gestos con la mano. Parecía preguntarle con impaciencia si se marchaba, para aparcar en la plaza que dejaría libre. Julio le dijo arqueando las cejas, encogiendo los hombros y moviendo el dedo índice que no. Y esperó a que se alejara lo suficiente para salir del aparcamiento rumbo a la obra.

El tráfico era constante, casi tan nutrido como antes de la pandemia. Muchos seguirían teletrabajando en sus casas, pero en las calles rodaban ahora los coches de otros tantos que, por prevención ante posibles contagios, habían renunciado a tomar el autobús o el metro. La vuelta a la contaminante normalidad atemperaba las ilusiones de un mundo postcovid de luz y de color.

Tuvo suerte, en el mismo portal del piso un coche se marchaba, dejándole una plaza de aparcamiento libre.

Llevaba consigo los seis mil euros que había sacado de sus ahorros para dárselos en mano a los albañiles, en concepto de adelanto que habrían de devolver a la empresa cuando la Administración les ingresara el dinero del ERTE. Le había dolido reducir sus ahorros a 11.944 euros, pero era el precio para no quedar como un torpe manirroto frente a Casilda. Ahora, restituyendo de su bolsillo el dinero de la empresa que les había dado para el entierro a la familia de Gabriel, quedaba como un señor. Solo tenía que esperar tres meses para que sus ahorros se recuperasen, cinco meses para que superasen los veinte mil euros, una cifra récord en su historial de menesteroso.

De la puerta del piso entreabierta le llegó música de reguetón mezclada con golpes suaves de martillo. Entre el salón y la cocina, Giovanni y Gustavo levantaban un tabique mientras Elio preparaba dos espuertas de cemento. Al verlo, quitaron la música y lo saludaron ofreciéndole el puño. Paul y Carazo salieron del dormitorio y con ellos también entrechocó los nudillos de la mano derecha. Se quedaron mirándolo a la espera de que dijera algo.

—Qué alegría veros —dijo al fin—. Sé que vamos a echar en falta a Gabriel. Era una gran persona, cualquier cosa que diga sonará rara, así que mejor me callo.

Los albañiles lo miraron con perplejidad y volvieron a sus ladrillos. No había estado brillante, desde luego, pero el desaliño de sus palabras era preferible a uno de esos discursos de pésame y gravedad escatológica, como el que había ensayado en su cabeza un rato antes. Paul se asomó desde el dormitorio y le pidió a Giovanni que pusiera la radio de nuevo.

—Ya que el hijueputa de Gabriel se ha muerto —dijo elevando la voz, con una camaradería no exenta de cariño—, pon el reguetón bien alto.

Todos se rieron, porque a Gabriel le gustaba trabajar en silencio y les tenía prohibido poner la radio. Fue cuando sonaba un reguetón de voces gatunas sin gracia que se quedaron callados, digiriendo el duelo cada uno para sus adentros.

Hizo inventario de las herramientas y de los materiales que había, y Giovanni le dictó lo que necesitaban para las próximas semanas. En un par de días tendría que venir el fontanero y luego el Chispas, así llamaban al electricista, y había que encargar ya los azulejos del baño y la cocina, que eran de un modelo poco habitual y con seguridad iban a tardar en traerlos.

Cuando hubo apuntado en el plano que le había dado Casilda el estado de las obras, fue uno por uno a entregarles su sobre con los mil doscientos euros de adelanto. Casilda había hablado con ellos así que no tuvo que recordarles nada, tan solo asegurarse de que firmaban un recibo a cambio del dinero.

Se despidió hasta el día siguiente y se fue a casa a comer y a dormirse una siesta, con la impresión de haber cumplido con soltura sus labores. Podía decirse que había salido airoso del primer lunes de su nueva vida laboral. No había sido tan difícil. Era más entretenido visitar obras que quedarse deprimido en casa.

—A ver si ahora te vas a volver el típico jefe cabrón.

Mauri lo llamó cuando salía del piso de Arapiles y Julio le contó el pequeño incidente que acababa de tener con dos trabajadores. Estaba feliz por cómo había resuelto la situación, pero aún sentía un ligero temblor corporal y el corazón acelerado.

Después de tres días visitando las obras a media mañana, aquel jueves fue por la tarde. Primero pasó por el piso en el que trabajaba la cuadrilla de Gabriel —la seguía llamando así, aunque Gabriel hubiera muerto—, y, conforme a lo previsto, estaba el fontanero trabajando en las instalaciones de las tuberías. Siguiendo el plano de la electricidad con las peticiones de última hora del cliente, marcó con Giovanni en la pared los lugares donde debían ir los nuevos enchufes y los interruptores conmutados, para que los instalara el Chispas al día siguiente cuando viniera a corregir los dos puntos de luz que se habían quedado descentrados al levantar los armarios empotrados.

Con la cuadrilla de Gabriel la comunicación tenía un aire de sana fraternidad. Esa tarde había visto a Paul y a Carazo sin la mascarilla y casi pidiéndoles perdón les había recordado que se la pusieran:

—A mí tampoco me gusta la mascarilla y menos con este calor. Pero es obligatorio ponérsela. Por lo menos mientras yo esté aquí es mejor que la llevéis puesta, así no os lo tengo que recordar. Y si salís del piso, siempre con ella, que los vecinos no os vean sin la mascarilla que nos la lían.

En cambio, con la cuadrilla que trabajaba en Arapiles no se sentía cómodo en absoluto. Le daba la impresión de que

Adolfo, el maestro de obra que tantos años llevaba con su suegro, no lo respetaba. Entendía que su autoridad le venía por ser el yerno del dueño de la empresa, no por experiencia en la construcción, y que debía de resultar hasta ridículo consultando los planos y las indicaciones de Casilda en medio de aquellos trabajadores con las manos hinchadas y la ropa manchada de cemento. Pero Julio también estaba cumpliendo órdenes y más que mandar se esforzaba en servir de correa de transmisión entre los albañiles y Casilda y su suegro. Con cada pregunta que le hacía, Adolfo se molestaba, respondía con monosílabos o señalando con la mano como si aventara moscas, diciendo frases del tipo: «Ahí los tienes, ¿no sabes contar? Tres sacas de yeso». Casilda ya le había advertido que con Adolfo había que ser paciente, que no era mala persona y que era muy profesional. El problema era que no se trataba solo de Adolfo, sino de toda su cuadrilla, sentía que aquellos albañiles resabiados habían adoptado hacia él una actitud desafiante. Desde el segundo día ninguno en aquella reforma llevaba puesta la mascarilla y como no les había dicho nada la primera vez no sabía ya cómo decirlo sin que sonara raro.

Esa tarde tenía que revisar que la estructura metálica de perfiles y rieles para el falso techo estuviera ya montada y que estuvieran los veinte rollos de lana de roca y los doce paquetes de paneles que se iban a colocar como aislante acústico en el falso techo, sobre las placas de cartón yeso. Había que comprobar que los paneles aislantes no fueran los habituales de gomaespuma aglomerada sino unos azules de algodón ligero y ecológico, pedidos expresamente por el cliente.

Como ya le había avisado Casilda, esa tarde no estaba Adolfo. Al entrar solo vio a dos albañiles encajando una ventana en el salón. Los saludó y sacó los planos y el lápiz para ir tomando nota. En el hall de entrada, en el pasillo, en el salón y en la cocina, la estructura para colocar el falso techo estaba a dos metros ochenta, dejando un margen de dos centímetros bajo las vigas para encajar la capa aislante. En el baño, en cambio, el falso techo estaba bastante más bajo, al parecer para que fuera más fácil calentar la estancia en invierno.

Fue cuando se dirigió a uno de los dormitorios que se encontró a los otros dos albañiles durmiendo en el suelo. Uno de ellos roncaba estentóreamente. La ventana estaba medio cubierta por un saco y en la penumbra distinguió que estaban recostados sobre los paneles aislantes de algodón azul. Dudó si despertarlos. Pensó en llamar a Casilda, ¿era normal que los albañiles se echaran la siesta? Quitó el saco de la ventana y la estancia se iluminó sin que los durmientes se inmutaran. Habían sacado de los paquetes los paneles y los habían puesto sin ningún cuidado sobre el suelo sucio y ahora estaban manchados y llenos de polvo. Los albañiles se asemejaban a una pareja de cómicos, uno era muy pequeño y estaba inmóvil, casi sin respirar, y el que roncaba era enorme y su barriga, con pelos muy negros que contrastaban groseramente con la piel tan blanca, asomaba por debajo de una camiseta verde de la Caja Rural.

Tosió ruidosamente sin éxito. Al golpear con los nudillos en la madera de la puerta el grande dejó de roncar y abrió uno de sus ojos ciclópeos, enfocó a Julio, y volvió a cerrarlo. Quizás, confundido por el sueño, no lo había reconocido. Golpeó de nuevo la puerta con más fuerza, varios golpes secos, y ahora fue el más pequeño quien reaccionó, incorporándose a medias. Sin dejar de mirarlo, bostezó, para volverse a tumbar, dándole la espalda.

Julio pensó que si cedía nunca más lo respetarían en aquella obra. Dio un par de palmadas sonoras y alzó la voz, con la energía que hubiera empleado su suegro:

—Amigos, no se os paga para dormir la siesta. Aquí se viene a trabajar.

El albañil pequeño dio un brinco y, frotándose los ojos, salió fuera de la habitación. El otro, pesado como un tonel, se levantó con parsimonia. Estaba borracho. Por rebajar la tensión, o porque en medio de aquel silencio su inseguridad se hacía más visible, Julio siguió hablando:

—Y los paneles aislantes no son colchonetas. Así que haced el favor de recogerlos y quitarles el polvo. Y, por favor, poneos la mascarilla, que estamos obligados a llevarla. Entiendo que mantener la distancia de seguridad en una obra es difícil, pero llevar la mascarilla no.

El albañil podía fácilmente medir un metro noventa y pesar ciento cincuenta kilos. Julio vio que venía hacia la puerta y tendría que apartarse para dejarlo salir, lo que podría resultar embarazoso. Para evitarlo, dio media vuelta y enfiló por el pasillo hacia el salón. Ya se podía marchar. Había comprobado que la estructura metálica del falso techo estaba lista en todo el piso y había dicho lo que tenía que decir. A la altura del baño se encontró con el pequeño albañil, que bajó la mirada, avergonzado, mientras se sacaba del bolsillo la mascarilla. Julio se giró y, alzando la voz para que también lo oyera al fondo del pasillo el ogro con la camiseta verde de la Caja Rural, dijo:

—Mañana vendré por la mañana cuando esté Adolfo y espero que los paneles aislantes estén ordenados en su sitio, no desperdigados por el suelo.

Al despedirse de los dos albañiles que estaban encajando la ventana en el salón se fijó con satisfacción en que se habían puesto la mascarilla.

—A ver si ahora te vas a volver el típico jefe cabrón —le dijo Mauri al escuchar la anécdota.

—Mucho empeño tendría que ponerle. Que también te reconozco que mal no me he sentido. Afirmar la autoridad cuando están a punto de humillarte es como ganar una pelea.

—A ver si vamos a tener que llamarte Rocky.

Se sentía poderoso. ¡Qué privilegio vivir una vida que no era la suya! Julio recapacitaba acerca de cómo había llegado a ser capataz de una empresa de construcción, un destino indeseable según los parámetros que habían gobernado su existencia hasta hacía bien poco. Su mujer, claro, era el factor decisivo. ¿Acaso su mujer y su suegro le habían tendido una trampa para encarrilarlo en el mundo del ladrillo? Benditos eran si había sido así, porque esa posibilidad lo hacía sentirse más poderoso si cabe, lo liberaba de deberles el puesto: no es que tuvieran la gentileza de emplearlo, al contrario, era él el que parecía que les hacía el favor. Las maniobras de su mujer y su suegro para atraerlo a la empresa familiar le daban una posición negociadora envidiable. En principio, su compromiso con la empresa estaba marcado por la pandemia, mientras durase la alerta sanitaria y su suegro tuviera que quedarse en casa estaría echando una mano, luego ya se vería.

La sorpresa era que le gustaba. Mucho. Y la razón no era otra que la falta de relación con lo que hasta entonces habían sido sus ambiciones. Podía entregarse por entero a un empleo que sabía que en el fondo no le importaba nada. ¡Qué equivocación tan grande aspirar a un trabajo vocacional! ¡Qué error querer ganarse la vida con tareas artísticas! ¡Qué disparate pretender realizarse a través del trabajo! Por inercia había pensado siempre que el trabajo era una maldición alienante, una distracción de uno mismo que te hacía perder el tiempo. Y sí, era eso, el trabajo era una distracción enajenante, pero esa era su mayor virtud. Ser artista y hacer que el trabajo girase alrededor de uno mismo, necesitando además el reconocimiento de los demás, era la mayor de las condenas, una vía rápida de acceso a la locura.

Se habían levantado ya casi todas las restricciones y hacía un calor veraniego que animaba a celebrar el privilegio de seguir vivos. Julio no había llegado a sentir angustia alguna en los casi tres meses que habían pasado desde que se declarase el estado de alarma, pero se sentía exultante. Mauri lo había invitado al jardín de su casa a comer una lubina al horno acompañada de una ensalada con las lechugas y zanahorias que había cultivado durante el confinamiento. Hasta las fresas que estaban tomando de postre, unas fresas exquisitas, pequeñas, dulces y con un punto ácido, eran también de la huerta que ocupaba ya todo el jardín. Ni una brizna de césped había resistido al furor hortelano de su amigo.

Bajo el emparrado del porche trasero donde habían comido se apreciaba la magnitud del esfuerzo realizado, aquellos surcos paralelos y el verdor de las plantas, con las tomateras entutoradas de las que ya colgaban tomates de gran tamaño, aunque todavía verdes. Aquello era un ejemplo de la grandeza del talento ocupado en cuestiones prácticas. Julio volvió sobre el tema del trabajo como liberación del ego, como saludable distracción de uno mismo. Puso como ejemplo aquella huerta y cargó contra las profesiones artísticas: los artistas, según dijo, por estar centrados en ellos mismos eran las personas más enfermas del mundo. El ser humano era una creación imperfecta que se debilitaba al mirarse mucho el ombligo.

—Eso lo dices porque tu trabajo solo te implica unas horas al día y está bien pagado. Pregúntale a uno de tus albañiles, a ver qué te dice. —Quizás Mauri, que llevaba años sin trabajar, no fuera el interlocutor más indicado para aquella charla.

—Sí, tienes razón. Pero yo también. Quiero decir que llevamos años funcionando con la idea de que el trabajo es una maldición y que la liberación consiste en ser artista, en ganarte la vida con tus creaciones… Casi todos los compañeros que tenía en la FNAC, por no hablar de todos los músicos de las orquestas en las que he cantado, tenían la ambición de ser artistas, de ganar dinero con su arte para no tener que trabajar en nada que no fuera su arte. Y si ves a los pocos que lo han conseguido, son unos infelices. Y mira qué mal envejecen los artistas. Unos locos depresivos y egomaníacos que solo saben hablar de ellos.

—No sé yo si eso es común a la mayoría de profesiones. Lo de envejecer mal, digo.

—Joder, Mauri, no es solo porque envejecen, ¿te acuerdas de la fiesta de escritores a la que nos llevó Manuela? Tenían nuestra edad y en cuanto cogieron confianza se pusieron a contar a gritos lo buenos que eran sus libros y las cosas que escribían. Lo decían de sí mismos y alababan a otro solo si este otro les había mostrado admiración previa: «Sí, tú también eres muy bueno», «Menganito, que siempre que me ve me dice lo que le gustan mis novelas, ha escrito un libro de relatos que no están mal, por lo menos hay uno que se salva».

—Pero lo de echarse flores a sí mismos no era porque fueran artistas, era porque abusaban de la cocaína.

—Eso también, pero la coca lo que les daba era seguridad para hablar sin pudor de ellos mismos y ahí se veía que eran unos enfermos mentales. Querer ganarse la vida con el arte te obliga a depender del reconocimiento de los demás, te expone al juicio colectivo, tienes que resultarle interesante a un número suficiente de personas... Y encima, con las redes sociales, tienes que estar todo el día presumiendo de lo artista que eres y ganando seguidores.

—Pero la alternativa no es ser camarero, teleoperador o tendero en la FNAC. Y tú eres capataz porque te has casado con la hija del Rozas.

—Sí, y tú no trabajas porque vives todavía en casa de tu madre que te mantiene.

—Gracias.

—Lo que te quiero decir es que si has sido camarero o teleoperador, como yo vendedor en la FNAC, ha sido por falta de ambición laboral, porque siempre hemos pensado que el trabajo era una trampa alienante. Si no hubiéramos pensado eso ahora tú podrías ser profesor de secundaria o agricultor ecológico. Trabajos dignos que te libran de estar centrado en ti mismo.

—Cuando me encuentres un trabajo como el tuyo, de pocas horas y un buen sueldo, te daré la razón. Ahora hazte un porro y cállate ya.

La historia más sorprendente vivida durante el confinamiento en su círculo de amigos no era la suya. Más imprevisible que su reconversión en capataz de obra y su romance con la vecina okupa fue la reconciliación de Manuel y Magdalena. Paseando con Casilda se los encontraron como una familia feliz, Magdalena cogida de la mano de Manuel y riéndole las gracias, mientras Candela correteaba alrededor.

No recordaba cuántos años llevaban litigando por la custodia de la hija. Magdalena había llegado a denunciar por maltrato a Manuel, una denuncia que finalmente se archivó y de la que todos se habían reído mucho, como otra salida de tono de Magdalena. Era verdad que Manuel había tenido un escarceo con una compañera en el taller después de la cena de Navidad, pero Magdalena tampoco era inocente, en alguna ocasión había incluso querido follar con Julio y más de una vez se había acostado con Mauri.

Al comienzo de su relación con Casilda habían salido varias noches con ellos a cenar en pareja, pero era un suplicio asistir a las humillaciones constantes que Magdalena infligía a Manuel. No había oportunidad que ella no aprovechara para reírse y dejarlo en evidencia, tomando como público a cualquiera que estuviera presente. A Julio le incomodaba, pero Casilda era de la opinión de que aquella era también una forma de quererse y que algo recibiría a cambio Manuel si aguantaba el trato despectivo de Magdalena. Casilda no era la única en hablar de un fondo de amor, de pasión intensa, en aquella pareja aparentemente tan mal avenida; una broma recurrente entre los amigos los imaginaba follando como posesos con toda clase de vibradores que acababan invariablemente en el culo de Manuel, quien eyaculaba sin freno ante los latigazos de una Magdalena embutida en su uniforme de enfermera.

La evolución de la pareja mantuvo esta relación de dominio, pero algo más contestado por Manuel, lo que alargaba para los presentes el martirio de aquel espectáculo. En una ocasión, Casilda los invitó a casa a comer y se presentaron con una botella de vino. Candela no había cumplido un año y dormía como una muñeca en el carrito. Julio no recuerda cómo se desarrolló la comida, pero la escena del vino se le quedó grabada. Manuel preguntó por un sacacorchos y Magdalena, acto seguido, pidió que por favor fuera otro el que abriera la botella, que Manuel era muy torpe con el sacacorchos y con otras muchas cosas. Manuel hizo como que no escuchaba, pero cuando llegó Casilda a la mesa con el sacacorchos y lo fue a coger, Magdalena volvió a decir que no lo dejaran abrir la botella, que la iba a pifiar. Casilda y Julio, si la primera vez sonrieron, ahora asistían en silencio a la resolución del conflicto. Manuel entonces agarró con decisión la botella, le quitó la cápsula de papel metálico, clavó el pincho y le dio vueltas hasta que estuvo suficientemente hundido. Entonces tiró con fuerza hacia fuera, con tan mal tino, que medio corcho se quedó en el cuello de la botella. «Lo ven, si he avisado es porque estaba segura de que la iba a cagar. Un torpe, mi marido es un torpe», se jactó Magdalena.

Julio había olvidado cómo continuó la comida, pero recordaba que Casilda no le dio importancia. Para Casilda, este tipo de parejas era muy habitual y muy española, semejante a la que tuvieron sus padres, con su madre siempre riñendo a su padre y señalándole todo lo que hacía mal en el ámbito doméstico.

La separación vino porque Magdalena le registró el teléfono a Manuel y le encontró una conversación de wasap con Celia, la secretaria del taller de reparación de motos, en la que bromeaban acerca de la noche en que se acostaron. «Han follado en un portal», iba diciendo Magdalena a quien se encontrara. Sin embargo, lo que despertó su ira fue que Manuel aceptara separarse sin intentar salvar el matrimonio. Entonces le declaró la guerra y exigió la custodia completa de Candela. Aunque Julio intentara no inmiscuirse, Magdalena habló con cada uno de los amigos, y también a él le tocó escuchar con paciencia el relato lloroso de una víctima de maltrato. Un relato convincente, sin duda, para aquellos que fueran ajenos a la realidad de aquella pareja. Aducía Magdalena como pruebas del maltrato psicológico infligido por Manuel la infidelidad, sin mencionar que ella también había sido infiel; el abandono del hogar, omitiendo que había sido ella quien lo había echado de casa, y la baja autoestima que sufría: «Nunca nadie me ha hecho sentirme tan fea».

Fue Casilda quien le pidió que, por el bien de Candela, accediera a compartir su custodia, pero Magdalena respondió que no, que un padre maltratador no tenía derecho a ver a su hija.

Luego puso la denuncia, a los pocos meses se arrepintió y la denuncia fue archivada, lo que no significó que compartiera la custodia de la hija. En algún momento del proceso Julio desconectó, perdió el trato con Magdalena y aprendió a pensar en otra cosa cuando Manuel venía a quejarse de su condición de hombre apaleado. Se alegró, como todos, al comienzo del confinamiento, cuando Candela se mudó a casa de Manuel, debido al trabajo de enfermera de Magdalena y al miedo de sus padres a contagiarse si se quedaban con la nieta. Era verdad que Manuel contaba en las videollamadas detalles de lo mal que lo estaba pasando Magdalena como enfermera de urgencias atendiendo a los infectados por coronavirus, que si había pocos respiradores y tenían que decidir a quién se lo ponían y a quién no, que si morían muchos más hombres que mujeres, que si en su hospital media plantilla se había contagiado y no había personal suficiente… Comentarios que, por truculentos que fueran, parecían destinados a Candela, como mensajes de tranquilidad para hacerle creer que, por terrible que estuviera siendo la pandemia, entre sus padres había vuel-

245

to la concordia. Sin embargo, resultó que aquel acercamiento no era fingido.

La fase dos de la llamada desescalada en alianza con el buen tiempo se vivió en Madrid como el fin de una aventura colectiva y te encontraras con quien te encontraras te contaba su historia. Para Julio, nada había sido tan sorprendente como que Manuel y Magdalena hubieran vuelto. Casilda lo interpretó como un triunfo del amor.

Su matrimonio iba mejor que nunca. Casilda no tenía grandes inquietudes fuera del trabajo, de manera que trabajar juntos en la empresa de reformas reactivó las conversaciones entre ambos, que, en el último año, por no decir en los dos últimos, casi desde que se casaron, habían perdido brillo. La música, las drogas, los libros o las series, los temas que llamaban la atención de Julio, apenas despertaban el interés de Casilda. Estaba, sí, la aventura procreadora, de la que Casilda estaba enteradísima, pero era un asunto que a él le agotaba enseguida y del que ya no hablaban, más que para recordar la fecha en la que tenían que acostarse y para la que supuestamente Julio debía guardar cuatro días de abstinencia eyaculatoria.

La prescripción médica de concentrar la cópula en el momento de la ovulación liberó a Julio de una asiduidad que empezaba a cansarlo. Quería creer que el deseo hacia su mujer se había incrementado, no solo por el refresco que suponían los escarceos que tenía entre medias con Sara, si no debido en primer lugar a los veintiocho días prescritos entre polvo y polvo, tiempo para recuperar el anhelo hacia el cuerpo de Casilda.

Y a ello se sumaba un factor sorprendente. Julio jamás pensó que trabajar juntos avivara el deseo, pero así fue. Después de ocho años de noviazgo y dos de matrimonio Casilda se le descubría bajo una nueva luz muy favorecedora. ¿Cómo no había caído antes en su inteligencia práctica, su carácter resuelto, su natural autoridad con los subordinados, su elegancia al moverse entre las mesas de la oficina, el tono de su voz al teléfono, tan profesional y firme sin dejar de ser amable? «Tu voz al teléfono tiene siempre los labios pintados», le repetía Julio, feliz de su ingenio metafórico, a la altura del más cursi de los poetas youtubers.

En el ámbito laboral, había que reconocerlo, Casilda resultaba cien veces más atractiva que en casa o entre amigos. «¿Has ido a la peluquería?», le preguntaba cuando la veía venir por la calle y un golpe de viento agitaba su melena de anuncio de champú para ejecutivas del siglo XXI. Parecía que hasta la ropa que llevaba era nueva, con esa falda de cuadritos blancos y negros propia de una dirigente sexi de la Alemania del Este o esa otra con rombitos rojos y grises plisada en los contornos, tan robótica y futurista que le daba un aire de heroína de ciencia ficción.

Por las mañanas le preparaba una lista impresa de las tareas que tenía que supervisar, y cuando él de vuelta le contaba la marcha de las obras lo escuchaba con verdadera atención y hasta tomaba notas en el ordenador, como si fuera su secretaria. Si tenía que corregir algún estropicio o aclarar algún asunto en el que él no hubiera actuado de manera correcta, lo hacía con delicadeza, haciéndole partícipe del hallazgo de la solución. Solo cuando Julio entregó a la familia de Gabriel el dinero destinado a toda la cuadrilla, Casilda resultó tajante. Que Julio resolviera aquel exceso de generosidad aportando el dinero de su propio bolsillo disipó las dudas acerca de su actitud hacia Anella Construcciones: no era un parásito irresponsable, estaba dispuesto a sacrificar incluso sus ahorros por el negocio familiar.

Llevaba muy poco tiempo trabajando allí, pero las dos últimas semanas sentía que había encontrado su lugar en la empresa. Hasta parecía que los trabajadores lo respetaban, seguro que en gran parte por el crédito que le transfería Casilda; ser su marido provocaba admiración, le brindaba una consideración entre los albañiles de la que difícilmente hubiera gozado por él mismo.

Trabajar juntos les había dado un reino común en el que actuar y sobre el que conversar. En ese reino eran los reyes. Los reyes del mambo buscando expandir su imperio. Casilda decía que hacían muy buen equipo, que lo supo desde el principio, cuando Julio desde el escenario principal del crucero se arrancó cantando «Como una ola». ¿Cómo era posible que pocos años después del tsunami que acabó con un cuarto de millón de muertos en el sudeste asiático no hubieran prohibido cantar «Como una ola» en el crucero? Interpretar su canción de amor preferida sobre las aguas era similar a proyectar *Titanic*, y, sin embargo, según Casilda, nada de ese mal rollo se interpuso, y Julio, al arrancarse con el tema, tendió un sólido puente entre los dos. Desde ese momento, ella supo que formarían un gran equipo, que juntos funcionarían con la potencia y sensualidad de una ola.

Él había tardado una década en darse cuenta, pero estaba disfrutando con creces de aquel afán especulativo en pareja, del gusto por proyectar al alimón aventuras inmobiliarias para un futuro inmediato. Hablaban durante horas, por ejemplo, de comprarle a la Tesorería los pisos vacíos de su edificio y de cómo reformarlos. Una vieja idea de su suegro que antes le daba pereza y que ahora en cambio veía como una buena oportunidad de negocio.

La ambición inmobiliaria, enfrentada como un juego de inversiones, reformas y ganancias a corto plazo, era una intensa pasión que atravesaba como una corriente eléctrica cada cosa que hacían a medias. Como si hubieran vuelto a enamorarse. Cuando, después de dos semanas de trabajo, llegó el día marcado de la ovulación, follaron con tanta fuerza que Casilda en el orgasmo final lloró como si acabara de nacer mientras él se reía como un demente. Le daba vergüenza expresarlo así, pero Julio sentía que eran los protagonistas de la serie del año.

¿Quería Julio los zapatos de su padre? Le había dicho a su madre que sí, que se los enviase por mensajero. Su madre estaba haciendo limpieza y se había encontrado una caja con dos pares, los que usaba su padre cuando iban al cine y las botas de media caña que se ponía para salir al campo. ¿Por qué había guardado los zapatos? Había dado toda su ropa a excepción de esos dos pares y un traje de pana.

—Tu padre tenía dos trajes. Uno de invierno que es el de pana que me quedé y otro de verano que fue con el que lo enterramos.

—Me hace más ilusión el traje de pana que los zapatos, que no sé si me van a servir.

—Pero es que la chaqueta del traje de pana se la pone Antonio.

—¿Y no se te hace raro ver a Antonio con la chaqueta de papá?

—Es que es una chaqueta muy calentita. A tu padre le encantaba.

—¿Y por qué te quedaste con los zapatos?

—Yo di todo para los necesitados, pero esos dos pares, con los otros que le pusimos para enterrarlo, eran sus preferidos. No estaban viejos, pero estaban bien usados, tenían la forma del pie de tu padre, ¿cómo iba a deshacerme de ellos? Me pasó lo mismo que con sus gafas de sol.

A la mañana siguiente un mensajero de MRW le entregó un paquete voluminoso que traía los dos pares de zapatos. Mientras escribía en la tableta su número de DNI para el acuse de recibo, el mensajero, acalorado, con la mascarilla empapada en sudor, le dijo algo que no entendió.

—Que vaya la que hay montada con la policía ahí abajo.

—¿En la calle?

—No, en el segundo piso. Tienen el ascensor lleno de cosas y he tenido que subir por las escaleras.

Dejó el paquete sin abrirlo en su estudio y bajó hasta el segundo. Estaban desalojando el piso de Suleimán. Elena esperaba en la puerta:

—Creí que ya no venías.

—No sabía nada.

—¿No te llamó ayer el administrador? Hace unos meses nos reenvió un mail de la Tesorería con la fecha del lanzamiento, pero yo estaba convencida de que con la suspensión de los desahucios que ha sacado el Gobierno no lo iban a poder hacer.

Moha salió del piso con varias bolsas azules grandes de basura en las que debía de llevar ropa. Al pasar junto a Julio lo saludó elevando el mentón. Recolocó las bolsas en el ascensor y bajó. Luego salió Abdul con una bicicleta, llevaba puesto un jersey y el chaquetón, como si fuera invierno, y una gorra y unas gafas de sol, como si temiera que la policía fuera a sacarle una foto. Detrás de él apareció la jueza acompañada de un policía y un funcionario de la Tesorería que Julio ya conocía de otras ocasiones. Se oyeron voces procedentes del hueco de la escalera. Jacinto, el portero, abroncaba a Abdul:

—¡Por el ascensor, os he dicho que por el ascensor! Ahora voy a tener que desinfectar de chinches la entrada, el ascensor, el descansillo y las escaleras. Y poneos la mascarilla, aunque sea por respeto a las personas mayores.

En ese momento aparecieron con una puerta antiokupa unos cerrajeros y Julio y Elena tuvieron que apartarse. El funcionario de la Tesorería dio instrucciones a los cerrajeros para que colocasen ya la nueva cerradura en la puerta antigua y que sobre esta encajaran la puerta antiokupa. Entonces apareció Suleimán diciendo «Un momentito amigos, que esa también es mi casa».

Elena trató de frenarlo, pero Suleimán se abrió paso hasta la jueza y el policía.

–Identifíquese, por favor –le pidió el policía.

–Soy Suleimán y quiero recoger mis cosas.

–¿Y su NIE?

–Ustedes no me lo han querido dar.

–No es necesario que se identifique –terció la jueza–, este lanzamiento no se ha hecho contra ocupantes concretos sino contra ignorados ocupantes. Pero ¿cómo podemos saber que es usted realmente uno de los ignorados ocupantes de esta vivienda propiedad de la Tesorería de la Seguridad Social?

–Nosotros podemos atestiguarlo –intervino Elena–: la vicepresidenta y el presidente de esta comunidad de vecinos.

Suleimán entró en el piso y al minuto regresó con un póster de Bob Marley a medio enrollar y una mochila marca Adidas y se quedó junto a Julio mirando cómo los cerrajeros cambiaban la cerradura. Elena dio un paso hasta la jueza y le preguntó por la suspensión de los lanzamientos, ¿acaso no había el Gobierno decretado una moratoria para los desahucios?

–Correcto –dijo la jueza–, pero para suspender un lanzamiento cuya fecha ya ha sido notificada tendrían que haber recurrido en el plazo dispuesto alegando estar en una situación de vulnerabilidad económica que les imposibilita encontrar una alternativa habitacional. Y para eso tienen que identificarse con algún tipo de documentación. La suspensión está pensada para arrendatarios o para hipotecados que debido a la pandemia no han podido hacer frente a los pagos. No afecta a los lanzamientos de viviendas ocupadas por ignorados ocupantes.

–Esto es una injusticia –dijo Suleimán–. Esto no pasa ni en Senegal. En Senegal no echan a la gente de su casa.

–Pues vamos a tener que irnos todos a vivir a Senegal –dijo el funcionario de la Tesorería con una medio sonrisa, satisfecho de su ocurrencia.

Los cerrajeros atornillaron el marco metálico de la puerta antiokupas cubriendo el hueco por completo, sin dejar un resquicio que pudiera ser utilizado para hacer palanca. La jueza, atenta a sus papeles, se marchó con el policía sin despedirse. Suleimán subió por las escaleras de la mano de Elena, seguidos por la mirada curiosa del funcionario de la Tesorería.

—¿Y ahora qué? ¿No le parece que tal y como están las cosas es escandaloso que un organismo público mantenga tantos pisos cerrados? ¿Es que no tienen intención de vender o de alquilar sus pisos? –le preguntó Julio al funcionario.

—Yo creo que están esperando a que los pocos inquilinos que quedan se vayan y que no haya okupas para venderlos a la vez. Alquilarlos no, que trae problemas. A principios de año se subastaron los pisos de un edificio en Argüelles, pisos de calidad en un buen barrio. Se vendieron todos y a precio de mercado. No eran baratos.

—¿Y no hay posibilidad por parte de los vecinos de comprar pisos sueltos a precios asequibles?

—Si usted como presidente de la comunidad cree que hay interés en comprar, lo que tiene que hacer es ponerse en contacto con Adquisiciones, que es el departamento que lo lleva. Pero, vamos, a precio amigo no se lo van a dejar. Se lo digo ya. Otra cosa es que se negocie la venta de todo el lote.

Julio se despidió con amabilidad y subió a casa. En el armario guardó el paquete sin abrir con los zapatos de su padre y se marchó al piso de Arapiles. Esa mañana llegaba un palé con las baldosas hidráulicas de Marruecos y había que revisar que, después de tanto ajetreo y retraso, no estuvieran rotas o desportilladas.

Antes de bajar a ver a Sara, buscó en su buzón de correo electrónico mensajes del administrador acerca de los desahucios. Era posible que no los hubiera recibido o que, como era habitual, no les hubiera prestado atención. El administrador enviaba numerosos mensajes de los temas más variados, a los que Julio atendía con descuido, sabiendo que, si era algo importante, aunque lo hubiese comunicado previamente por mail, no tardaba en llamar por teléfono para recordarle los detalles.

Con fecha de enero encontró un mail en el que le informaba sobre la situación «de los expedientes seguidos por la ocupación ilegal de los pisos 1.º puerta 2 y 2.º puerta 6». El Servicio Jurídico de la Tesorería había contestado a las preguntas del administrador que del piso 2.º puerta 6 «existe ya sentencia de desahucio dictada por el juzgado de 1.ª instancia n.º 16 de Madrid en Juicio Verbal 302/2019» y que habían solicitado «el correspondiente impulso procesal para el pronto lanzamiento». Así había sido, en efecto, sin que le hubiera llegado a Julio como presidente de la comunidad el aviso con la fecha definitiva del desahucio.

Siguió leyendo: «Respecto al inmueble 1.º puerta 2, el procedimiento de desahucio se está tramitando ante el juzgado de 1.ª instancia n.º 86 de Madrid en Juicio Verbal 312/2019. El pasado 1 de octubre se declaró en rebeldía al ocupante, por lo que se prevé que en breve se dictará resolución sobre el fondo». ¿Sabía algo de esto Sara? ¿Se habría ya dictado sentencia de desahucio?

—Pensaba que te habías olvidado de mí.

—He tenido mucho trabajo.

—Y yo que creía que tú vivías de tu mujer.

Sara estaba muy guapa, tenía las pecas de la cara encendidas y una camiseta sin mangas bajo la que se bamboleaban sus pechos sin sujetador, lo que dificultaba la lectura de la palabra estampada sobre el fondo blanco de la tela.

—¿Has venido a por las llaves de la bici? Con el cabrón del portero no las puedo poner debajo de la maceta.

—Venía a ver cómo estabas.

Sara se levantó y trajo de la cocina una lata de cerveza de medio litro para compartirla. Ponferrada, las letras de la camiseta ponían Ponferrada, y la cerveza estaba muy fría.

—Ahora en verano tenemos que comprar cada dos días una bolsa de hielo para que no se nos pongan malas las cosas.

Hacía más de dos semanas que no bajaba y la sentía de pronto extraña. Quizás fuera por escucharla hablar en plural, como si Moctar hubiera vuelto, o tal vez debido a la «nueva normalidad» que enrarecía todo.

La experiencia histórica del confinamiento había supuesto un punto y aparte en la memoria colectiva. Los sucesos anteriores al mes de marzo en el que se decretó el estado de alarma no habían caído en el olvido, pero parecían haber ocurrido en otro tiempo. Retornar a rutinas pasadas, interrumpidas durante el confinamiento, resultaba extraño para cualquiera. Lo que sorprendió a Julio fue que, tras el fin de las medidas, cuando ya se podía circular sin restricciones, volver a una rutina asentada durante el confinamiento, como la que había establecido con Sara, le resultara también raro. La nueva normalidad había convertido a la población en un conjunto de marcianos que no encajaban en su antigua existencia, ni tampoco eran capaces de sentirse cómodos con lo que hubiera de novedoso en sus vidas.

—¿Te has enterado que anteayer desalojaron el piso de Suleimán?

—Natural, no han sabido defenderlo. Si hubiera estado yo ahí, no se pierde el piso. A lo mejor ha sido Suleimán el que ha llamado a la policía. Seguro.

Sara había puesto la caja de Colo Cao sobre sus piernas y

empezó a liarse un porro, el asunto del segundo todavía la soliviantaba. A Julio le gustaba cuando Sara se mostraba irascible, descubría en ella una lucidez ausente en su lánguido estado habitual. Solo había que hurgar un poquito.

—¿Y qué gana Suleimán haciendo eso?

—Quedarse a vivir para siempre en casa de Elena. Ya tiene la excusa. Y la otra ya tiene a su negro. —Encendió el porro y tras echar el humo resumió más tranquila—: La magia del agua caliente, antes estaba en el segundo y ahora está en el tercero.

—¿A ti no te ha llegado ningún aviso del juzgado?

—Yo es que no cojo las cartas que no van a mi nombre. En mi casa no entra ni publicidad ni cartas del Gobierno. Si no lleva mi nombre no es para mí. Si supieran mi nombre ya me habrían desalojado.

—Ahora en teoría no te pueden desalojar si acreditas que no tienes dinero para buscarte otro piso. Pero, claro, tienes que dar tu nombre para demostrarlo.

—Eso es una trampa. Hay que ser un pipa para darles tu nombre. Les das tu nombre y te buscan la ruina.

—¿Y si vienen a desalojarte? El otro día el desahucio se hizo sin tener los nombres de nadie.

—Bueno, cuando vengan ya veremos si tienen cojones de echar a la calle a una mujer española y sin trabajo.

No había mucho más que hacer, pensó Julio mientras le daba una calada al porro. No se imaginaba a Sara contratando a un abogado para plantear un alegato, ni tampoco contactando con la Plataforma Antidesahucios, ni tan siquiera pidiendo ayuda a un trabajador social. Si hablar del segundo seis la alteraba, el desahucio de su propia casa parecía no preocuparla. Haberse acostado con ella durante los últimos meses lo comprometía, por eso había bajado, para alertarla ante la posibilidad de que hubieran dictado sentencia y puesto fecha a su desalojo. Pese a que sentía la obligación de ayudarla, Julio reconocía con alivio para sus adentros que la suficiencia de Sara lo liberaba de dicho compromiso y de las posibles complicaciones que le hubieran supuesto interceder en su favor. Habría tenido que proceder con mucha discreción para que Casilda no se enterase. Informando a Sara había cumplido, ya se podía marchar al trabajo. ¿Qué otra cosa podía hacer? Era el momento de despedirse. Sin solemnidad. Decir adiós, como diciendo hasta luego, y dar a entender que la vuelta al orden convertía en pasado su romance. Un episodio secreto en sus vidas respectivas que duró lo que el confinamiento y que bien estuvo.

Pero antes de despedirse, quiso asegurarse de hasta qué punto la extrañeza que sentía hacia Sara era recíproca, ¿seguía Sara disponible para él como unas semanas atrás? Apagó el porro en el cenicero con lentitud y a continuación le cogió de la mano. Debía de haberle dicho lo que había ensayado una hora antes, mientras bajaba en el ascensor: «Me voy que llego tarde al trabajo. Otro día a ver si nos vemos con más tiempo». La mano de Sara estaba quieta, dentro de la suya, a la espera de lo que Julio fuera a decir.

—¿Nos tumbamos un rato? Hoy no tengo que ir a trabajar.

—Bueno, lo que el Robachupos quiera.

No recordaba que en ninguna de las visitas anteriores entraran los rayos del sol directos por la ventana de la habitación de Sara. Había visto filtrarse la luz a través de los huecos del cartón que la cubría, pero ahora el sol más alto del verano caía inundando el hueco del patio interior y derramándose sobre el colchón. Se acababa de correr y se recolocó para que los rayos calentaran su torso desnudo. Sara trasteaba por la habitación, seguramente buscando la caja del tesoro para hacerse un porro. Él mantenía los ojos cerrados tratando de alargar aquel instante de plenitud.

—¿Un tirito de jamaro?

—Me has leído la mente.

—Es que soy adivina.

A diferencia de las últimas veces, Sara lo acompañó tomando la misma cantidad que él, solo que Julio partió la pequeña raya en dos para esnifarla por ambos agujeros y Sara se la metió entera. Se pusieron juntos bajo el sol, respirando despacio y con los ojos cerrados. Julio se sentía como si lo estuvieran meciendo. Sara le acariciaba el pecho y el estómago haciendo arabescos con las uñas y las yemas de los dedos.

–¿Sabes cómo se llama esta parte?

–Esternón.

–No, es el plexo solar –le corrigió con seriedad–. ¿No te parece increíble que se llame así y que sintamos tanto calor en esta parte cuando nos da el sol?

–No lo había pensado nunca.

–Yo lo sé por los chacras. Si no hubiera perdido mi péndulo lo ibas a flipar. Ahora se te nota en el chacra del plexo solar una corriente de mucha energía, pones el péndulo y empieza a dar vueltas como loco.

–Yo es que es correrme y se me abren los chacras de par en par, a lo bestia.

Sintió con retraso el golpe de la almohada en el pecho. El caballo ya le había subido, pero a Sara parecía que todavía no y la veía venir a otra velocidad, sacudiéndole con la almohada, riéndose y llamándole «Robachupos de mierda», y repitiendo «No te burles de los chacras, maricón».

–Anda, cálmate y túmbate a mi lado. Y me explicas por qué me llamas Robachupos.

Sara le contó entonces una historia de su infancia. Cuando tenía cuatro años seguía usando chupete para dormir. Se iba a la cama con uno en la boca y cuatro o cinco en cada mano, ensartados como anillos, por si se le caía el de la boca tener repuestos de sobra. El médico aconsejó acabar con un hábito que iba a provocarle malformaciones en los dientes, de manera que su padre llamó a un amigo para que apareciese a la hora de dormir disfrazado del Robachupos, un ser mágico, entre el superhéroe y el duende, que vino a llevarse los chupetes de Sara cambiándolos por una bolsa de caramelos.

–Consiguieron quitarme los chupos que me estaban deformando los piños, pero me enviciaron con los caramelos que me llenaron la boca de caries. Casi todos los dientes de leche se me picaron. Y luego me tuvieron que poner aparato de todas formas porque tenía la mordida cruzada.

Cuando contaba anécdotas como aquella Sara evidenciaba un origen burgués que contrastaba con las paredes llenas de desconchones y las ventanas rotas de aquel piso okupado. Pero a Julio le había subido el caballo más de la cuenta, o la suma del caballo con el sol y la tranquilidad posorgásmica le quitaban las ganas de indagar sobre la ortodoncia adolescente de Sara y preguntar qué tenía él que ver con aquel Robachupos.

Prefería quedarse entre la eternidad y la nada, dejar pasar el tiempo al ritmo vegetal que marcaba la reacción química de la heroína en su cerebro. «Hay un debilitamiento melódico, como si una nota infinitamente suave se prolongara en la atmósfera», así había descrito Pablo Neruda en sus memorias el efecto del opio y así sentía él el estado heroico. Y lo que más le agradecía a Sara era que lo acompañase en ese trance, formar con ella un mismo cuerpo desmembrado y vibrante, estar −como cantaba Lou Reed en una de las canciones más pesadas y melodramáticas de la Velvet− mejor que muertos.

Sacó del armario la caja que le había enviado su madre con los zapatos. Un poco de tierra seca, muy fina, cayó al abrir la bolsa en la que estaban envueltas las botas de media caña. Habían pasado veinte años y entre los tacos de la suela de una de las botas todavía quedaban restos de tierra. Aquella tierra sería de las montañas de la Alpujarra donde su padre pasó su último invierno. Los zapatos en cambio estaban impolutos. Eran unos clásicos Cambridge de color marrón y, por el olor a betún, supo que su madre los había limpiado antes de enviarlos. ¿Por qué había limpiado los zapatos y las botas no? Quizás se trataba del desagrado que sentía su madre a lo que tuviera que ver con los últimos meses de su padre, cuando decidió retirarse a vivir al campo sin ella. Pero entonces, ¿por qué durante tantos años había guardado aquellas botas junto a los zapatos de vestir?

Aquellos zapatos no eran, como las botas, un calzado invernal, pero tampoco eran veraniegos. Sin embargo, sería por efecto de la indiferencia hacia la temperatura externa que procuraba el caballo, Julio se los puso para salir a pasear aquella tarde calurosa. Tenían la horma hecha a los pies de su padre, una talla mayor, pero apretando bien los cordones resultaban cómodos. No lo quería pensar demasiado, pero ponerse los zapatos de su padre, muerto hacía tantos años, conformaba una suerte de ritual cuyo significado intuía que se iría revelando en cada paso.

Al bajar a la calle se encendió un porro. Había pasado la mañana y parte de la tarde en la cama con Sara, fumando costo y esnifando caballo, y ahora, al llegar a la calle Argumosa, bañada en una de sus aceras por el sol del ocaso, le pareció que era demasiado de día.

¿Qué habría pensado de haber sabido que su hijo, colocado de caballo, se había puesto sus zapatos de los domingos? Su padre había fumado con él hachís en varias ocasiones y, aunque había olvidado las conversaciones concretas que tuvieron cuando se pasaban el porro, sí recordaba la curiosidad de su progenitor, sus intentos de acercarse al mundo en el que habitaba su hijo.

Como muchos que pierden a su padre antes de tiempo, Julio sentía su presencia como un apoyo sutil en los momentos decisivos. El fantasma de su padre era un espíritu benéfico que lo acompañaba. Lo imaginaba sonriendo comprensivo y poniéndole una mano en el hombro, como cuando era adolescente y se iban de paseo a merendar a una pastelería. Julio entonces había empezado a fumar porros con compañeros del instituto y tenía una voracidad infinita que su padre atribuía a que estaba creciendo. «¿Otra caracola de chocolate?», decía sorprendido, con los ojos muy abiertos, entre divertido y orgulloso del apetito de su vástago. Para su madre, aquella orgía de azúcar y bollería habría sido pecado mortal, así que las escapadas a la pastelería las mantenían en secreto.

Fue unos años más tarde, un poco antes de prejubilarse, cuando, sentados en la terraza del piso que alquilaron en Isla Cristina, su padre le pidió que no se fuera a la calle, que se quedara y compartiera el porro con él. Fue su último verano juntos y Julio lamentaba haber olvidado de qué hablaron. Guardaba un recuerdo cálido de aquella noche de verano, mezclado con un poco de frustración por no haber sabido vencer del todo la incomodidad que había entre ellos. Su padre no había estado muy presente en su vida, como tantos hombres de su generación había pasado el mayor tiempo posible dedicado a su trabajo, dejando en manos de su esposa el dominio del hogar y la crianza de la prole. Si algo lamentaba Julio era no haber sabido escucharlo cuando buscó tener una relación más estrecha con él.

Quizás aquella vez, y las cuatro o cinco noches que siguieron, sentados en las sillas de playa, con los pies apoyados en la barandilla y la mirada fija en el mar, sus almas se tocaron sin el embarazo habitual, gracias a la desinhibición del hachís. Así quería creerlo. No recordaba si había luna, aunque su imaginación solía pintar en mitad del mar oscuro un banco de sardinas argentadas que ondulaban al ritmo de las olas.

De haber coincidido ahora, pensaba Julio mientras cruzaba la plaza de Lavapiés y se metía por la calle Tribulete, la heroína habría pulverizado la incomodidad que sentía en presencia de su padre. No es verdad que el caballo alumbre visiones como una droga psicodélica, pero propicia un recuerdo vivo de los muertos, la sensación de estar acompañado por el espíritu que se invoque, sin la menor sombra de conflicto con él. De esta forma, Julio avanzaba por las aceras meadas del barrio, sintiendo la presencia agradable del padre a su vera.

Recordó una de las pocas fotos en las que aparecían los dos, Julio con cinco o seis años, un palo en la mano y botas rojas de agua, mirando a su padre con el amor de los niños. En la foto, Tano aparece joven, de unos cuarenta años, quince antes de morir, con su barba negra de profeta airado, mirando a cámara como un pastor otea el horizonte. Avanzan con confianza en mitad de un camino bordeado de encinas y lleno de charcos, y al fondo hay unas nubes muy oscuras cubriendo el cielo. Julio recuerda aquella foto y siente que su padre lo acompaña como entonces, solo que ahora ha crecido, y los dos tienen la misma edad.

—¡Ponte la mascarilla! —Había cerrado un momento los ojos deslumbrado por el sol del atardecer y chocó con un señor y un perro pequinés—. ¡Que mires por dónde vas y que te pongas la mascarilla!

Lo mejor de la heroína era que la realidad exterior que no te interesaba te llegaba en sordina, como representada tras una cortina de baño.

—No se enfade, buen hombre, que le va a dar un infarto antes de que el coronavirus lo mate —contestó Julio para sus adentros, mientras el señor y el perrito se alejaban maldiciéndolo.

Al llegar al parque del Casino le sorprendió la animación de un grupo de desarrapados. El movimiento vecinal de Lavapiés a los pocos días del confinamiento puso en marcha bancos de alimentos para las familias menesterosas. Julio mismo, por orden de Casilda, cada vez que iba de compras al supermercado dejaba a los voluntarios ocho paquetes de pañales, toallitas húmedas, un par de kilos de arroz o pasta y alguna botella de aceite de oliva o de girasol. Al principio, los voluntarios pedían fruta, verdura, carne y pescado, porque las donaciones que recibían eran sobre todo de alimentos no perecederos. Al mes ya habían llegado a un arreglo con Mercamadrid que les donaba todo lo que les sobraba, que no era poco, al estar cerrados bares y restaurantes, y ya pedían harinas, arroz, legumbres, aceites, jabones y champús, compresas y pañales. La situación era dramática para aquellas familias que no contaban con ingresos y vivían en una economía informal. De otros barrios llegaban noticias aterradoras, unos hablaban de niños desnutridos y otros de hambrientos que organizaban bandas para asaltar comercios y viviendas, hechos que, según decían, los medios de comunicación silenciaban para evitar el pánico y el efecto imitativo.

En Lavapiés se fue un paso más allá del banco de alimentos y se empezó también a repartir comida caliente. En El Teatro del Barrio primero y en un antiguo bazar chino de la calle Argumosa después, cocineros que habían tenido que cerrar temporalmente su restaurante pusieron sus cocinas al servicio de la emergencia social. A las dos de la tarde y a las ocho se creaban grandes colas a la puerta de estos establecimientos improvisados para el reparto del menú en envases de cartón reciclado. El éxito de la iniciativa, bienintencionada y necesaria, provocó un efecto llamada que había llenado el barrio de mendigos. La población flotante de nómadas sin techo, de normal más o menos repartida por todo Madrid, ahora se concentraba en el barrio ofreciendo una imagen apocalíptica, como si España entera se hubiera empobrecido súbitamente y hubieran vuelto las colas del hambre. Si la policía no hacía nada, los vecinos señalaban el abandono por parte del Ayuntamiento, como un castigo propiciado por el gobierno de la derecha a un barrio que votaba mayoritariamente a la izquierda. Y si la policía actuaba, enseguida se la acusaba de ensañarse con los más débiles. No era en cualquier caso un espectáculo agradable encontrarse con aquellas colas en las que se mezclaban parejas de emigrantes, señores mayores, mujeres que miraban al suelo y un variado surtido de supervivientes, alcohólicos, malolientes y pendencieros. Había voluntarios que trataban de ordenar la fila y carteles que pedían sonrisas, pero no eran raras las discusiones y las peleas.

Julio entendía que la crisis hacía inevitable aquella situación, hasta la segunda vez en la que se encontró el guardabarros trasero de su coche cagado. Entonces pensó que aquellos comedores para menesterosos eran un despropósito, la demostración irrefutable de que las iniciativas sociales en un mundo complejo tenían una acción muy limitada. La desigualdad no podía ser combatida con buenas intenciones, era necesario que el Estado se hiciera cargo. ¿Cómo era posible que las autoridades no hubieran habilitado en cada barrio comedores de verdad en los que los menesterosos pudieran sentarse a comer, con baños en los que pudieran mear y cagar? ¿Cómo podían haber decretado el confinamiento domiciliario sin acordarse de los que no tenían un techo bajo el que guarecerse? Sí, entendía que, ante la inacción de los políticos, aquella iniciativa ayudaba a que la gente no se muriese de hambre, pero ¿por qué de todos los coches aparcados habían tenido que ir a cagarse en el suyo?

Nada de esto inquieta a Julio cuando llega al parque del Casino y se encuentra en las escalinatas un grupo grande de desarrapados fumando porros y tocando el yembé. No llegan al centenar, pero son más de cincuenta o sesenta. Por un altavoz suena una canción de reggae que no reconoce y un negro con rastas sentado sobre un amplificador toca el bajo tratando de amoldarse sin mucho éxito a la base rítmica. Los tambores van por libre. El sol se acaba de poner y en la luz crepuscular una nube de humo parece ralentizar los movimientos de la horda. Con un litro de cerveza en la mano distingue entre las sombras a Sara. Decide sentarse a observarla a una distancia prudencial en uno de los bancos que rodean a los columpios infantiles. Con su pelo teñido de rubio y su saludable juventud llama la atención entre tanto superviviente de edad indefinida. Hay varios cojos con muletas en el grupo y una mujer gorda en silla de ruedas. Sara parece la encarnación de una Campanilla alada circulando entre piratas mutilados. No hace ni tres horas estaba tumbado con ella. Le gusta verla en el mundo exterior, es la reina de una banda de tullidos. No tiene problemas en compartir el litro de cerveza con unos y con otros. La ve reírse a carcajadas, echando la cabeza hacia atrás. Con él nunca se ríe así. Con él está más tranquila, quizás porque no necesita demostrar su fuerza como aquí. Ahora se ha puesto a bailar. Está sonando una canción de Calle 13, «Muerte en Hawái», y Sara se contonea como si estuviera moviendo un *hula-hoop* imaginario.

Su padre no habría compartido con él unos tiros de heroína, pero seguro que habría entendido su romance con Sara. Quizás la equivocación de su padre fue haber querido romper con su pasado y apostar por una vida nueva después de los cincuenta.

Para la generación de sus padres, criados en la rigidez del franquismo y en la cultura de un trabajo y un matrimonio para siempre, la ruptura era una reacción comprensible. Para su generación, en cambio, crecida en la precariedad laboral, las relaciones efímeras y la dispersión mental, el desafío estaba en conseguir una vida estable, una casa propia liberada de las subidas del alquiler, un trabajo bien pagado que durara y que permitiera desarrollar un oficio no alienante y un matrimonio que asegurara los afectos y garantizase el equilibrio emocional a largo plazo. Este ideal burgués para uso de nuevas generaciones se completaba con un buen botiquín de sustancias embriagantes que permitiera el viaje sin desplazamiento, la conciliación del sueño o la excitación del ánimo, así como la posibilidad de aventuras extraconyugales cada cierto tiempo que exorcizaran la carencia de pasiones intensas que conllevan los vínculos serenos del matrimonio.

El futuro no tardaría en dar respuesta a estas querencias, acabando con la prohibición y regulando el acceso a las drogas con adecuadas garantías sanitarias, y regulando también la prostitución, tanto femenina como masculina. Un mundo feliz basado en el comercio, lejos de utopías criminales y al alcance de un par de leyes. Un mundo en el que fuera posible conjugar los distintos planos que conforman una vida múltiple.

Se levantó del banco y se encaminó hacia las escalinatas dispuesto a saludar a Sara, «Cuánto tiempo sin verte, Sara», pensó en decirle, cuando divisó la figura inconfundible de Moctar junto a ella.

Para que no lo vieran cruzó por una zona de césped, con tan mala suerte que pisó una mierda. Había pisado una caca de perro con los zapatos de su padre. ¿Qué podía significar aquello? ¿Estaba su padre mandándole un mensaje desde el más allá? «Vaya mierda», dijo, y se echó a reír.

La proximidad de las vacaciones entorpecía la vuelta a la normalidad. Tras tres semanas de trabajo, Julio notaba en los albañiles, los proveedores y los clientes una contagiosa pereza. Hasta Casilda, siempre madrugadora, remoloneaba más en la cama. Después de casi cien días de estado de alarma, el sábado 20 de junio se levantaron todas las restricciones y los periódicos hicieron los previsibles recuentos y resúmenes. Según leyó en un artículo trufado de comentarios de psicólogos y expertos en estrés postraumático, tras el trauma colectivo provocado por el miedo a la incertidumbre y la experiencia del confinamiento era normal que una sensación de cansancio se adueñara de la población. Julio no le quitaba valor a la opinión de los expertos, pero le sorprendía que no citaran en el artículo que, como cualquier año, la llegada del calor y la inminencia de las vacaciones predisponían a la apatía laboral. Ya en septiembre empezarían a ordenarse los acontecimientos como de costumbre.

El que parecía inmune al cansancio era su amigo Carlos. Lo había llamado para recordarle el encargo de escribir dos mil palabras sobre el Cialis:

—La gente está deseando hablar de otras cosas. El artículo más leído en nuestra web ha sido el del millonario noruego que ofrece veinte millones de euros al que encuentre a su mujer desaparecida. Y el siguiente más leído es sobre lo mucho que han follado los monos y los pavos reales en el zoo de Cisjordania durante los meses que han cerrado al público por la pandemia. Si sacamos ahora el artículo sobre el Cialis arrasamos. Habría que darle un enfoque divertido, ¿qué te parece si situamos el relato en plena pandemia? Para no aburrir tendrías que alternar el relato en primera persona con otros casos. Por ejemplo, el caso de dos compañeros de piso que se ponen a follar como monos cisjordanos, la historia de un matrimonio aburrido que redescubre el sexo durante el confinamiento con la ayuda del Cialis, un viejito que se folla a cuatro o cinco viejitas de su residencia... Bueno, las residencias mejor las dejamos de lado, que ahora dan muy mal rollo.

—¿Pero tendría que entrevistar a gente para que me contara su película?

—Si conoces a alguien, sí. Pero si no, te lo inventas. ¿Qué más da? Tú lo has probado, ¿no?

—Sí, claro. Y he tomado apuntes.

—Pues ya está. Pones tus opiniones en boca de otros y fuera. Nadie va a comprobar nada. Te curas en salud diciendo que los nombres son supuestos para preservar el anonimato. Lo importante es que encuentres un buen titular para que la gente pinche y que la historia tenga tirón. Y si no te sale, pásame los apuntes y yo lo encajo. Te voy a pagar lo mismo que si lo escribes completo.

—¿Y cuánto es eso?

—Cien euros. Somos de los medios que mejor pagamos a nuestros colaboradores.

El dinero no era un problema para Julio, aunque se alegró de no ser periodista, ¿solo cien euros por un texto que obligaba a experimentar con un fármaco? Quedó con Carlos en entregarle el artículo en un par de días. Se sentaría a escribirlo con la tranquilidad de saber que, a las malas, si no era capaz de abordar el relato de forma divertida como le pedía su amigo, podía mandarle las notas en bruto para que él las incluyera como quisiera.

Le quedaba aún una pastilla y tenía pendiente comprobar si, puesto de caballo, el Cialis hacía posible la erección. Con la pastilla en el bolsillo pequeño de sus vaqueros bajó a ver a Sara. Las veces anteriores en las que había tomado con ella la pastilla había mantenido el secreto. Esta vez en cambio le apetecía hacerla partícipe del experimento.

—Sara, ¿tú sabes lo que es el Cialis?

—¿Lo que se hacen en la sangre los que tienen malo el riñón?

—No, es como la Viagra.

—Ah, ya.

Le explicó que estaba escribiendo un artículo sobre el Cialis para una revista y quería probar si era verdad que funcionaba incluso bajo los efectos de la heroína.

—Así que eres periodista. Y yo que creía que vivías de tu mujer.

—No soy periodista. Escribo esto para la revista de un amigo.

—Pero no vas a poner mi nombre, ¿no?

—No.

—¿Y cuánto te pagan?

—Por el artículo, cien euros.

—Qué bien pagado, ¿no? ¿Cuántos artículos se escribe un periodista en un día?

—No sé, pero yo necesito varios días para escribir uno.

En realidad, las pocas veces que Julio había escrito algo para ser publicado había tardado más de una semana. De hecho, la escritura para él era más un suplicio que una actividad placentera. Acababa siempre con dolor de cabeza de tanto tensar la frente y el entrecejo en el esfuerzo por concentrarse y hallar las palabras adecuadas.

—A ti se te ve que rápido no eres... Y entonces, que yo me entere, lo que tú quieres es tomarte la Viagra, que yo te invite a jamaro y ver si se te empina. Y si se te empina querrás follar, ¿no?

Julio le contestó que algo de eso había pensado y que a cambio le daría a ella los cien euros del artículo.

—Entonces habrá que hacerlo en plan profesional.

Así lo hicieron, y esa noche, tumbado en su sofá cama, Julio repasó mentalmente aquel día y empezó a escribir en el cuaderno el que sería su último apunte sobre el Cialis:

23/06/2020

La prueba consistía en saber si el Cialis evitaba los problemas de disfunción eréctil habituales bajo los efectos de la heroína. Ha sido la primera vez que me he tomado la pastilla entera de 20 mg. La ocasión lo ha merecido. S ha esnifado conmigo un par de rayas de caballo. Como el tiempo en el que tarda en hacer efecto la heroína es similar a lo que tarda en actuar el Cialis (entre 20 y 30 minutos) lo he tomado a la par.

Sin embargo, llegado ahí, decidió dejar el apunte y ponerse a escribir el artículo. Se levantó de la cama, se sentó a la mesa y abrió en el ordenador un documento de texto. Pensó en hacerse un porro antes, pero lo pospuso hasta tener unas líneas escritas. No comenzaría por el principio del artículo propiamente, lo cual podía paralizarlo, sino que se centraría en el epígrafe del uso del Cialis bajo los efectos de las drogas, contando en tercera persona y sin renunciar a elementos de ficción la experiencia de aquella tórrida tarde con Sara:

Si hablamos del uso recreativo del Cialis, adquirido sin receta en el mercado negro a entre cinco y diez euros la pastilla, no podemos obviar su empleo en combinación con otras drogas. La gran mayoría de los primeros encuentros sexuales suelen ir acompañados de una embriaguez considerable que, si bien facilita la desinhibición y otorga valor para abordar el lance, resta en el hombre vigor y suele impedir la erección, lo que provoca situaciones difíciles para la autoestima del varón y también de la mujer, que puede sentirse en estos casos poco deseada. El Cialis se utiliza entonces a fin de contrarrestar la impotencia provocada por el abuso de drogas y sobre todo de alcohol. Incluso en la época del Tinder, el paso de la virtualidad a la presencia corpórea suele producirse en bares o en restaurantes, donde salvo raras excepciones el coqueteo se aviva con la ingesta de bebidas espirituosas. Pero lo que allana el camino puede dejarnos a las puertas del palacio sin la llave para abrir.

Julio se rio de la ocurrencia metafórica, cursi y algo torpe, e intentó mejorarla: «Pero lo que allana el camino puede dejarnos a las puertas del palacio con la llave flácida sin poder entrar».

No le convencía en absoluto y probó una tercera versión: «Pero lo que allana el camino hasta el palacio puede dejarnos a las puertas, con una llave de plastilina incapaz de abrir la cerradura».

Aquella frase era insalvable. Se hizo un porro, lo encendió y tras un par de caladas lo dejó humeando en el cenicero para volver a la carga. Releyó el párrafo, borró la palabra corpórea que sonaba muy fantasmal adjetivando la presencia, y eliminó la última frase para cerrar el párrafo sin metáforas: «Si la cita finalmente se alarga hasta la cama, el Cialis puede evitar la tragedia del habitual gatillazo asociado en los hombres a la borrachera».

Sorprendido de la facilidad con la que hallaba las palabras y la relajada concentración de la que estaba disfrutando, le dio una calada al porro y continuó con el siguiente párrafo:

En el caso de las drogas ilegales, el Cialis también ayuda. De prodigioso lo califica Simón (40 años, nombre supuesto), consumidor esporádico de heroína. Simón aclara que en situaciones normales no tiene problema alguno de impotencia, pero que «con los opiáceos ya se sabe». «Suelo tomar de cuando en cuando heroína con una vecina algo más joven que yo. Nuestra relación de amantes comenzó durante el confinamiento y fue después de habernos conocido íntimamente cuando probamos la heroína. Antes del caballo, habíamos consumido cannabis y microdosis de LSD, sustancias que, ¿por qué no decirlo?, avivaban en nosotros la pasión sexual. Con la heroína, sin embargo, tener una erección me es imposible».

Simón aclara que no es un yonqui, sino un consumidor ocasional que espacia mucho el tiempo entre toma y toma, hasta el punto de no haber desarrollado tolerancia y esnifar siempre una misma cantidad «casi homeopática»: «Me meto muy poca, esnifo una raya del tamaño de tres centímetros, lo que me procura una sensación de euforia tranquila, en absoluto parecida al atontamiento propio de dosis más elevadas, pero es suficiente como para dejarme impotente durante más de doce horas».

Le pido a este consumidor ocasional que no se ande por las ramas y revele a nuestros lectores lo que el Cialis ha aportado a su vida sexual: «Fue hace poco, estando mi vecina y yo bajo los efectos de la heroína, probé a tomarme una pastilla de Cialis y tuve una pronunciadísima erección que nos permitió entregarnos durante horas al coito. Fue portentoso. Es verdad que la heroína produce un cierto olvido corporal muy alejado de la animalidad sexual que domina en la cópula estándar, como si en vez de carne bajo la piel tuviéramos porexpán, pero la experiencia que posibilitó el Cialis tenía en ese extrañamiento un interés no menor».

Julio enciende el porro que se le ha apagado, aspira y, pensativo, retiene el humo en los pulmones antes de expulsarlo. A veces necesitamos estar con un pie fuera de nosotros para poder acometer con soltura aquello que nos da miedo o reparo, piensa. Sin estar bajo los efectos de la heroína Julio difícilmente habría escrito lo anterior, con esa rapidez y esa falta de escrúpulo. En circunstancias normales, lo habría paralizado el tono elegido, la construcción algo ortopédica de las frases o la idoneidad del registro empleado al poner porexpán y cópula estándar en boca de un consumidor de heroína. No es que no se diera cuenta de que estaba comprometiendo la verosimilitud del personaje, es que le daba igual si así era. Además, o a consecuencia de esa despreocupación, lo más sorprendente para Julio de escribir bajo los efectos de la heroína, es que estaba disfrutando. Se lo estaba pasando muy bien escribiendo sobre sí mismo en tercera persona; amparado bajo el pseudónimo de Simón y convertido en personaje entrevistado podía contar la realidad de lo que había vivido esa tarde con Sara. Dio la última calada al porro, lo apagó con fuerza contra el cenicero y volvió a teclear con entusiasmo:

«Muchos de los grandes hitos del deporte se han conseguido con la ayuda del dopaje —reflexiona Simón—, mi vecina y yo estamos agradecidos a que un fármaco como el Cialis nos haya ayudado a superar nuestros límites y conseguir nuestro récord de resistencia follando. Y no ha sido solo una cuestión de tiempo, sino que, en alianza con la indiferencia olímpica del caballo y nuestra curiosidad de amantes recientes, nos ha hecho experimentar aspectos de nuestra sexualidad habitualmente reprimidos». Le pido a nuestro informante que concrete un poco: «Me refiero, por ejemplo, a un uso controlado del dolor como fuente de placer: morder los pezones, cachetadas en las nalgas... Incluso soportar con gusto pellizcos de monja en los testículos, en lo que viene siendo la piel del escroto, sin perder en ningún momento la pronunciadísima erección. Estar horas follando da para mucho».

Preguntado por este periodista si no había experimentado el llamado periodo refractario, la inevitable fase de recuperación que sigue a la eyaculación, Simón dice que no, debido lamentablemente a que no ha sido capaz de eyacular. «El Cialis asegura la erección bajo los efectos de la heroína, pero su acción benéfica no llega al punto de permitir que te corras. Lo cual, bien mirado, es lo que te permite follar durante horas. Si pudieras eyacular sería una experiencia increíble. Es una pena que el consumo de caballo siga siendo minoritario. De estar más extendido seguro que habrían inventado un fármaco que además de poner tu miembro turgente te permitiría correrte bajo los efectos de la heroína, aunque, claro, a lo mejor eso ya no te permite follar durante horas».

Julio sabe de sobra que Carlos le va a censurar los detalles pornográficos y el tono satírico del texto. Le hace gracia imaginar lo que le pueda decir su amigo, así que copia lo que lleva escrito, lo pega en un mail y se lo manda, precedido por

273

la siguiente explicación: «Querido Carlos, aquí te mando un extracto de mi artículo para que me des tu opinión. Yo creo que es una descripción muy objetiva del uso que determinados consumidores le dan al Cialis. Mi idea es escribir con este mismo estilo sincero el resto del artículo, añadiendo cuatro o cinco historias más con distintos personajes, tan ejemplares como Simón».

Antes de irse a dormir, Julio se lava en el bidé y se unta con generosidad en los irritados testículos y en la fatigada polla la crema hidratante francesa que Casilda se echa en la cara. Cremè de La Mer parece aliviarlo y el breve toqueteo le hace volver a empalmarse. El Cialis es realmente un invento milagroso. Qué lástima que ya no le queden más pastillas.

LA VIDA SIGUE IGUAL

Ocurrieron en días distintos, pero Julio mezclaría en su memoria el atardecer con Sara en la azotea y la noche que supo que iba a ser padre.

Acababa de llegar el verano y los vencejos se cruzaban en el cielo con golondrinas y aviones comunes. Tras haber follado, Julio y Sara esnifaron unas rayas de heroína y decidieron subir a la azotea del edificio para ver el sol ponerse. Al ir a su casa a por las llaves de la azotea, Julio cogió una jarapa, dos almohadones y una botella de agua, mientras Sara lo esperaba en el descansillo del sexto con su caja de Colo Cao. Ya en la azotea avanzaron con cuidado de no alertar con sus pisadas a los vecinos, «Parece que estamos en la luna», dijo Sara exagerando los pasos como en ausencia de gravedad. Subieron por una escalera vertical de hierro hasta el tejado del cuarto de ascensores. Julio extendió la jarapa y colocó las almohadas. La leve inclinación del tejado permitía tumbarse cómodamente a contemplar el ocaso.

No había pasado ni media hora desde que esnifaron caballo y Julio ya comenta lo larga que se le está haciendo la puesta de sol, «sin dejar de ser placentera». Sara contesta que el sol va despacio pero que los vencejos van muy rápidos, y añade que si no le dieran miedo las agujas se tatuaría un vencejo en la espalda. «Era el pájaro preferido de mi padre y también el mío». Julio, incapaz de distinguir entre tipos de aves, se acordó de lo que decía Chicho Sánchez Ferlosio del cuco y dijo que su pájaro preferido era el cuco, «porque al colocar sus huevos en nidos ajenos ni soporta ni ejerce la autoridad».

A Sara no le hizo gracia. Se quedó un rato pensando, con la cara iluminada de mirar al cielo. Luego dijo que lo de abandonar a sus crías no estaba bien, que «mejor un padre adoptivo bueno que un padre biológico chungo». Y siguió con una explicación deslumbrante sobre los vencejos:

—Los vencejos se pasan volando todo el año menos dos meses. Tienen ese récord: no hay aves que vuelen tanto seguido. Se posan solo durante dos meses al año para anidar y poner los huevos. Y el resto del tiempo se lo pasan volando sin parar. Al parecer sueñan volando, una parte del cerebro está activa, pero la otra está soñando. A esta hora y al amanecer, suben hasta tres kilómetros y luego se dejan caer. Mi padre decía que dormían cuando planeaban, que subían y al bajar aprovechaban para descansar. Tienen cuatro garritas hacia delante, que son buenas para escalar por un muro, pero les falta una garra hacia atrás que les permita agarrarse, por eso no pueden posarse en un cable como las golondrinas, y para anidar se buscan un hueco en un edificio alto. Por primavera se meten en un hueco y hacen su nido en forma de cuenco con hojas, plumas y saliva. Y vuelven cada primavera al mismo hueco para volver a criar. Las parejas de vencejos duran toda la vida, son superfieles. Yo creo que lo peor que le puede pasar a un vencejo es que su polluelo se caiga. Si un polluelo de vencejo se cae del nido hay que ayudarlo porque sus padres no pueden. Hay que cogerlo antes de que se lo coman las hormigas o un perro y cuidarlo. Los vencejos son los reyes del cielo, pero en el suelo son como minusválidos a los que les han quitado la silla de ruedas. Tienen las patas muy cortas y las garras no les sirven para caminar, y no pueden bajar al suelo además porque tienen las alas muy grandes y se chocan sin poder alzar el vuelo. Ver a un vencejo mayor caído en la acera te da más mal rollo que ver a un escarabajo bocarriba.

Tras interrumpirla con tres o cuatro preguntas, más por incredulidad de que Sara supiese bien de lo que hablaba que por curiosidad hacia el tema, Julio se quedó escuchando con asombro. Hasta ese momento identificaba en Sara el misterio de las personas lacónicas, ese atractivo que otorga hablar poco, como si debajo del silencio se escondiera un saber profundo o una forma práctica de estar en el mundo sin enredarse en vanas elucubraciones. Aquella capacidad discursiva tan inesperada, que se mostraba en ese momento íntimo de ebriedad heroica, en el techo del cuartillo de ascensores, insertos los dos en un paisaje de tejados con nubes cárdenas, aquel don de palabra, digo, descubría ante Julio a una mujer formada, con estudios quizás interrumpidos, con un origen familiar culto y probablemente acomodado. Tal vez la vida actual de Sara no había sido fruto de la mala suerte, sino de una elección más o menos libre, una manera de vivir acorde con su necesidad de volar sin freno, como los vencejos.

Estaba fascinado por la larga explicación de Sara y sorprendido también de estar sorprendido, de que después de haber compartido tantas horas en los tres últimos meses no hubiera sido capaz de verla más allá de sus prejuicios iniciales que la catalogaban como una mujer salvaje y desgraciada, condenada a sobrevivir con artimañas en los márgenes de la sociedad.

Se lio un porro, lo prendió y se lo pasó. Mientras ella aspiraba el humo, Julio miraba los garabatos que describían los vencejos sobre la amplitud del crepúsculo.

—Hay unos que vuelan más rápidos y otros que hacen más florituras —dijo.

—Los vencejos son los que vuelan más rápido y los que están más arriba. Vuelan más en línea recta. Las que están más bajas y hacen más tonterías son las golondrinas. Mira, los vencejos tienen forma de ballesta, las alas son delgadas y forman el arco de la ballesta. Y su cola es un poco ahorquillada pero más corta que la de las golondrinas, que es muy larga y con forma de uve invertida. Y el chillido ese que escuchas, corto y repetitivo, es el de los vencejos; el de las golondrinas es el más musical, con gorjeos y trinos. Las golondrinas siempre son más cursis que los vencejos.

—Pero y tú ¿dónde has aprendido a distinguirlos?

—Te lo he dicho, mi padre era muy aficionado a los pájaros.

Cuando empezaba a estar oscuro, descendieron con cuidado por la escalera del cuarto de ascensores, volvieron tras sus pasos hasta la puerta de la azotea y cada uno se marchó a su casa, después de despedirse en el descansillo del quinto con un beso en los labios.

Meses después Julio recordaría aquel atardecer como una epifanía serena. El estímulo de la heroína tomada en compañía de Sara estiró el instante hasta quedar indeleble en la memoria. En el recuerdo recurrente, las palabras de Sara fueron imbuyéndose de un sentido trascendental. Así los vencejos alcanzaron una categoría metafórica de seres inadaptados, eventualmente okupas para la crianza de sus polluelos, monógamos que vivían en parejas sin dejar de volar ni un segundo. Sara habría querido tatuarse en la espalda un vencejo, una identificación con el ave reina de los cielos, tan diestra en el vuelo sin descanso como incapaz a ras del suelo, ¿cómo no tomar al vencejo como su animal totémico?

Lo curioso es que en su mente al recuerdo de aquella tarde sucedía la noche del predictor. En realidad, la noche que siguió al atardecer con Sara tuvo solo de especial para Julio haberla pasado en el sofá cama de su estudio, sin llegar a conciliar el sueño hasta casi entrada la mañana, entreteniendo la duermevela con pensamientos que giraban alrededor de Sara y los vencejos, de la posibilidad de una vida alternativa, volando con ella sin descanso.

Sin embargo, en la memoria de Julio, cuando Casilda lo vio entrar con dos almohadones bajo un brazo, la jarapa bajo el otro, la botella de agua en una mano y las llaves en la otra se echó a reír. Julio se alegró de que estuviera de buen humor y se justificó ante ella diciendo que, harto de estar en casa solo y sin ganas de dar un paseo, había subido a la azotea a fumarse un porro.

—En la farmacia encontré mascarillas negras. Y también he comprado esto —dijo Casilda agitando como un sonajero la caja de un test de embarazo de vistoso color rosa—. He comprado dos para asegurarnos.

Julio asintió con la cabeza y se metió en su estudio a dejar los almohadones y la jarapa sobre el sofá cama, y las llaves y la botella sobre la mesa. A punto estaba de sentarse en la silla cuando Casilda lo tomó de la mano y se lo llevó al baño. Sentada sobre la tapadera del wáter, extrajo de una de las cajas el test de embarazo envuelto en una bolsa de aluminio, y le pasó la caja a Julio:

—Esto es cosa de los dos. Saca el prospecto y léelo.

—¿Entero? —dijo Julio desdoblando y desplegando la hoja.

—Sí, ¿es que no tienes curiosidad?

—Sí. A ver: «Modo de empleo: Este test de embarazo puede realizarse a partir del primer día de retraso y con la orina de cualquier hora del día». ¿Cuántos días de retraso llevas?

—Hoy me tendría que haber venido la regla.

—Entonces es mañana el primer día de retraso, ¿no?

—No lo sé. Por eso he pillado dos. Este es el normal, para cuando no te ha venido la regla, y el otro es un test temprano, que lo detecta desde seis días antes de la primera falta.

—Pero si lo haces antes de que se te retrase la regla, ¿cómo sabes que se te va a retrasar la regla?

—Porque las mujeres tenemos intuición. Y las tetas, que nos avisan. Mira que duras se me han puesto. Toca.

—Yo las noto igual. Siempre se te ponen más grandes cuando te va a venir la regla. ¿Y por qué no usamos directamente el test de los seis días antes?

—Porque me ha dicho la farmacéutica que para ese hay que usar la primera orina del día. Probamos con este y si sale que no, mañana por la mañana probamos con el otro.

—Qué prisas te han entrado. Sigo: «Saque el test de embarazo del envoltorio de aluminio y retire el capuchón. Moje el absorbente directamente mientras orina, manteniéndolo bajo la orina, por lo menos, durante cinco segundos. A continuación, mantenga el test hacia abajo sin voltearlo. Introduzca el stick en el capuchón. Coloque el stick en una superficie plana con las ventanas mirando hacia usted y espere cinco minutos antes de leer el resultado».

Casilda levantó la tapa y se sentó con las piernas muy abiertas para colocar la parte absorbente del predictor bajo el chorro de orina. Cuando empezó a sonar, Julio se puso a contar en voz alta:

–Uno, dos, tres, cuatro, cinco, seis, siete, ocho, nueve… ¿Yo creo que ya está, no?

–Has contado muy deprisa –dijo Casilda, inclinando el tronco hacia delante y forzando la salida de las últimas gotas.

–A ver si ahora por mear más de la cuenta no va a ser fiable el resultado.

Casilda le puso el capuchón al predictor y no trascurrió ni un minuto cuando apareció en la ventana de lectura una raya de color rosa anunciando el embarazo. Casilda lo abrazó, un abrazo de esos que duran más de lo normal, y Julio sintió como si estuviera contemplando la escena desde fuera.

–¿No ha sido demasiado rápido? Yo creo que antes de celebrar nada tendríamos que esperar a repetir la prueba mañana –dijo a Casilda cuando lo liberó del abrazo y vio que se iba directa hacia el teléfono para llamar a su padre.

–Lo sabía, papá, lo sabía. ¡Vas a ser abuelo! –oyó a su mujer desde el salón, mientras él, todavía en el baño, levantaba el asiento del wáter y empezaba a mear. Aunque era verano, de lo único que tenía ganas en ese momento era de darse un baño de agua muy caliente.

A él también le habría gustado llamar a su padre por teléfono y anunciarle que iba a ser abuelo. Más que en su futuro hijo, seguía pensando en su difunto padre. ¿Cómo habría sido la vida de su padre de no haberse despeñado con el coche por un barranco? ¿Habría conseguido una nueva vida a los cincuenta y dos años o habría vuelto con su esposa a envejecer frente al mar de Benidorm?

Nunca se tomó en serio la pasión última de su padre por el yoga, como tampoco dio importancia a su aventura con Marisa, la compañera de lucha de Telefónica con la que se había marchado de viaje a Las Alpujarras. Era probable que se hubiera equivocado infravalorando la presencia de aquella mujer en el tramo final de la vida de su padre. Julio estaba en el crucero cuando murió y ni siquiera acudió al entierro. Por comodidad aceptó durante años el relato de su madre, que hablaba de una crisis matrimonial pasajera y jamás nombraba a Marisa. Él tampoco la nombraba. Ni Casilda sabía de su existencia.

Si su padre hubiera sobrevivido al accidente, si hubiera sobrevivido hasta hoy, ¿habría rehecho su vida con Marisa? Pensó que de seguir vivo, quizás Marisa habría celebrado con él la llegada de un nieto. Ahora lamentaba haber perdido sus señas en uno de sus cambios de teléfono. ¿Cómo era posible que no le hubiera preguntado más cosas de los meses finales de su progenitor? Podría recuperar el contacto a través de algunos de los amigos de su padre de la época de la Telefónica. Aunque Tano acabó peleado con la mayoría, no se negarían a facilitarle el número de Marisa. De hecho, fue a través de Juaco como Marisa conoció a Julio medio año después de la muerte de su padre.

—Buenas tardes, soy Marisa, me ha dado tu teléfono Juaco. Tú a lo mejor no sabes nada de mí, pero tu padre y yo tuvimos una relación. —Tenía una voz segura, pero se notaba por los silencios que dejaba entre frases que había pensado mucho aquellas palabras antes de decidirse a llamarlo—. Me gustaría que nos viéramos, charlar tranquilamente. Tu padre me hablaba tanto de ti.

Julio se quedó un rato callado, embargado por el impacto de la revelación, y luego concretaron una cita al día siguiente en el parque del Retiro. Después de colgar, apuntó en la agenda electrónica del móvil el nuevo contacto, «Marisa (Papá)», con un automatismo que le sonó tan natural como extraño.

El lugar donde habían quedado a propuesta de Marisa era la estatua del Ángel Caído, en cuyos alrededores su padre le había enseñado a montar en bicicleta. Julio tenía veinte años ya, pero que su padre hubiera compartido con una amante los lugares familiares de su infancia lo sumía en un cierto estupor. A ese estupor se añadió que Marisa era más atractiva que su madre y al menos diez años más joven. En aquella época telefoneaba a su madre cada día y su madre seguía con el tono triste de viuda reciente contándole sus rutinas de mujer sola en Benidorm. Marisa en cambio apareció con alegría, una falda larga de pana verde, un jersey de cuello vuelto negro y un pañuelo de vistosos colores que según le dijo sin perder la sonrisa había sido un regalo de Estanislao. Eso también le chocó, que todo el mundo llamara a su padre Tano y que ella lo llamase Estanislao. Marisa le preguntó si quería sentarse y al contestarle él que no, que prefería caminar, ella dijo que hasta en eso se parecía Julio a su padre.

—A tu padre le encantaba pasear.

—Ya.

No estaba preparado para conocer entonces a Marisa. Fue discreto y se comportó con corrección, preguntando en algún caso pero manteniendo en todo momento la distancia. Saber que aquella mujer seductora y alegre había sido la amante de su padre le mostraba una cara desconocida de su progenitor que lo avergonzaba, como si este no tuviera derecho a otra sexualidad que no fuera el aburrimiento matrimonial con su madre.

Supo que se habían conocido en Telefónica, que la lucha contra las prejubilaciones los había unido, pese a que ella era una recién llegada cuya situación contractual con la empresa era muy diferente. «Estanislao era un líder natural. Enamoraba cuando hablaba en las asambleas. Tendrías que haberlo visto». Supo también que era profesora de yoga en sus ratos libres y que había sido ella quien había iniciado a su padre en el yoga y en la meditación budista. Era una tarde soleada, pero hacía el frío acostumbrado a mitad del invierno, con un aire cortante que atravesaba las ramas peladas de los árboles y cortaba los labios. Julio iba con un pesado chaquetón abotonado hasta arriba y, en cambio, Marisa llevaba solo aquel jersey de lana fina y el pañuelo de seda de colores al cuello que no debían de abrigar lo suficiente. Veinte años después, Julio guardaba la impresión de que aquella mujer tenía dentro de sí una llama que la mantenía a resguardo del frío.

—Tu padre y yo vivimos un amor muy especial. Yo acababa de salir de una relación muy difícil y no quería ni oír hablar de hombres.

—No hace falta entrar en detalles.

—¿Tu padre no llegó a contarte nada de mí? ¿No te habló de sus planes de irse al campo?

—De lo único que hablaba era del trabajo y de la lucha sindical. A lo mejor yo tampoco le di pie.

—Él estaba muy orgulloso de ti. Me contó lo de la música y lo del crucero. También recordaba mucho cuando eras pequeño y te subías a los árboles. Contaba que te subías hasta el árbol más alto pero que luego no sabías bajar y tenía que rescatarte.

—Eso pasó solo una vez.

La edad le daba otra perspectiva, pero entonces, aquella tarde, no fue capaz de disolver sus reticencias, y dejarse llevar por la curiosidad y la emoción sin sentir que estaba traicionando a su madre. La simpatía de Marisa además le hacía estar en guardia, ¿cómo era posible que seis meses después estuviera hablando de su padre así, sin llorar ni torcer el gesto de tristeza?

Estaba ya anocheciendo cuando Marisa, probablemente consciente de su incomodidad, le preguntó directamente si no quería saber algo más.

—¿Estabas con él cuando murió?

—Sí, veníamos de una cena. Tu padre estaba bien, no habíamos bebido porque era una cena con la gente del curso de yoga y solo había agua y limonada. Tampoco íbamos muy deprisa, debió de ser una mancha de aceite con la que el coche resbaló. Nos precipitamos por el barranco. Yo no llevaba el cinturón y salí despedida, pero Estanislao se quedó dentro del coche, que dio no sé cuántas vueltas de campana hasta llegar al fondo del barranco. Murió del golpe en la cabeza. Al parecer no sufrió. Yo me quedé inconsciente cuatro días y cuando desperté en el hospital de Granada tu padre ya estaba enterrado en Madrid.

Quedaron en verse otro día. Marisa le dijo, y esas palabras seguro que también las había pensado mucho, que no quería forzar una amistad, que entendía que él tenía que atender a su madre y que ella no dejaba de ser una extraña. Dijo que cuando él quisiera la llamase, que podían quedar para pasear.

No volvió a llamarla, ni tampoco pensó demasiado en ella. Habían pasado casi veinte años desde aquella cita. Quizás era el momento de dar un paseo con ella. Ahora que iba a tener un hijo, y que su vida se había complicado con la presencia de Sara, se sentía preparado para hablar de su padre, incluso para darle un lugar a Marisa en la familia. Llamaría a Juaco y recuperaría el contacto con ella. Aunque durante todos esos años había apartado la idea, era probable que Marisa hubiera sido el gran amor de su padre.

Pensó en contárselo a Casilda, pero luego le dio pereza. Tampoco llamó a Juaco. En realidad, se dijo, sabía todo lo que tenía que saber y en su vida había ya demasiada gente como para incorporar a una persona más. Según el periódico, el número de fallecidos por covid ascendía en España a 28.323; en solo tres meses habían sido muchos, pero en su círculo cercano apenas lo habían notado. No sería raro que Marisa hubiera muerto por coronavirus.

Al anuncio del embarazo siguió dos días después el hallazgo de las chinches. Julio había notado picores, pero lo había atribuido al comezón de la heroína que había tomado por la mañana. Fue Casilda la que lo vio rascarse y se fijó en las tres ronchas rojas alineadas en la parte posterior de su brazo derecho.

Una hora después de haber visto las picaduras y haber comprobado en internet que eran de chinches, Casilda estaba en casa de su padre. Mientras hacía la maleta con dos mudas no paró de repetir «qué asco», «qué asco, de verdad, qué asco». Julio le pidió que se tranquilizase, que las chinches le podían haber picado en el viejo piso cuya reforma habían comenzado la semana anterior. Casilda rompió a llorar y Julio dio un paso hacia ella para abrazarla.

—¡No te me acerques que me pueden saltar encima! En dos días he tenido la mejor noticia de mi vida y la peor. Las dos por tu culpa. Me voy con mi padre y no vuelvo hasta que se haya desinfectado el piso y tú no tengas más ronchas.

Cinco minutos después de cerrar con un portazo, le estaba dando instrucciones por wasap:

Mañana mi padre manda a una empresa para ver si hay chinches. Si las hay, que es lo más probable, tendrán que desinsectar y para eso necesitan tres días. 19.43.

Limpia la nevera de lo que se vaya a poner malo, tira todo lo que haya en las alacenas que esté abierto. Las patatas, las cebollas y los ajos mét11elos en la nevera. Los paquetes de arroz, de pasta, el café, todo lo que haya empaquetado sin abrir métlo en bolsas

288

para que no entren en contacto con el insecticida que vayan a echar. 19.44.

Las chinches no solo se esconden en las camas, así que aunque estén nuevos tira todos los paquetes de comida a la basura, por si acaso. 19.46.

Y las patatas, los ajos y las cebollas, tíralos también. Tíralo todo. 19.47.

Salen por la noche. Si mañana tienes nuevas picaduras es que están en casa. 19.47.

Aunque no esté, no se te ocurra dormirte en mi cama. 19.49.

Acuérdate de coger el sobre con el dinero de mi cajón. 19.55.

Quedaban todavía dos horas para que anocheciera. Se puso los zapatos de su padre y salió a pasear. Le daba igual que no quedaran conjuntados con su pantalón corto y su camisa de manga corta, encontraba serenidad pisando con aquellos zapatos.

No hacía ni 48 horas que había sabido que tendría un hijo, ¿qué pensó su padre cuando supo que iba a tenerlo a él? Sus padres se casaron de penalti, cuando Julio era un feto de tres meses. Conocía el relato por su madre, que restaba importancia al accidente de su embarazo, asegurando que casarse y tener hijos entraba dentro de los planes inmediatos de ambos. Sin embargo, Julio sospechaba que sin él sus padres habrían tenido un romance de verano y poco más. En varias ocasiones había querido hablarlo, pero su madre negaba incluso que su padre se hubiera separado de ella cuando se prejubiló y se marchó a Las Alpujarras.

Daba igual. Calzado en sus zapatos, avanzando por la calle Argumosa hacia Atocha, pensó que su padre quizás no se habría alegrado al saber la noticia, pero sí al conocerlo. Las madres gestan y alumbran a sus hijos, los padres los conocen al nacer. Era normal que él hubiera recibido el anuncio de su paternidad con poco entusiasmo, casi como un trastorno por venir tan unido a la picadura de las chinches.

Al pasar junto a la cola del banco de alimentos de la esquina de Argumosa con Doctor Fourquet, oyó que lo llamaban. Era Sara.

−¿Dónde vas tan elegante?

−A dar un paseo.

−Si haces cola conmigo te invito a cenar.

Estaba a punto de contarle que le había picado una chinche y que seguramente había sido esa mañana en su colchón, cuando, después de follar y de meterse unos tiros de heroína, se habían quedado adormilados. Tampoco habría servido de mucho. Sara tenía la frente perlada de sudor y el pelo, a la luz de la tarde, se le veía sucio. Lo pensó conforme lo decía:

−Te invito mejor a mi casa. Nos damos un baño y cenamos.

−¿Y tu mujer?

−De viaje.

Sara lo cogió entonces del brazo, salieron de la cola y enfilaron hacia su calle. A Julio no le importó, como le habría importado en otro momento, que algún vecino los viera juntos. Pasaron primero por el piso de Sara para coger la caja del tesoro. Luego en el ascensor, ella lo abrazó y le preguntó al oído:

−¿Y el baño con agua caliente, no? A mí me gusta que el agua del baño esté siempre muy caliente, también en verano.

Y eso fue lo que hicieron, darse un baño muy caliente, los dos en la bañera, cada uno con la cabeza en un extremo, él con las piernas apoyadas en los bordes y ella casi estirada. Como ya habían follado por la mañana, les duraba el efecto del caballo y a Julio no le quedaba Cialis, pasaron unas horas de convivencia casi matrimonial. Cocinaron juntos una tortilla de patata que acompañaron con una ensalada de lechuga a la que le echaron queso fresco, cecina, naranja, manzana, aceitunas negras de Aragón, nueces y uvas pasas.

Que fuera la última vez que estuvieron juntos añadió en el recuerdo de Julio una luz almibarada a la escena, una felicidad apacible y confiada. Terminaron de cenar y Julio, sin explicarle que cumplía con la orden de Casilda de despejar la cocina para fumigar contra las chinches, llenó una caja de cartón para Sara con chocolates, tortas de Inés Rosales, galletas, lo que quedaba de fruta, el aceite de oliva, las latas de atún y berberechos, los cartones de leche y las infusiones de manzanilla con anís. Lo más celebrado por Sara fueron las tres latas de berberechos y una tableta de turrón de mazapán. Salvo la pausa de la cena, no dejaron de fumar porros. ¡Qué tranquilidad poder fumar dentro de casa sin tener que sacar medio cuerpo fuera por la ventana! Sara se excusó diciendo que no quería vomitar una cena tan rica, pero con gusto le preparó a Julio de postre un par de pequeñas rayas de caballo.

Luego, tumbados en el sofá cama vieron en la pantalla del ordenador *Corazón salvaje*, una película de David Lynch que Julio había visto de adolescente en una cinta de VHS alquilada en el videoclub. Sin que se parecieran, le aseguró a Sara que tenía un aire a Laura Dern de joven. Sara se apoyó en su hombro y se pasó toda la película haciéndole cosquillas en el pecho. La película era un drama sobreactuado, marcadamente caricaturesco, y, sin embargo, Sara daba la impresión de no reparar en ello. Cuando terminó, Julio quiso comentarlo, pero Sara se le adelantó, diciéndole que había sido la película más bonita que había visto en su vida.

De esos años de videoclub, Julio se acordó de pronto de *Pequeño Buda*, la película más decepcionante de Bertolucci. Al ver a Sara encantada con *Corazón salvaje*, se le vino a la memoria la anécdota del Dalai Lama acudiendo al estreno de *Pequeño Buda* y alabando la película con múltiples epítetos al salir. La gracia estaba en que, según se supo después, esa había sido la primera vez que el Dalai Lama había ido al cine. Se sonrió para sus adentros y se guardó la anécdota. En el fondo, valoraba aquella falta de cultura cinematográfica de Sara como una virtud, una suerte de inocencia virginal que la convertía en la compañera ideal para ver tragedias amorosas como *Corazón salvaje*.

Aprovechó un momento en que Sara se marchó al baño para poner en la caja de Colo Cao un billete de cien euros que sacó del sobre del cajón de Casilda. En la caja estaba todavía el billete de cincuenta de esa mañana, aquellos cien euros más eran por el artículo sobre el Cialis que solo con la generosidad y entrega de Sara –con su cuerpo, su hachís y su caballo– había podido escribir. En realidad, aún le quedaba escribir el grueso del artículo, pero le parecía justo adelantarle el dinero a Sara, al fin y al cabo, ella había hecho ya su parte del trabajo.

Serían las tres de la mañana cuando se dijeron adiós. Julio la ayudó a bajar la caja de cartón con la comida y se despidieron en la puerta del piso de Sara con un beso en los labios. Fue su último beso.

Lo despertó Jacinto, el portero, subiendo la persiana. A contra luz, con sus hechuras de oso y la mascarilla puesta, tardó en reconocerlo como ser humano.

—Su mujer me ha pedido que lo despierte —le dijo gritando—. Los de la empresa de fumigar llevan llamando a la puerta desde las ocho y media, macho, y tú roncando como un tronco.

Le costó ordenar las piezas del rompecabezas. Preguntó la hora y eran las nueve y diez. Necesitaba ducharse, desayunar, terminar de despejar la casa, no olvidar el sobre con el dinero del cajón de Casilda, hacer la maleta, encender el móvil y atender con paciencia la reprimenda de su mujer, que lo primero que le preguntaría era si le habían vuelto a picar las chinches. No recordaba haberla visto nunca tan asqueada como la tarde anterior. A lo mejor era por el cambio hormonal del embarazo. Ella que no tenía especial aprensión al coronavirus, le tenía pánico a las chinches. Lo primero era que el portero, que lo miraba a la espera de alguna explicación, saliera de su estudio y que les pidiera a los encargados de fumigar aplazar su labor un par de horas.

—Tengo que vestirme, Jacinto, ¿le puedes pedir a los de la empresa de mi parte que vuelvan hacia las once?

—Dígaselo usted, macho. Yo me voy ya, no se me vaya a pegar una chinche y la liemos. Han empezado por el baño.

—¿Y quién les ha dejado pasar?

—Su mujer me ha dicho que les abriera la puerta para que empezaran cuanto antes.

Cuando el portero se fue, Julio se vistió con los pantalones cortos, la camisa del día anterior y los zapatos de su padre, que eran los únicos que tenía a mano en el estudio. Salió al salón y buscó a los exterminadores, los encontró en la cocina. Eran dos, vestidos con un mono blanco en cuya espalda lucía en letras rojas el nombre de la empresa: 3Ds. Armados con linternas de rayos UVA y gafas de cristales amarillos estaban ensimismados siguiendo el haz de luz ultravioleta por cajones, grietas y junturas. Carraspeó para llamar su atención.

—Buenos días. Soy Julio, el dueño de esta casa. Sé que mi mujer o mi suegro les han pedido que viniesen con urgencia, pero no me han avisado a tiempo y tendría que ducharme y desayunar.

—Tranquilo, se puede duchar sin problemas, ya hemos revisado el baño, y casi hemos finiquitado la cocina.

—¿Matan a las chinches con la luz ultravioleta de la linterna?

—Eso sí que sería bueno. Aunque nos quedaríamos sin trabajo. La linterna es para descubrir a las chinches. Ahora estamos con la inspección para determinar con exactitud la operación que requiere su vivienda. De momento, no hemos visto nada. Aunque según su señora el foco está en el sofá cama del estudio. Usted dúchese sin problemas que a nosotros no nos molesta.

Si la noche anterior se sintió más dueño de su casa que nunca, esa mañana era como si fuera un huésped incómodo al que no paraban de recordarle su condición de subalterno. Podía ponerse serio y echarlos de la casa, pero no tenía ganas de pelearse con Casilda, así que se duchó, después de comprobar en el espejo que no tenía nuevas picaduras. Al salir del baño, uno de los exterminadores lo informó de que no habían encontrado chinches.

—Esa es la noticia buena. La noticia mejor es que por petición expresa de su esposa vamos a llevar a cabo una operación «tres des», porque lo mejor es curarse en salud.

—¿Y en qué consiste esa operación en tres dimensiones? ¿Me tengo que ir de casa?

—¿Se ha fijado usted en el logo de nuestra empresa? 3Ds: que significa que Desinsectamos, Desratizamos y Desinfectamos. Y también que para hacerlo como Dios manda, hay que desalojar el hogar durante tres días. –Julio no sabía si era por la mascarilla o por la manera de hablar o era por aquel cuerpo paticorto y la forma en la que gesticulaba, pero aquel hombre sin un solo pelo en la cabeza se asemejaba a un personaje de dibujos animados, tal vez el cazador que persigue al pato Lucas–. Se va usted a casa de su suegro y en tres días está de vuelta, con la tranquilidad de haber alejado de su hogar a chinches, cucarachas, ratas, ratones, hongos, bacterias, virus y hasta al mismísimo covid, que muere en cuanto le damos un zambombazo de ozono.

—¿Y tienen que empezar ya?

—Para eso nos ha contratado su mujer. Aunque también le digo que el plus por venir de urgencia no se lo cobramos porque su suegro es buen cliente nuestro. Ahora nos vamos a la furgoneta a por los avíos, los subimos y, como son ya casi las diez y media, bajamos al bar a desayunar y a las once y diez estamos aquí, y ya no puede haber nadie.

Mientras se hacía el café metió en una maleta su portátil, ropa para tres días y el sobre con el dinero que guardaba Casilda en el cajón de las bragas. Tendría que haberlo cogido antes de la inspección de los exterminadores, pero por lo abultado no parecía que hubiera sufrido merma. Desayunó, se cepilló los dientes, metió el neceser en la maleta y entonces encendió el teléfono. Tenía dos llamadas de su suegro y doce de Casilda a las que se sumaban otros tantos mensajes de wasap. Agradecía estar aún bajo los efectos del caballo; tras el desconcierto del abrupto despertar una saludable indiferencia lo blindaba ante aquellos mensajes altisonantes. Resignado, llamó a su mujer.

—¿A ti te parece normal que sea con mi marido con el último que hable esta mañana? Ya pensaba que no me ibas a llamar. Julio, por favor, que vamos a tener un hijo, no puedes seguir comportándote como si tuvieras quince años, ¿te pasa algo?

A Julio le hubiera gustado devolverle la pregunta, ¿qué le pasaba a ella?, ¿no era exagerado fumigar la casa entera durante tres días sin haber encontrado una sola chinche? Pero nunca había visto a su mujer tan enfadada y, de pronto, temió que se hubiera enterado de su romance con Sara. Si era así, la posibilidad más que probable de que se hubiera traído importadas las chinches de su piso añadían a la infidelidad un detalle lacerante más para Casilda. Era normal que estuviera enfadada. ¿Y si estaba esperando una confesión por su parte?

—No me pasa nada. No sabía que iban a presentarse tan temprano. Tenía el teléfono sin batería y, desde que me ha despertado el portero, lo que no ha sido muy placentero, por cierto, los exterminadores no me han dejado ni respirar.

—Bueno, ¿has tirado toda la comida?

—Sí.

—¿Te has acordado de coger el sobre con el dinero?

—Sí, ha sido lo primero que he guardado en la maleta, antes de que entraran los exterminadores en tu cuarto. Ya estoy a punto de salir de casa, ¿les tengo que dejar a estos una llave o el portero les deja las suyas?

—Que se las deje el portero.

—Estoy entonces en casa de tu padre en media hora.

—Ni se te ocurra. Ya lo que falta es que te traigas las chinches al piso de mi padre.

Así fue como Julio se pasó los tres días siguientes en casa de su amigo Mauricio, fumando porros, quitando malas hierbas del huerto y especulando con él sobre cuánto sabía Casilda acerca de la aventura con Sara. Era posible que estuviera al tanto, sin ir más lejos, desde que Julio le prestó la bicicleta. O no. Porque no era descabellado que aquel enfado, tan impropio en su carácter tranquilo, se debiera simplemente al asco que le provocaban las chinches. Una repulsión exacerbada por el embarazo.

—Ante la duda, cállate —le recomendó Mauricio—. Si no lo sabe se va a llevar un disgusto y está embarazada. A lo peor, se entera y te echa de casa… A mí no me importa hospedarte por un tiempo en el garaje, pero quedarse sin casa y también sin trabajo, no creo que sea lo mejor para un padre primerizo.

Los tres días que Julio pasó en casa de Mauricio dieron para mucho. Como se había olvidado el cargador del móvil, Casilda lo llamaba al teléfono fijo de la casa solo una vez al día. El enfado por las chinches se fue diluyendo y ya el segundo día Julio bromeó con ella asegurándole que se había despertado con el cuerpo lleno de nuevas picaduras. «Te quedas el verano entero con tu amigo», le contestó ella, antes de añadir que ya le gustaría a él.

Era verdad que no le habría importado quedarse allí, regando con Mauricio el huerto por las mañanas, encargando comida a domicilio a cuenta del sobre y recibiendo por la tarde a los amigos. Tenían el chalet para ellos, pues doña Juana, la madre de Mauricio, estaría hasta mediados de septiembre en las playas de Cádiz.

La primera noche se acercó a verlos Manuela con su perro. Unos años atrás, Julio había intentado emparejar a Manuela con Mauricio, pero no había funcionado. Mauri encontraba a Manuela demasiado nerviosa y, según Manuela, a Mauricio le gustaban cosas raras en la cama. Ninguno de los dos había querido entrar en más detalles con Julio. La experiencia, en cualquier caso, no debió de ser muy mala, pues de aquel intento amoroso frustrado nació una complicidad amistosa.

—Ya podías haber dejado a Rulfo en casa —dijo Mauri al abrirle la cancela—. Mueve tanto la cola que me va a tronchar las acelgas. Vamos a tener que atarlo.

—No, de verdad, que ahora a las nueve le doy unas gotas de CBD que se me queda el pobrecito más tranquilo que si fuera de peluche.

La verdad es que Rulfo, bajo los efectos del cannabidiol

que le había recetado el veterinario, demostró ser otro. Se pasó la noche tumbado bajo la mesa del jardín, mientras los humanos a su alrededor no pararon de hablar achispados por las microdosis de LSD que se pusieron bajo la lengua, la cerveza que bebieron y los porros que no dejaron de rular. Sus dos amigos recibieron con una alegría desbordante la noticia del embarazo. Al brindar por el futuro niño, medio vaso de la cerveza de Manuela se cayó sobre el lomo del perro, pero este ni se inmutó. Quiso Julio comentar lo efectiva que resultaban las gotas de CBD a la vista de la tranquilidad de Rulfo, pero el embarazo era para sus amigos un asunto trascendental.

—Al final, vas a ser tú el primero en ser padre. Qué fuerte, qué cosa. Y eso que decían los médicos que tenías el esperma perezoso. A mí no paran de repetirme que se me está pasando el arroz. No hay expresión que más odie que esa; la he escuchado tantas veces, que ahora hasta yo la uso.

—Bueno, Manuela, tener a Rulfo es como tener un niño tonto —le contestó Mauri—. Con lo que se les quiere a los niños tontos.

—A ver si lo vas a despertar y te va a mear las zanahorias. Julio, di algo, que estás muy callado.

—¿De lo tranquilo que está Rulfo?

—No, de cómo te sientes ante el desafío inminente de la paternidad.

—Todavía quedan muchos meses. Supongo que en algún momento sentiré un arrebato de amor. Yo qué sé. Ahora lo de las chinches no me deja pensar.

Fue Manuela, al oír los últimos episodios en la vida de Julio, la que supo resumir bien la densidad de acontecimientos y la encrucijada en la que se hallaba:

—Parece la sinopsis de una novela barata: cuarentón casado a la espera de su primer hijo y empleado a las órdenes de su suegro y su mujer, mantiene una relación adúltera con una vecina okupa que lo inicia en la heroína. Todo estalla cuando una plaga de chinches llega al hogar familiar.

La tarde siguiente se apareció Carlos por sorpresa. Harto de llamarlo al móvil y escribirle mails sin obtener respuesta, había telefoneado a Casilda, quien le había contado lo del embarazo, las chinches y el destierro transitorio en casa de Mauri. Cualquiera tras oír a Casilda se habría acercado a Julio con cautela, dispuesto a escuchar. Cualquiera menos Carlos, que se presentó con un gramo de cocaína dispuesto a escribir esa misma tarde el artículo sobre el uso recreativo del Cialis.

–Ya me ha dicho Casilda que vais a ser papás. Estaría bien que una de las historias de tu artículo fuera esa. El Cialis ayudando a procrear a un matrimonio aburrido.

Como esperaba Julio, la deriva pornosatírica del borrador que le había mandado le había resultado inconveniente:

–Solo te ha faltado meter a la Felpudito. Parece que lo ha escrito Mauri. Metes a la Felpudito y las amigas, la Pelamingas y la Tragalefa, y le pedimos a Manuel que lo dibuje. Sería un buen final para la serie, que muchos años después, Antón el Revientachichis sufra de impotencia debido a su politoxicomanía y se salve gracias al Cialis.

Mientras decía esto, con el tono dinámico y profesional de un comercial eficaz, Carlos empezó a poner rayas sobre la carcasa de un CD que había tomado al azar de la estantería. Julio y Mauri, tirados en el sofá y sin ánimo de ponerse productivos, lo miraban como si fuera un vendedor de crecepelo subido a un estrado. Se habían ido a la cama al amanecer, después de despedir a Manuela y de haber regado a continuación el huerto para no tener que levantarse pronto; habían dormido más de ocho horas, pero, quizás debido a la cerveza, a los porros y a lo mucho que hablaron por la noche, o tal vez por el banquete pantagruélico de sushi a domicilio que habían engullido a las cinco de la tarde, estaban todavía adormilados. Y Carlos traía otra velocidad. La velocidad del estimulado reportero que abre su portátil, enciende la grabadora del móvil y empieza a disparar:

–¿Qué es para ti lo más importante del Cialis? Si tuvieras que contarnos a Mauri y a mí por qué el Cialis es un invento maravilloso, ¿qué dirías?

Saber que iba a ser padre, la reacción excesiva de Casilda al ver la picadura de la chinche en su brazo izquierdo, la resaca de la noche anterior, le habían alejado kilómetros del asunto del Cialis. Si hubiera tenido a mano su cuaderno le habría sido más fácil dar una respuesta atinada. Pero su cuaderno ahora estaba siendo desinsectado, desratizado y desinfectado en su casa. Carlos no dejaba de mirarlo expectante. Con seguridad su constancia obsesiva había hecho de él un periodista, si no de éxito, sí de los pocos que podía presumir de tener un buen sueldo. Pero qué pesado resultaba para los amigos que tenían que soportarlo.

—Tómate una raya antes de responder, te aclarará las ideas.

Le hizo caso y esnifó una de las seis rayas que había preparado Carlos sobre la carcasa de un CD que era de Fabrizio De André. *Canzoni*, con la adaptación que hizo de «Suzanne», de Leonard Cohen, al italiano, y con la «Canzone dell'amore perduto», un tema del que también existía una versión memorable en voz de Battiato. Carlos seguía mirándolo como un perro esperando un hueso, ¿qué era lo importante del Cialis?

—Que el Cialis permite cumplir con el mito de Don Juan, el mito del hombre siempre erecto, disponible para satisfacer a cuantas mujeres se lo pidan.

—¿Eso es lo que te parece más destacable?

—Sí. La idea del hombre con la que hemos crecido es la de un ser obsesionado con meterla y siempre obediente al reclamo femenino. Y las relaciones entre sexos están determinadas por esta idea, y la mayoría de los hombres, sobre todo a partir de una edad, no podemos cumplir con la exigencia de estar empalmados en todo momento. —Julio se había puesto de pie y daba vueltas alrededor de Carlos dejándose llevar por el impulso parlanchín de la cocaína, como si estuviera revelando un secreto fundamental—. Y si no estás empalmado la mujer interpreta que no sientes deseo hacia ella. Pero puede deberse a que estés nervioso, a que te hayas hecho una paja unas horas antes o a que efectivamente no sientas un deseo feroz hacia ella, porque te cuesta desear, porque el deseo en tu caso se despierta después de la intimidad, no en los primeros polvos. Pero, claro, si no te empalmas la primera vez es difícil tener otra oportunidad. Ella puede no querer volver a verte o, lo que es más terrible, te acuestas de nuevo con ella pero el precedente te influye, la carga de la exigencia es mayor, y al final tampoco te empalmas...

–No tendría que haberte invitado a una raya –lo interrumpió Carlos–: ¡qué manera de hablar!

–Lo que quiero decir es que el Cialis evita que hagamos el ridículo del todo.

–Pero si no deseas a una tía –terció Mauri–, ¿por qué te la quieres follar?

–Pues para pasar un buen rato, para entretener lo poco que nos queda de instinto, para conocer gente... Por lo que sea, follar se ha vuelto sospechoso, se ha llenado de gravedad. El Cialis es lo que nos permite volver a la ligereza y el disfrute, sin tanto lastre.

–Entre maricones, si no te empalmas pones el culo. No es tan grave. Yo no sé por qué no os habéis vuelto *gayers*. La próxima vez que quedemos os voy a llevar a un piso de alegría que hay cerca de tu casa en Lavapiés. Y si no sentís deseo hacia otros hombres, os tomáis una pastillita y a follar, ¿qué más da el deseo?

–No, el deseo sigue cumpliendo su papel, pero esto es el empujoncito que nos hace falta. Si nos condenan a la impotencia, el Cialis nos devuelve la sangre a las venas, nos permite volver a ser don Juanes, a dejar satisfechas a las mujeres. El Cialis es la última barrera de defensa contra la domesticación de los hombres.

–Bueno, está bien. Pero para el artículo no se puede decir así.

Hacía años que no se metía una raya de coca. Las pocas veces que había esnifado cocaína se había visto acorralado por una ansiedad imprecisa que nunca encontraba satisfacción. No era para él una droga placentera. Cuando en las fiestas aparecía la cocaína y todos se ponían de palique como muñecos articulados por un resorte, Julio se hacía un porro y contemplaba el espectáculo con desdén. Sin embargo, debía reconocer las bondades del «toque amargo», que decía Lola Flores, esa subida tan marcada y casi instantánea que procuraba, desatando la lengua y abriendo un espacio de cercanía con los otros. Nada que ver con el caballo, que despertaba en Julio querencia por el solipsismo.

Hablaron de repartir las opiniones de Julio en varios personajes: el hombre casado que preña a su mujer, el soltero al que el Cialis brinda un apoteósico triunfo sexual en la primera cita con un ligue de Tinder, el viejito que consigue una erección después de años y experimenta un viaje en el tiempo, el comercial que en la cena de empresa se emborracha con su jefa y consigue gracias al Cialis follársela de pie en el servicio de señoras. Carlos incluiría la historia homosexual, el Cialis en un contexto de complicidad masculina. Cuando ya tenían la lista hecha, Julio le preguntó qué pasaba con el consumidor de heroína que estaba en el borrador.

–Lo menos publicable del texto que me mandaste no eran las descripciones sexuales explícitas, era que hubieras tomado como ejemplo a un yonqui.

–No es un yonqui, es un consumidor esporádico de heroína. No creo que las cinco rayas que te has metido tú en esta media hora sean más saludables que un tiro de heroína de cuando en cuando.

–No es una cuestión de salud. Nos dirigimos a un lector medio, y cualquiera que lea tu texto va a pensar que estás frivolizando. La gente identifica la heroína con la muerte y la adicción, no puedes escribir un artículo divertido sobre Cialis y poner de protagonista a un yonqui que no puede empalmarse cuando está puesto. Queda siniestro.

–No si se distingue entre el abuso de un yonqui y el uso razonable y esporádico de la mayoría de los que consumen heroína. Yo creo que el lector agradecerá que alguna vez se hable del caballo apartándose del relato típico del adicto que pasa del cielo al infierno y acaba, si salva el pellejo, en el purgatorio de una existencia sin brillo.

—Puede ser, pero ese es otro artículo y no se podría publicar en la revista que dirijo. No puedo arriesgarme a que nos acusen de apología de las drogas.

—Pero si tú eres el primero que se droga.

—Hay drogas y drogas. Acabamos de publicar un reportaje sobre Hollywood y el cannabis. Pero un artículo que hable del uso razonable de la heroína no te lo publica nadie. ¿A que tú lo firmarías con seudónimo? No se me ocurre otro tema sobre el que exista tanto consenso como el que hay con lo mala que es la heroína. Más incluso del que hay con la violencia de género. Si tú niegas la importancia de la violencia de género no te dejan publicar en *El País*, pero sí en *El Mundo*. Pero en el caso de la heroína, prácticamente todos los medios, por no decir casi todo el mundo menos aquellos que como tú la han tomado tres veces en su vida, esporádicamente, como tú dices... No me acuerdo qué estaba diciendo. Me pongo otra raya a ver si me despeja la cabeza.

—Pues vaya asco de periodismo y de consenso. Con lo bien que te vendría a ti y a muchos dejar por un tiempo la coca y pasaros al caballo. Así los amigos no tendríamos que aguantaros las chapas interminables cuando estáis enzarpados.

Antes de que la discusión fuera a más, Mauri los sacó al jardín y el frescor del huerto y la brisa nocturna relajaron la tensión. Julio sacó del sobre un billete de cien euros e hizo un pedido de tres pizzas familiares, una ensalada de tomate con burrata, dos botellas de lambrusco y tres tiramisús. La cocaína les había quitado el hambre y, finalmente, solo comieron con esfuerzo una de las pizzas. Carlos se marchó a medianoche con el propósito de escribir el artículo sobre el Cialis y enviárselo al día siguiente para que lo revisara. Julio le dijo que sí, sabiendo que Carlos sabía que no pensaba revisar nada. Lo más probable era que ni lo leyese.

El piso olía a piscina. Más que a piscina, pensó Julio, a betún o a la brisa que corre por las calles justo ante de llover. A eso olía el ozono mezclado, supuso, con el resto de productos para conseguir las tres des: desinsectar, desratizar y desinfectar. Puso el móvil a cargar y a continuación, como le había pedido su mujer, abrió de par en par todas las ventanas para ventilar y se dispuso a fregar el suelo de las habitaciones. Después de la limpieza desinfectante, un repaso de agua con escamas de jabón de Marsella conjuraría el peligro de los productos químicos, que también inquietaban a Casilda, cuyo embarazo le había dado la potestad para exigirle a él cumplir estrictamente con sus imperativos higiénicos.

Empezó por el cuarto reservado para el bebé. Aquella labor la sentía Julio como el final de la penitencia impuesta por la posibilidad de haber traído chinches a casa. Si barrer el polvo le molestaba, pasar la fregona humedeciendo las baldosas podía ser una actividad agradable. Lo que era una locura era tener ya montada al completo la habitación del bebé. Hasta los primeros cajones del armario atesoraban bodis, camisetas y pijamas unisex para que al niño o la niña no le faltara de nada en sus primeros días. No sabía cuánto tiempo llevaba esa ropa en el armario, no era improbable que estuviera allí desde que entraron a vivir al piso, dos años atrás, después de la boda. El piso estaba vacío, pero el cuarto del bebé contaba con cuna, armario, cambiador, mecedora para dar el pecho y escultura móvil de peces de colores colgando del techo. Una muestra del sentido del humor de su suegro, al que no le bastó pedir de palabra un nieto. El nacimiento sería en abril de 2021, casi cuatro años tendría la ropa antes de que el bebé la estrenara. Julio no era supersticioso, pero percibía en aquella ropa nueva que también era vieja un reclamo ambivalente. Fue al cambiar el agua del cubo cuando oyó que del patio principal subían voces. Se asomó por la ventana de la cocina y allí estaba el portero con tres policías nacionales, el funcionario de la Tesorería y una mujer con traje de chaqueta que sería la jueza. Iban a desalojar el piso de Sara.

–Por las buenas o por las malas. Si no abres la puerta, la tiramos abajo. Tú verás –gritaba el portero hacia las ventanas del primero.

Cogió las llaves de casa y el manojo de llaves del edificio y bajó a toda prisa. El portero, la jueza y el funcionario estaban ya frente a la puerta de Sara. Pasó con discreción por el descansillo para que no lo vieran y en el último tramo se cruzó con cuatro policías que subían con un ariete para abrir la puerta por la fuerza. No tenía mucho tiempo. Cruzó el patio principal y se metió por la sala de juntas hacia el patio interior. Del cuarto de calderas sacó la escalera y la tendió hasta la ventana del dormitorio de Sara. Subió y arrancó el cartón que cubría el roto del cristal. Del interior llegaban los golpes del ariete contra la puerta. «Sara», dijo con la voz queda entre golpe y golpe. «Sara», repitió con las manos puestas a modo de bocina. No quería entrar, ¿qué le diría a la jueza, al portero, al funcionario de la Tesorería y a los policías si lo encontraban allí dentro? También era posible que en el piso no hubiera nadie. O que Sara hubiera conseguido un arma y se enfrentara a tiros con la policía. Recordó sus palabras cuando le advirtió semanas atrás que podían desahuciarla: «A ver si tienen cojones de echar a la calle a una mujer española y sin trabajo».

La habitación estaba vacía; una almohada y una camiseta tiradas en el suelo eran el único resto que quedaba del dormitorio. La policía seguía dando golpes con el ariete. Era probable, por lo que estaban tardando, que Sara hubiera atrancado la puerta con muebles. La adrenalina le había acelerado el ritmo cardiaco y las orejas le ardían. Era mejor no pensar. Metió la mano por el hueco de la ventana y la abrió girando la falleba. De un salto estaba dentro. Se asomó con cautela al pasillo y vio que efectivamente habían hecho con todos los muebles de la casa una barricada que llegaba hasta allí. La cerradura había saltado y las voces de la policía se oían más cerca. Sin atreverse a salir del dormitorio, desde la puerta, gritó en dirección a la cocina:

—¡Sara, soy yo!

No podía gritar más sin arriesgarse a que el portero o los vecinos que estarían fuera observando la escena reconocieran su voz. Tampoco quería adentrarse más allá por temor a que los policías en su avance desplazaran la barricada hasta bloquear el paso e impedirle la retirada. Sentía la presión sanguínea en las sienes y en las orejas. De haber tenido una ametralladora o una bazuca habría disparado sin piedad hasta que no quedara nadie al otro lado. La cabeza le iba a estallar. Repitiendo el nombre de Sara echó a correr en dirección a la cocina. «Sara, Sara, Sara...». Se asomó a las otras dos habitaciones y al salón sin ver a nadie. Entró en el cuarto de baño y allí estaba Sara sentada dentro de la bañera vacía, agarrada a la caja de Colo Cao y meciéndose hacia delante y atrás como una loca.

—Sara, soy yo. Soy Julio. Tenemos que irnos. —Ella lo miró y por lo que tardó en sonreír, Julio se dio cuenta de que estaba puesta de caballo.

—Yo sabía que vendrías a salvarme.

—Ponte de pie, por favor.

Julio la cogió en brazos como a una recién casada y avanzó por el pasillo hasta el dormitorio. La policía ya había destrozado la puerta y estaba sacando los muebles de la barricada para poder entrar. El pasillo estaba a oscuras, pero no podía estar seguro de que no los hubieran visto. Cerró la puerta del dormitorio tras de sí y al asomarse al alféizar vio que Moctar estaba bajando por la escalera.

—¡Eh, no te escapes! —le dijo—, ayúdame a bajar a Sara, que no está en condiciones.

Moctar pareció dudar un segundo, pero volvió a subir.

Julio la sentó en el alféizar y le hizo girarse para que pudiera apoyar los pies en los peldaños. Sara miró entonces al cielo, como encomendándose a una divinidad celestial, y dijo: «Estoy mejor de lo que parece».

—Sara, tienes que bajar. Moctar va detrás de ti y yo te sujeto de la mano.

—La mano no, puedo sola. Coge tú la cajita.

Descendió despacio, con el aplomo tembloroso de un funámbulo a punto de caerse, y a la mitad de la escalera soltó las manos del travesaño y se echó en brazos de Moctar, que la dejó en el suelo con impaciencia. Julio bajó tan deprisa que en los últimos peldaños resbaló, con la única consecuencia de que la caja de Colo Cao que traía apretada en la axila del brazo izquierdo salió despedida. Sorprendentemente Sara tuvo los suficientes reflejos para cogerla al vuelo. El aire del patio y el desafío del descenso la habían despertado del letargo.

—¿Por esa o por esa? —preguntó Moctar señalando las puertas.

—Por aquí —respondió Julio mientras abría con llave la puerta de la sala de juntas—. La puerta del fondo se abre empujando. Da al patio principal, lo cruzáis y estáis en el vestíbulo. Yo guardo la escalera y voy.

Moctar salió disparado. Sara fue detrás, pero a los pocos pasos se volvió para entregarle el cofre del tesoro.

—Toma, que si me lo ve la policía se lo queda. Ya vendré a verte para que me lo devuelvas.

Julio guardó la escalera y escondió el cofre en el cuarto de calderas, echó la llave y corrió a la calle con la intención de despedirse o de celebrar que la huida había sido un éxito y que los policías son unos inútiles. Hacía tiempo que no se sentía tan vivo, tenía ganas de llorar de alegría, de romper los cristales del coche patrulla que estaba aparcado en el portal o de quemar la fila de contenedores de basura. Bajó a toda prisa hasta llegar a la esquina con Argumosa, pero Sara y Moctar habían desaparecido.

Meses después del desalojo, Julio seguía esperando que Sara se presentara para recuperar su cofre de Colo Cao. El tesoro era una china de hachís del tamaño de una cajetilla de tabaco, una pequeña roca de caballo que no sería de más de un gramo, un librillo de papel de fumar OCB, una carta del tres de picas de la baraja francesa, tres bobinas de hilo y dos bolsitas con cuentas de colores para hacer abalorios, unas tijeras, tres alfileres, un metro aproximadamente de papel de plata plegado con esmero para que no se arrugue, un mechero estampado con la cara del Camarón de la Isla y otro blanco con manchas negras como el pelaje moteado de un dálmata, dos pendientes desparejados sin mayor valor, uno con forma de pluma y el otro con forma de corchea. No quiso tocar nada de la caja y envuelta en una bolsa de plástico la escondió tras los libros de la estantería de su estudio, a la espera de que Sara se presentara a por ella.

Pensó muchas veces en el reencuentro, especulando acerca de las peripecias y detalles que continuarían la historia de sus amores secretos. Con ligeros cambios en la escenografía, el vestuario y el orden de los acontecimientos, la escena, tal y como se la representaba Julio en su cabeza, bien podría ser el final feliz de una comedia romántica al uso. Con la salvedad, eso sí, de los elementos pornográficos y politoxicómanos que le daban un barniz contracultural al conjunto. O la ambivalencia moral que suponía una relación mediada por el dinero y su condición de adúltero con esposa embarazada.

Las primeras semanas, el relato con el que fantaseaba traía a Sara hasta su puerta. Llamaba al timbre y Julio abría fingiendo sorpresa, le decía «No te esperaba ya» o «Sabía que vendrías».

Ella se tiraba en sus brazos y lo besaba, revolviéndole la cabellera a contrapelo, o se aparecía con mascarilla manteniendo una distancia que no tardaba en romperse al tomarla de la mano y decirle «Adelante, te estaba esperando». Como desde que supo que estaba embarazada y que el hogar había sido desinsectado, desratizado y desinfectado, Casilda dejó de ir a la oficina, Julio incluyó la variante de marcharse con Sara a un hotel. Los pocos hoteles que no habían cerrado debido a la pandemia ofrecían precios baratísimos. En la misma plaza de Lavapiés tenía un Ibis a cuarenta y cinco euros la doble si era entre semana. Aunque tal vez el Ibis, tan moderno, no contara con bañera. ¡A Sara le gustaba tanto darse baños de agua caliente! Entonces también era posible que lo llamara al telefonillo y que Julio le dijese «Ahora mismo bajo», y cogiera la bolsa con el cofre del tesoro, se despidiera de Casilda con cualquier excusa y se marchara con Sara a un hotel con o sin bañera. Y allí hacían el amor, por supuesto dos veces, porque la primera Julio se corría nada más meterla. Y esnifaban caballo y fumaban porros sin parar y, si por un casual, el humo hacía saltar la alarma antiincendios de la habitación, seguían a lo suyo, celebrando de paso que una lluvia refrescante los empapara en pleno verano.

Cada acción que acometía con Casilda tenía un sentido práctico; con Sara, en cambio, había conseguido perder el tiempo sin objetivo alguno y sin mayor cargo de conciencia. ¿Había goce mayor que ese? ¿Cómo no echarla de menos ahora que ya no vivía cuatro pisos más abajo? Y ella, ¿lo echaría de menos a él? Julio había dado instrucciones al portero de que si aparecía no le impidiera el paso y que, de no estar él en casa, lo llamara sin falta por teléfono para avisarle.

—Me tiene que dar la llave del candado de la bicicleta.

Con el paso de los días le insistió varias veces sobre el asunto, con despreocupación, sin querer demostrar demasiado interés. No se fiaba de Jacinto, y confiaba en que Sara acudiera a una hora fuera del horario de portería. Sin embargo, y por si acaso, debía despejar los obstáculos que pudieran desviar o entorpecer el reencuentro.

También le preguntó a Suleimán si sabía algo de ella, si sabía dónde paraba. ¿Habría encontrado ya un piso o estaría alojada en un albergue? Suleimán subía por las escaleras al piso de Elena, que ahora era su casa, calzado con unas Nike Jordan y embutido en unas relucientes calzonas rojas a juego con una camiseta de tirantes, dejando tras de sí una estela con olor a suavizante. Lo llamó desde el rellano de la planta baja y le explicó lo de la llave del candado, pero Suleimán no sabía, «No tengo ni idea», decía, para añadir a continuación que «Sara no es buena persona» y recomendarle que cambiara el candado para evitar el robo de la bicicleta.

A las dos semanas, Julio se tuvo que marchar con Casilda de veraneo a una playa del Cabo de Gata. No volvieron a Madrid hasta septiembre. Al contrario de lo que pueda esperarse, la playa no sirvió para olvidar a Sara. Es más, la rutina de descanso en compañía de Casilda acrecentó la nostalgia de aventuras. La falta de entusiasmo sexual por parte de Casilda también ayudaba. Desde el episodio de las chinches, Julio intuía en ella una reserva escrupulosa hacia él. Se besaban con cariño y Casilda buscaba más el abrazo de Julio, pero de follar nada. Como si la pasión reproductora de los dos últimos años hubiera sido el final de su relación sexual y el embarazo el comienzo de una hermandad poco dada al incesto.

La sospecha de que esta inapetencia pudiera deberse al conocimiento de la infidelidad quedó despejada poco después cuando Casilda le contó que se había encontrado a Sara en la consulta de la matrona. Simplemente a Casilda ya no le apetecía follar y Julio tampoco iba a insistir, aunque le resultaba un poco triste que su vida sexual se redujera exclusivamente a la masturbación.

Una noche de regreso de la fiesta que hizo Manuela por haber recibido un premio de poesía, pasó por la calle Montera y una prostituta negra lo abordó. A Manuela esa noche se la veía muy contenta, por los tres mil euros del galardón y por la publicación inminente del que sería su primer libro. *Ahí es nada*, se titulaba el poemario, y Manuela no paraba de repetir a cada nuevo invitado que se presentaba que había ganado el premio gracias a conocer al presidente del jurado, un cliente asiduo de la librería, un señor mayor que la pretendía. Julio estaba contento por ella y seguro de que aquellos poemas valían de sobra el premio que le habían concedido, aunque no pudo evitar sentir que Manuela estaba en otra aventura de la que él no formaba parte. Prefería estar con ella a solas, paseando a la deriva y centrados el uno en el otro, que perder el tiempo en aquel piso pequeño y lleno de gente en el que apenas se podía hablar.

No se quedó hasta muy tarde y, de vuelta a casa, el deseo de darle otro final a una noche sin brillo le hizo aceptar la invitación de la prostituta. Subió con ella a una pensión por horas dispuesto a llenar por un rato el vacío de su vida o, al menos, a resarcirse de la abstinencia sexual de los últimos meses. La chica no tendría más de veinticinco, no era desagradable de cara y tenía el cuerpo fornido y atlético, como dibujada por Robert Crumb. Julio nunca se había acostado con una negra, y la chica era simpática, no hablaba mucho, pero se reía y parecía estar cómoda con él. Aunque ella le había pedido treinta euros, Julio le pagó por adelantado los setenta que tenía en la cartera, cincuenta como a Sara y veinte por la habitación, un cuchitril con cortinas de flores y como único mobiliario una silla de jardín de plástico blanco para dejar la ropa y una cama de matrimonio sin cabecero vestida con sábanas rosas y una colcha amarilla. Como la polla perdía turgencia en cuanto trataba de calzarse el condón —hacía años que no se ponía uno— no llegó a penetrarla como le hubiera gustado. La chica se concentró en devolverle la erección chupándosela y cuando fue a colocarle el condón por segunda vez Julio le pidió que lo dejara y siguiera la felación hasta el final. Luci, así se hacía llamar la chica, lo hacía muy bien, con la lengua se concentraba en el glande mientras con uno de sus pechos neumáticos y de negrísimos pezones ejercía en los testículos una presión intermitente. Se corrió con gusto, pero la experiencia en conjunto le resultó un poco

311

deprimente. Nada que ver con la alegre suspensión del tiempo que vivía cuando estaba junto a Sara.

A finales de noviembre sacó del cofre del tesoro la china de hachís. Se estaba empezando a quedar seco, pero seguía siendo excelente, y le permitía descansar de la marihuana que le había dado Mauricio. Ya arreglaría cuentas con Sara, si es que volvían a encontrarse. Julio no se perdonaba no haber memorizado sus apellidos el día que vio su carnet de identidad. Descubrir que había nacido en 1994, que era dieciséis años más joven que él, lo distrajo. De saber sus apellidos quizás le hubiera sido más fácil dar con ella. Solo le quedaba aquella caja de recuerdo, una caja de hojalata sucia, pintada con trazo infantil y oxidada por los bordes; si Casilda la encontraba no dudaría en tirarla a la basura.

Una noche en la que volvió al cofre, en esta ocasión para tomar un poco de heroína, decidió limpiarlo a conciencia. La última vez que había esnifado una raya de caballo se la había preparado Sara, la última noche que pasaron juntos, viendo en su estudio *Corazón salvaje*. ¿Cómo era posible que se hubiera olvidado tan pronto de él? ¿Por qué no venía a verle? No era tampoco normal en ella confiarle la caja de Colo Cao con una china de hachís que podía valer cien euros y un gramo de caballo que, según había leído en internet costaba unos cuarenta euros en el poblado de Valdemingómez, habiendo alcanzado los sesenta durante el estado de alarma, debido a las dificultades de distribución que implicaban las limitaciones al movimiento. No le cuadraba que una persona que vivía del menudeo renunciara a unas drogas que le podían reportar ciento cuarenta o ciento sesenta euros.

Esnifó dos pequeñas rayas y se puso a ver un capítulo de la serie inglesa *Endeavour*. A la media hora, ya plenamente bajo los efectos heroicos, le empezó a costar seguir los subtítulos y el suspense perdió interés. Encendió la luz y cerró la página de Filmin. El cofre del tesoro estaba encima de la mesa, sacó cuidadosamente lo que había dentro y decidió limpiarlo. En un vídeo de Youtube aprendió que el limón y el vinagre blanco eran útiles para quitar el óxido de la hojalata, pero ¿y si saltaba la pintura y el cofre retornaba a ser una vulgar caja de Cola Cao con el negrito del África tropical y su mamá? Optó por fregarla por dentro con estropajo y detergente lavavajillas y por fuera quitarle la roña acumulada, que era mucha, con un paño húmedo para no dañar las flores y las letras de Colo Cao que Sara pintó con más alegría que destreza. Luego, con discos de algodón desmaquillantes empapados en alcohol, limpió las tijeras, los pendientes, mecheros, bolsitas y alfileres. Como si de un ritual purificador se tratase Julio se apropiaba así de aquel cofre, con la seguridad de que, al estar limpio, si Casilda daba con él no se atrevería a tirarlo, como había hecho meses atrás con una vieja navaja de Julio al ver que tenía la hoja oxidada.

Y poco después fue cuando Casilda se encontró a Sara en la sala de espera de la matrona. No se lo podía creer, Julio había asistido a todas las citas anteriores, y a esta no había podido por tener que encargarse de explicar el presupuesto de una reforma a unos clientes. Era esa una labor exclusiva de su suegro o de su mujer, pero, debido a que su suegro se encontró indispuesto a última hora y Casilda tenía cita con la matrona, le tocó a él.

—¿A que no sabes con quién me he encontrado en la sala de espera? ¡Me ha dado una pena! —empezó Casilda, después de haberle informado de que el embarazo seguía correctamente su curso y que al niño, porque era un niño, «ya se le veía la pilila en la ecografía»—. A la okupa del primero. Se llama Sara y hemos estado hablando un rato largo.

—¿Y qué hacía allí?

—Lo mismo que yo. Y también estaba sola, la pobre. Está embarazada de veintiséis semanas, una semana más que nosotros.

Julio siguió la conversación con disimulo. Por cómo hablaba Casilda la sospecha de que supiera algo de su infidelidad quedaba totalmente descartada. Pero ahora eso no le importaba en absoluto.

—¿Y dices que lleva embarazada más o menos tiempo que tú?

—Una semana más. Se cuenta desde que tuvo la última regla.

—O sea que a lo mejor se ha quedado embarazada después que tú, aunque la regla la tenga unos días antes.

—No creo. A lo mejor un par de días. Depende de cuándo tenga ella la ovulación. ¿Qué más da?

—No sé, por curiosidad, para saber si ha sido antes o después de que la desalojaran. ¿Y no te ha dicho nada del padre?

—No. Ha estado simpática, pero se la veía muy despistada. No se ha conectado a las clases de preparación al parto, dice que como no tiene internet. Le he dicho que se podía conectar con el móvil.

—¿Te ha dado su teléfono?

—No, ¿para qué me lo iba a dar?

—Para llamarla y que me devuelva la llave del candado de la bicicleta.

—Es verdad, se lo podía haber dicho yo.

—¿Y te ha dicho dónde vive ahora?

—No. Es una niña.

—Sí, es muy joven.

—No digo ella, digo que va a tener una niña.

Una niña, ¿y si él era el padre de esa niña? La negativa de Sara a recoger la caja de Colo Cao podía deberse a la decisión de marcar distancias con él por el embarazo. O era una estrategia para evitar que la convenciese de que abortase. No tenía una especial predisposición a la crianza y la posibilidad más que probable de que fuera a tener dos hijos a la par de madres distintas lo llenó de zozobra. ¿Y si Sara estaba esperando a que la niña naciera para presentarse en su casa exigiéndole que ejerciera como padre de la criatura? ¿Cómo se lo tomaría Casilda?

314

Intentó lo que estuvo en su mano para localizar a Sara. El inminente nacimiento de su hijo con Casilda quedó en segundo plano. Eso sí, ya no se le ocurrió faltar a ninguna cita médica y la gravedad que a menudo nublaba su rostro al pensar en Sara y la niña que iba traer al mundo, servía para mostrarlo ante Casilda como un hombre responsable, preocupado por el parto y por estar a punto de ser padre de su hijo.

–No te angusties que todo va a salir bien –le decía Casilda sin intuir el origen del tormento que estaba sufriendo.

Lo primero que hizo Julio fue personarse en el centro de Salud de Lavapiés con el propósito de conseguir la dirección y el teléfono de Sara. Pero antes de poder llegar al mostrador de información, lo echaron sin contemplaciones. Era la segunda gran ola de contagios por coronavirus y todo se hacía por teléfono. Así que lo segundo que hizo fue llamar por teléfono. Los tiempos de espera eran insufribles y cuando por fin consiguió hablar con una administrativa no hubo manera de sonsacarle nada. La ley de protección de datos impedía revelar una información confidencial como aquella. Lo que más rabia le dio fue que la administrativa, a partir de los datos que le facilitó de la última cita de Casilda, hizo la búsqueda en el ordenador y debía de tener en su pantalla, mientras hablaba con él, la dirección y el teléfono de contacto de Sara. Al no saber sus apellidos no podía fingir que era un familiar, así que le contó que habían sido vecinos en la comunidad de la que él era presidente y que, el día de la mudanza de Sara, su gato, el gatito de Sara, se había escapado reapareciendo unos días después. Así que necesitaba contactar con ella para decirle que fuera a recoger el gato.

Se ve que la invención del gato ablandó por un momento el corazón de la mujer, ¿quién no siente lástima por un gatito perdido en la gran ciudad?

—¿Me puede decir cuál es su dirección? —preguntó la mujer poniéndolo a prueba—. En la base de datos tengo dos direcciones anteriores de la que dice usted que es su vecina.

No hubo suerte. Según la administrativa ninguna dirección de las registradas en la tarjeta sanitaria de Sara coincidían con las señas que le estaba dando Julio. Y la explicación de que era okupa y por eso no se había empadronado sonó muy rocambolesca. Tampoco fue convincente al atribuir a un olvido propio de embarazadas que su mujer no le hubiera dicho a Sara nada del gato.

—¿No puede decirme al menos la próxima cita que tiene con la matrona? Igual que ha coincido hace dos días con mi mujer, podría volver a coincidir, ¿no? ¿No me podría decir al menos si en la próxima cita que tiene programada mi mujer para el martes 26 de enero está también citada Sara?

—Mire, las citas no funcionan así y por la ley de protección de datos no puedo decirle más. Y tampoco puedo seguir perdiendo el tiempo con usted, estamos en una emergencia sanitaria y, en este mismo momento, hay gente cuya vida peligra que no está siendo atendida por tener la línea ocupada.

Renunció a seguir buscando, pero no dejó de elucubrar acerca de las consecuencias de tener una hija con Sara. Consideró la opción de contratar a un detective privado, pero luego pensó que era más conveniente esperar. Si la hija era suya lo mejor era enterarse lo más tarde posible. El disgusto de Casilda al saberlo podía precipitar el parto o amargarles las últimas semanas del embarazo. Antes de que Casilda lo supiese, habría que hacerle a la niña una prueba de ADN para determinar si realmente él era el padre. Lamentaba haber procedido con Sara con tanta despreocupación y no haberse puesto preservativo. Estaba claro que su esperma era cualquier cosa menos vago. También Sara, por edad, estaba rebosante de fertilidad. Se había pasado dos años intentando tener un hijo con Casilda y en pocos meses y, si no recordaba mal, corriéndose siempre fuera, había preñado a Sara.

Las doce semanas finales del embarazo fueron difíciles para Julio, menos mal que tenía heroína a mano y podía con ella desconectar un par de veces por semana del tormento mental que lo acuciaba. Tomaba siempre la misma dosis y se cuidaba de espaciar las tomas dejando entre medias al menos tres días para no crear una tolerancia que le obligara a incrementar las dosis, con el consiguiente problema de dependencia que podía crearle. Ya lo que le faltaba era engancharse a la heroína, aunque en algún momento pensó que, en el caso de que Casilda se enterase de que había dejado a la vecina okupa embarazada, sería la excusa perfecta para lograr su comprensión. Podía acogerse al asentado relato de que tomar heroína era sinónimo de ser yonqui y ser yonqui sinónimo de estar enfermo y carecer de voluntad. «No quise decírtelo, pero, sin darme cuenta, me enganché al caballo y cometí muchas fechorías. Entre otras, dejar embarazada a mi camella, la vecina okupa». Agravar la situación podía funcionar al principio, pero Casilda no era tonta y no tardaría en echarlo de casa.

Además de la heroína que le aliviaba algunas noches, se agarró a la rutina del trabajo para no pensar. En el supuesto de que Casilda se enterase, era fundamental que su labor en la empresa no fuera un privilegio familiar. Ganarse su puesto día a día en Anella Construcciones era una cuestión estratégica, y a la vez una distracción reconfortante: mientras trabajaba en las reformas no pensaba en Sara.

Más que nunca Julio se había convertido en el marido ejemplar de una mujer tan entregada al trabajo como Casilda. Que estuviera en casa, sin ir a la oficina le permitía a Julio preparar con ella a primera hora la agenda de la jornada y, a última hora, repasar los acontecimientos del día. Ahora era ella la que más tiempo pasaba en casa. Y parecía disfrutarlo o así lo daba a entender, con alabanzas y palabras cariñosas, llamando a Julio con ronroneo mi hombre y hasta

317

mi jefe, mostrándose encantada con su manejo en las cuestiones laborales:

—Como sigas así, Yuli, me voy a poder coger la baja entera.

Hasta su suegro, siempre un poco más receloso, empezó a consultarle sobre algunas decisiones y a delegar en él el trato con los clientes importantes. Esta confianza se debía en primer lugar a las precauciones que adoptaba su suegro con el coronavirus, limitando los contactos fuera de su grupo burbuja, pero no solo, pues Julio notaba una creciente estima que venía subrayada por gestos de reconocimiento ante los trabajadores de la empresa.

Contrariamente a lo que pensaron, con la pandemia se había incrementado la demanda de reformas. Después de estar meses encerrados en casa, el que no quería reformarla quería cambiarla por otra más grande. Los trabajadores precarios habrían empeorado su situación, pero los que habían mantenido sus trabajos, gracias al confinamiento, habían podido ahorrar como nunca. En Anella Construcciones habían tenido incluso que rechazar clientes y tenían ya todo el año 2021 cubierto por obras. La gran noticia con la que cerraron el año 2020 fue la venta del piso de lujo del paseo del Pintor Rosales. No lo vendieron por el millón que quería su suegro, sino por novecientos cuarenta mil euros, lo cual les dejaba unas ganancias de cuatrocientos mil, después de descontar el gasto de la reforma.

Había días que conseguía no pensar en Sara ni en la hija que estaba gestando. Y las noches que se adueñaban de su pensamiento impidiéndole dormir se levantaba de la cama y se metía un par de rayas de caballo, y el tormento se calmaba.

Fue puesto de caballo que empezó a considerar el asunto desde otra perspectiva más amable. Hasta llegar incluso a ilusionarse. Sara era una persona joven y fuerte que no tenía donde caerse muerta. Casilda y él iban a necesitar ayuda con el hijo, ¿por qué no vivir todos juntos y que los hermanos se criaran bajo el mismo techo compartiendo habitación? Sara podría atender a los dos niños mientras Casilda y él trabajaban.

Tenían dinero de sobra como para ensayar una nueva estructura familiar, ¿por qué no? Casilda había dicho que Sara era simpática. No era tan descabellado resolver de esta manera los desafíos que implicaban ser padres primerizos. ¿No era la pareja una institución periclitada, una reducción nuclear del amor que acababa en un martirio chino? Lo que parecía un problema, tener hijos a la vez de dos mujeres distintas, podía ser la salvación de todos.

El nacimiento de su hijo ocurrió el sábado 4 de abril a las cinco menos veinte de la madrugada. Julio estaba echado en el sofá cama y a oscuras. Se le había ido un poco la mano con sus dos rayas de heroína y había caído en un agradable duermevela de pensamientos erráticos. Pensó en Sara y en la probabilidad más que segura de que ya hubiera alumbrado a su hija, ¿qué nombre le habría puesto? Si él era el padre, ¿tendría la niña algún rasgo que lo delatara? Le hacía ilusión que la niña se pareciese a él, que no hiciera falta una prueba de paternidad ni el mal trago de exigirla. Pensaba también en su padre, ¿le habría gustado ser abuelo? ¿Demostraría tanto interés como su madre? Su madre se había tomado en serio que el nieto que iba a nacer era suyo, y no paraba de darle consejos a Casilda de nutrición, ordenándole que no tomara mucha fruta, que la fruta era azúcar, y recomendaciones por el estilo. Una caja con dieciséis tubos azules de glóbulos homeopáticos era lo último que les había mandado, acompañada con un folio manuscrito lleno de anotaciones con la posología y los usos de cada uno de aquellos preparados —Julio no sabía si llamarlos fármacos— con nombres declinados en latín: fosforicum, arsenicum álbum, elsenium.

Casilda había salido de cuentas el 2 de abril y al día siguiente habían ido al hospital donde la obstetra, después de una pequeña prospección que le confirmó que aún no estaba en sazón, programó el parto para el lunes 12.

Previendo que el parto se produjera por sorpresa, Julio llevaba desde el día 20 de marzo sin esnifar heroína. Las dosis que acostumbraba a tomar le permitían estar activo, pero no quería sentirse distante en el nacimiento de su hijo. Tenía que ser él, además, el que llevase el coche. Y bajo los efectos de la heroína sí que notaba una pérdida de reflejos. Ahora que habían programado el parto tenía margen de sobra para colocarse esa noche; era viernes y a la mañana siguiente no tenía que trabajar. Sabía que podía ocurrir que antes de la fecha asignada Casilda rompiera aguas, pero por lo que les habían dicho, no sería mañana ni pasado. Se tomó dos rayas y al rato se tumbó a disfrutar de la gustera heroica.

Se equivocó en sus cálculos, o se equivocó la obstetra, y a las dos menos diez de la madrugada se encendió la luz del estudio.

—Ya viene, Julio –le dijo Casilda con los labios enormes, los ojos y el rostro entero más grandes que nunca. Estaba ya vestida con el chándal gris que se había comprado para la ocasión, con una mano se apoyaba en el quicio de la puerta y con la otra se sostenía el bajo vientre—: Me están dando unas contracciones horribles.

No había prestado demasiada atención en las clases online de preparación al parto; como él no era quien iba a parir, entendía su papel de acompañante sin extralimitarse, nada más ridículo que esos maridos que se echaban sobre la esterilla aislante a respirar como si el bombo fuera suyo. Pero con lo que sí se había quedado era con el dato de que el parto de una primeriza tardaba de media doce horas en producirse, una vez que se sentían las primeras contracciones. Casilda se había ido a dormir a las once y no fue hasta la una menos cuarto cuando las contracciones la despertaron. Había pasado una hora solo desde que había esnifado y estaba bastante puesto. No es que se hubiera metido más de lo normal, pero había estado dos semanas sin probarla y había perdido la tolerancia. Casilda llevaba menos de una hora de contracciones y quedaban once por delante, así que Julio podía darse una ducha tranquilamente y tomarse un café. Como les había aconsejado la amable instructora en las clases de preparación, era mejor esperar en casa que en el hospital, y más en tiempos de coronavirus en el que a los hombres les prohibían entrar en el paritorio.

Se duchó, se vistió, se puso los zapatos Cambridge de su padre y se tomó el café. Se encontraba más tranquilo de lo que hubiera estado sin la ayuda del caballo, pero capaz de desenvolverse sin dificultad en aquella situación. Al salir de la cocina se encontró a Casilda con las rodillas en el suelo apoyando la cabeza en el asiento del sofá y bufando:

—Julio, si no me llevas al hospital se me cae el niño.

—¿No es mejor que llamemos a un taxi?

—No da tiempo.

Era una suerte haber aparcado el coche en la puerta de casa. Su plaza de aparcamiento estaba a dos manzanas y unos días antes Casilda le había pedido que lo sacara del parking y lo dejara junto al portal. No se lo pidió tanto por la comodidad sino por evitarse el olor a gasolina y dióxido de carbono del parking, que le daba náuseas. Mucho mejor así, la plaza de garaje estaba en la planta menos cuatro y no era de fácil acceso, y, aunque Julio se encontraba mejor que muerto, habría sido arriesgado poner a prueba su diafragma en las cuestas circulares del parking. A ver si en lugar de Casilda era él el que iba vomitar la cena.

Llegaron al hospital sin contratiempos, en veinte minutos que se les hicieron largos, a Casilda por las dolorosas contracciones y a Julio por el efecto ralentizador de la heroína que afecta a la percepción del tiempo. Que fueran las tres de la mañana y las calles estuvieran vacías fue también una suerte. Dejó a Casilda en la puerta de Urgencias y se fue a meter el coche en el aparcamiento del hospital donde encontró plaza sin problemas. Al entrar en Urgencias, una mujer en el mostrador le indicó que subiera a la tercera planta y se quedara esperando en la sala de maternidad. A Casilda la habían subido a toda prisa al paritorio al comprobar que el niño estaba ya asomando la coronilla.

Hasta el octavo día de vida de su hijo no se dio cuenta de que era su padre. El niño nació sin problemas y Julio, quizás por el hecho de no haber podido asistir al parto, se emocionó lo justo al verlo por primera vez. En la cama de la habitación que le habían asignado estaba Casilda cubierta por las sábanas azul celeste del hospital. Al entrar la enfermera salió para dejarlos a solas. Por fin se pudieron quitar la mascarilla. Casilda lo miró con los ojos encendidos, como si se hubiera tomado una pastilla de éxtasis, y con un gesto le pidió que se acercase para poder ver al niño, que estaba dormido entre sus pechos. Con un gorro de tela blanca encasquetado en la cabeza y su cara de garbanzo arrugado asomando sobre la sábana que lo cubría, Julio sintió simpatía y un inevitable instinto protector, ¡se lo veía tan frágil y a la vez tan confiado! Casilda le había dado la mano y lo miraba con curiosidad.

—¿Qué te parece?

—Se ve que ha estado mucho tiempo en remojo. ¿Ha abierto los ojos en algún momento?

—Sí, claro. Cuando ha salido tenía tanto frío que lo han puesto bajo una lámpara de calor. —Casilda hablaba en voz baja para no despertar al bebé—. Y lloraba con ganas, y ya cuando me lo han dado las enfermeras tenía los ojos abiertos. Es muy guapo. Tiene un mechón de pelo negro con caracolito sobre la frente. Luego le quitamos el gorro y lo coges. Ahora tiene que dormir. Y yo.

Él también tenía que dormir. En cierto sentido agradeció que las medidas impuestas por la pandemia no le permitieran quedarse allí. Después de haber tomado caballo y pasar la noche en vela sentado en las incómodas sillas de la sala de espera del hospital, habría sido un fastidio tener que echarse en el sofá abatible que estaba junto a la cama y la cuna. Besó a Casilda y luego, con cuidado, besó la cabeza de su hijo cubierta con el gorrito. Julio recordaba haber apoyado los labios sobre la fina tela de algodón del gorro y haber inspirado a conciencia buscando reconocer el aroma de su hijo, sin embargo, el olor a sangre y sudor de Casilda lo envolvía como una placenta invisible y protectora.

Al salir del hospital estaba amaneciendo. Dejó el coche en el aparcamiento y se fue en taxi. Eran las nueve de la mañana cuando se metió en la cama.

A las cinco de la tarde se despertó como nuevo. Habría vuelto al hospital, pero Casilda le pidió que dejara que fuera su suegro. Como solo podía entrar uno, no volvió hasta la tarde del día después, cuando ya pudo ver al bebé con los ojos abiertos. Los tenía de color gris plomo y parecía estar contemplando una mosca que se le hubiera posado en la punta de la nariz.

El lunes le dieron el alta a Casilda. El niño había salido sin hacerle desgarro alguno, por lo que no tuvieron que coserle ni un punto. Estaba entera aunque agotada por el esfuerzo, no tanto por el parto, le dijo, sino por la frustración de que el niño no se agarrara bien al pecho. Los tres días de hospital había estado intentando que el bebé colocara los labios alrededor del pezón y succionara correctamente. Tenían en el hospital una enfermera de la Liga de la Leche, una organización internacional sin ánimo de lucro que luchaba para que todos los recién nacidos del mundo fueran amamantados. Pero, al parecer, lo de mamar no era algo inmediato, también lo instintivo requería de aprendizaje. Para Casilda había sido un suplicio porque parecía que el niño se enganchaba bien; ella lo veía succionar y luego dormirse y pensaba que todo iba a las mil maravillas, que la naturaleza funcionaba sin más. Pero al poco el niño se despertaba con un llanto inconsolable, debido a que no había mamado suficiente leche porque en realidad no sabía succionar. Y la desesperación que el hambre le provocaba lo ponía nervioso y le dificultaba aún más agarrar el pezón y chupar. Casilda pidió repetidas veces que le dieran un biberón, pero la enfermera de la Liga de la Leche le pedía paciencia, porque si interrumpían el proceso natural el bebé se acostumbraría a la comodidad del biberón y perdería el maná de la teta. Finalmente, después de dos horas de llanto tuvieron que darle leche en polvo con jeringuilla para que el niño no se deshidratara. La instrucción en adelante fue seguir intentándolo con el pecho y solo cuando se le viera muy desesperado darle leche de fórmula con una jeringuilla. A Julio no le parecía que fuera tan grave darle al bebé un sucedáneo, si la leche materna no cubría la demanda o si el niño tardaba en hacerse con la maña de extraerla. Sin embargo, Casilda se sentía muy culpable, no solo por la presión última de la activista de la Liga, si no por todas las recomendaciones que le habían dado al respecto en las clases de preparación al parto: el superalimento irrenunciable para una crianza sana y feliz era la leche materna, no había discusión ni alternativa.

—¿Y la leche paterna qué? —le dijo Julio intentando rebajar con su humor trasnochado la tensión que notaba en Casilda.

Las semanas que siguieron el bebé disfrutó de una «lactancia mixta», según la nomenclatura. Se pasaba horas para sacar de la teta un poco de superalimento y luego, en menos de un minuto, llenaba el estómago con leche de fórmula sorbida según el método dedo-jeringuilla.

—Nos ha salido un hijo yonqui —decía Casilda con pesar al ver el éxito de la jeringuilla, sin querer aceptar del todo su fracaso como amamantadora.

En el reparto de roles, a Julio le tocó darle el suplemento. Se sentaba en la cama, con la espalda en el cabecero y las piernas elevadas formando un ángulo, y colocaba al bebé frente a él, apoyándole la espalda y la cabeza en sus muslos, bien encajado para que la cabeza no le bailara. Le introducía entonces en la boca la falange superior del dedo meñique de su mano izquierda, con la palma hacia arriba, y al tocar con la yema el paladar se activaba el reflejo de succión. Entonces, con su mano derecha colaba por la comisura una boquilla de silicona suave conectada a la jeringuilla por donde manaba la leche según el bebé demandara moviendo su pequeña lengua. Este complicado método servía al niño de entrenamiento para no acostumbrarse a la facilidad de comer sin esfuerzo, no fuera por comodidad a rechazar la teta. «¡La leche para el que la trabaja!», le decía Julio. Y sí que el bebé se esforzaba, hasta dejarle el dedo meñique entumecido y arrugado de tanta succión.

Los primeros días estaba también Casilda, asegurándose de que su hijo recibiera adecuadamente el suplemento de leche de fórmula. Era una leche en polvo que compraban por internet, con todos los certificados ecológicos y la garantía de que las vacas vivían en libertad, no maltratadas en un establo. Una leche carísima, un dispendio que salía barato para la tranquilidad de conciencia que le procuraba a Casilda, apesadumbrada por no darle bien el pecho o, como fueron viendo pasadas las semanas, porque sus tetas no producían lo suficiente para saciar la voracidad del bebé, quizás porque el pequeño nunca aprendió a engancharse correctamente. Un supuesto este que las activistas de la Liga de la Leche no contemplaban. Según ellas la insuficiencia era debida a la introducción del suplemento antes de tiempo. De no haber metido la leche de fórmula, aseguraban, el bebé habría chupado la teta lo bastante como para activar la producción láctea necesaria para su alimentación.

–El caso es crear mala conciencia. Y lo consiguen las hijas de puta –dijo Casilda con rabia antes de echarse a llorar sobre el hombro de Julio, que era el que empujaba el carrito a la salida del centro de salud.

Habían asistido a una consulta sobre lactancia materna con otras madres y bebés. Sentadas en corro amamantaba cada una a su hijo bajo la supervisión de dos enfermeras que, por su juventud, era probable que no hubieran sido madres, lo que no era obstáculo para aleccionar a las presentes sobre las bondades de la leche materna y las maldades de la de fórmula. El caso es que, de todos los bebés, el suyo era al que más le costaba engancharse al pezón y cuando por fin lo conseguía estaba tan agotado por el hambre y el llanto que, para que no se durmiera, le recomendaron a Casilda pellizcarle la pierna o darle golpecitos en las sienes.

—Quieren que torture al niño mientras come. Son unas hijas de puta, unas locas del coño —decía entre lágrimas ella, tan poco dada al insulto.

Julio la vio sonarse los mocos y sintió lástima de ella: el pelo despeinado y desteñido, canoso en las raíces; las ojeras negras y los ojos hinchados, la mascarilla quirúrgica empapada en lágrimas y babas, la barriga como una pelota de pilates a medio inflar, las manos con los cardenales marcados de las vías que le habían puesto durante el parto y la piel blanquecina de enferma. Por más que el tono de entusiasmo de las mamás y sus caras de extática felicidad al dar el pecho en la consulta remitieran a una visión gloriosa de la maternidad, Julio pensó que parir un hijo y amamantarlo eran un hecho de otra época. Que en pleno siglo XXI el embarazo no se hubiera dejado completamente en manos de las máquinas era tan sorprendente como que no hubiese una corriente feminista mayoritaria que lo reclamara como liberación. Al contrario, la crianza natural, con la lactancia materna entre sus dogmas inamovibles, se había convertido en el pensamiento dominante. Casilda no pareció animarse con la reflexión de Julio sobre la conveniencia de gestar los fetos en máquinas, pero el aire de la calle o el alejarse del centro de salud le había devuelto la calma. Se pararon en un semáforo a esperar que se pusiera en verde y una viejecita de negro, con vestido de arpillera de viuda antigua, se dirigió a Casilda como para consolarla:

—Dan mucho que hacer, pero después una recuerda estos momentos como los mejores. Porque cuando crecen se olvidan de ti. Dos hijos tengo y solo me llaman para pedirme dinero.

Esa mañana acordaron que le darían el pecho lo que diera

de sí y que completarían con la leche en polvo lo que fuera necesario. ¿O era mejor que el niño pasara hambre, sufriera ansiedad, llorara sin consuelo y recibiera pellizcos y capirotazos mientras mamaba?

Los primeros días Julio le daba la leche con la jeringuilla y la madre lo cogía al terminar para dejarlo durmiendo en la cuna. Era inmediato, se tomaba una o dos jeringas de leche tibia y se dormía antes de que Julio pudiera sacar el meñique de su boca.

Y la primera tarde que Casilda los dejó a solas, Julio le dio la leche y, al caer dormido, lo tumbó en la cama y se quedó viéndolo soñar como un bendito. Esa tarde, un día después de que cumpliera una semana de vida, Julio se dio cuenta de que se había convertido en padre. Que aquel pequeño mamón, tan dependiente y confiado, era su hijo. Que aquel pequeño durmiente que exhalaba por la coronilla un delicado olor a jamón ibérico era su descendencia. Ya lo sabía, claro, pero hasta ese momento no lo había sentido. La conciencia de su nueva condición de padre vino acompañada de un brote de emoción que supo reprimir a tiempo. Luego, contagiado por la tranquilidad del sueño de su hijo, se quedó dormido a su vera.

Que los días se hacían interminables pero los meses pasaban muy rápido era una impresión compartida por los padres que se juntaban a pastorear a sus vástagos en el arenero y los columpios del parque. Pronto sería el primer cumpleaños de su hijo y tanto Julio como Casilda sentían que el año había pasado muy rápido, pese a lo mucho que se habían quejado de lo largos que se hacían los días.

Hasta que lo habían metido en una guardería, Casilda se ocupó del niño por las mañanas y Julio por las tardes. No es que fuera un suplicio, pero tras pasar la mañana visitando obras y estar por la tarde en el parque con el niño, cuando llegaba la noche y había que bañarlo Julio estaba cansadísimo. Con diez meses el niño había empezado a dar sus primeros pasos, un hito precoz que ambos padres celebraron sin intuir el esfuerzo que supondría correr detrás de él. A los cinco meses se había negado a seguir mamando de la teta, y fue la leche de fórmula, y poco después las papillas, los purés, los pedazos de fruta y las verduras hervidas los que habían alimentado con éxito a un bebé grandote y colorado con gran querencia por estar en brazos de sus padres y provocarles molestos dolores de espalda. Si pensaron que el niño al andar pasaría menos tiempo en sus brazos se equivocaron.

Julio hasta dejó de tomar heroína con asiduidad, pues el día siguiente se le hacía muy cuesta arriba y perdía fácilmente la paciencia. La resaca, con su exigencia de descanso, no era compatible con la crianza de un hijo.

La entrada en la guardería unas semanas atrás les había despejado la mañana. El Nido era una guardería privada que les costaba seiscientos euros al mes, con una metodología Montessori y antroposófica que respetaba, en palabras de su directora, el natural desarrollo del infante. Ninguno de los dos compartía el entusiasmo del resto de padres que llevaban allí a sus criaturas, eran los únicos que se referían a El Nido como guardería y no como «Espacio de crianza». Había sido una suerte en cualquier caso encontrar una plaza en marzo y que El Nido estuviera a cinco minutos de casa. El niño además parecía muy contento en aquel lugar mullido en el que los golpes y las caídas no tenían consecuencias.

Casilda había vuelto a la oficina y Julio ya no tenía que trabajar tantas horas. Las tardes entre semana se las repartieron entonces por turnos para atender al niño, aunque cuando le tocaba a él, Casilda solía acompañarlos.

No es que Julio hubiese dejado la heroína, pero espaciaba mucho más las tomas. A menudo pasaban quince días y ni se acordaba; raro era el mes que tomaba más de dos veces. También la bolsita de jamaro había ido disminuyendo. Si al principio parecía interminable ahora ya se adivinaba que el final estaba cerca. No había visto droga más barata, ¡lo que llegaba a dar de sí un gramo! Es verdad que los que desarrollan una adicción pueden llegar a consumir un gramo diario, según había leído, pero si consumías esporádicamente, dejando pasar unos días entre toma y toma, y disfrutabas como él con dosis bajas que no te dejaran incapacitado, un gramo podía durarte un año entero. Y más. Si a Sara la desalojaron hacía un año y nueve meses, y Julio tardó en tocar el caballo de la caja de Colo Cao unos cinco meses, calculó que llevaba con ese gramo un año y cuatro meses y todavía le quedaba para unas diez rayitas.

Era inevitable que el uso de heroína lo llevara a pensar en Sara. De la misma manera que al pensar en Sara le apetecía tomar heroína. Sin embargo, el paso de los días había ido quitándole intensidad al anhelo que sentía por Sara y al más genérico deseo de evasión, sin llegar en ningún caso a extinguirlos. Aún le seguía gustando mucho estar colocado, sentirse suspendido, como flotando, entre la eternidad y la nada, estar mejor que muerto. Pero la rutina del trabajo y la crianza de un hijo le dejaban poco margen. Hasta para drogarse hace falta algo de energía, pensaba muchas noches antes de caer dormido. Así que, en los últimos tiempos, solía ponerse de caballo como mucho una o dos veces al mes. Y era entonces cuando pensaba más en Sara. En Sara y también en la hija que podía ser suya. Estaba convencido de que Sara se había marchado de Madrid, no era capaz de aceptar que estando en la misma ciudad no se le hubiera ocurrido intentar localizarlo, si no era el padre de su hija, para reclamarle al menos el cofre del tesoro. Había sido un hombre mujeriego y, aunque Sara era mucho más joven y podía percibirlo como un viejo sin mayor encanto, estaba acostumbrado a ser correspondido. Su vanidad no le permitía asumir que Sara renunciase sin más a continuar el romance. Nadie abandona en mitad de la aventura, porque ¿no estaban acaso en el momento cumbre cuando llegó el desalojo?

Al intuir que ella no tenía ninguna prisa en recuperar su cofre del tesoro, empezó a consumir heroína, y cuando supo por Casilda que también Sara estaba embarazada, fue el caballo el que lo ayudó a desenredar el embrollo emocional, el que le permitió la distancia necesaria para elucubrar acerca de los escenarios posibles en los que el conflicto podía desembocar. Ya no se angustiaba, ni tampoco se recreaba fantaseando con una familia bígama, con su hija y su hijo compartiendo habitación, y con Sara rejuveneciendo la vida sexual de su matrimonio. La convivencia con Casilda iba bien, pero, a punto de cumplir un año su hijo, estaba en condiciones de saber que, sin ser mala, la suya no era la mejor de las vidas posibles. Era muy entretenido ser padres y sentía un cariño sincero por su mujer y por su hijo, y trabajar en el ramo de la construcción le gustaba más que despachar discos en una tienda o que cantar en una orquesta, sin embargo, ¿era eso todo? ¿Esa iba a ser su vida en adelante?

Casilda era más feliz que él y se notaba en cualquier detalle. Ante el inminente primer cumpleaños de su hijo, ella quería organizar una gran fiesta, mientras Julio era partidario de no celebrarlo, ¿qué sentido tenía si el niño no sabía aún lo que era un cumpleaños? Con dos o tres años podía ser que fuera capaz de entender lo que era una fiesta, incluso a lo mejor saber que la fiesta era en su honor. Pero con un año no. Por supuesto, el cumpleaños se iba a celebrar y él tendría que colaborar para evitar reproches, lo cual no evitaba que ya hubiese quedado como un desaprensivo delante de su mujer.

Las tropas rusas habían invadido Ucrania, y al desánimo general de que una guerra estallase cuando aún seguía exigiéndose el uso de mascarillas en interiores, se sumó la borrasca Celia tiñendo el cielo de rojo y llenando el aire de polvo sahariano. La aceleración histórica no dejaba un respiro y no había semana sin que una noticia corroborara la proximidad del apocalipsis. El sobresalto informativo era ya una constante y más que sorpresa lo que producía era cansancio. Desde la pandemia, por no remontarse más atrás, los sucesos generales afectaban las vidas corrientes de cualquiera, dificultando todo intento de desconexión. No era ya tener que ponerse la mascarilla y que no se hablara de otra cosa que del coronavirus, era la subida de la luz o la calima o el episodio de los pájaros muertos. Julio pensaba que nunca en la historia el individuo había estado tan dentro de su época, los acontecimientos noticiosos lo anclaban en la realidad sin apenas espacio para la evasión.

Salvo cuando tomaba heroína, Julio ya no solía pensar en Sara. Y, sin embargo, el mismo día en que se la encontraron, Julio se había acordado de ella. Por la mañana dejó a su hijo en la guardería y, en lugar de volver por el camino más corto, se desvió hacia la calle Martín de Vargas para comprar el pan en una nueva panadería que le habían recomendado. Al llegar a la glorieta de Embajadores se encontró con los pájaros muertos. Una pequeña multitud miraba embobada los pájaros caídos, eran por lo menos un centenar largo y se extendían por las aceras y sobre el capó de los coches aparcados. Habían cortado un tramo de la carretera y una cuadrilla de barrenderos con palas se dedicaba a despejarla amontonando los cadáveres de las aves para recogerlos en bolsas de plástico azul que tiraban luego en el pequeño volquete de la camioneta de limpieza. Julio pensó en Sara y en que quizás ella supiera qué había pasado. «La contaminación», dijo una mujer; «Un escape de gas», dijo un hombre, y unos adolescentes bromearon diciendo que había sido el hijo de Putin.

Esa noche leyó en el periódico que se trataba de una bandada de estorninos electrocutados. Uno de los pájaros debió de tocar con el ala un cable de alta tensión y, al volar muy juntos, se produjo el arco eléctrico y la descarga voltaica los mató a todos. Pero eso lo supo por la noche, después de ver a Sara esa tarde en el parque.

Él llevaba al niño montado en sus hombros y Casilda iba empujando el carrito vacío a su lado. Fue ella la que dijo: «Mira, la vecina okupa». A Julio le tembló el cuerpo, se bajó al niño de los hombros y lo dejó en el suelo. Se subió los pantalones que llevaba caídos y se apretó el cinturón un par de agujeros. El niño se puso a llorar negándose a caminar. Julio lo cogió en brazos y avanzó hacia las escalinatas donde Sara de pie movía con energía un carrito hacia delante y hacia atrás. Estaba en compañía del grupo de desarrapados que perdía allí las tardes bebiendo cervezas, fumando porros y escuchando reggae. Estaba sonando «Redemption Song», una de las pocas canciones de Bob Marley que seguían emocionándolo después de tantas escuchas. Julio solía ponerse en guardia cuando en una película las canciones cumplían una función propiciadora o eran utilizadas para manipular las emociones y hacer creíbles situaciones inverosímiles. Y ahí estaba Marley con su voz de profeta sentimental entonando una canción de liberación sin más acompañamiento que su guitarra de palo, invitando a emanciparse de la esclavitud mental y poniendo el fondo ideal para un encuentro que podía cambiar su destino para siempre. Temió que la emoción no lo dejara hablar. Hubiera preferido estar solo, pero quizás, en el caso de que se revelase una verdad insoslayable, era mejor estar con su hijo en brazos y acompañado de su esposa.

—¡Si está aquí el presidente! —Sara estaba muy guapa y sonreía—. Y también traéis vuestro bebé. ¡Qué grande es! ¿Tiene ya un año?

Julio había perdido el habla, sonreía sin ganas intentando atisbar a la hija de Sara a través del pañuelo que cubría la capota del carrito.

—Lo cumple este lunes —contestó Casilda—. ¿La tuya ya ha cumplido?

—Sí, hace dos semanas, el 19 de marzo. Es piscis, como Shakira. El vuestro es aries, ¿no?

—Sí —contestó Casilda.

Julio asistía a la conversación sin escucharla. Tenía ganas de arrancar aquella gasa blanca que le impedía ver a la niña. Dejó a su hijo en el suelo y Sara entonces se agachó para estar a su altura.

—¿Y tú cómo te llamas?

—Se llama Tomás, como su abuelo —respondió la madre con tono infantil.

Al dejar de mover el carrito un llanto desconsolado salió del interior. Julio sintió que la niña quizás lloraba afectada por la inquietud que él también percibía, una inquietud que enrarecía el ambiente con un aire de revelación inevitable.

—No hay quien la duerma —dijo Sara, y quitando el pañuelo añadió mirando a Tomás—: Mira, Tomasito, esta es Bertita.

—Qué guapa es —dijo Casilda asomándose al carro e impidiendo a Julio ver a la niña—; se parece mucho a ti.

—¡Qué va! Se parece más al padre —contestó Sara.

Fue al sacarla Sara del carrito cuando Julio respiró tranquilo. Tranquilo o decepcionado. La niña era mulata y sonreía enseñando las dos paletas delanteras.

El parto, los pañales, las papillas y la guardería… Julio escuchaba a Casilda parlotear con entusiasmo sobre la crianza. De fondo empezó a sonar «A ella le gusta la gasolina», un reguetón que formaba parte del repertorio de la orquesta Novedades y que Julio cantó con desagrado todos los días del verano de 2005 y 2006. Escuchada quince años después no sonaba tan mal. Sara se sentó en el poyete, se sacó un pecho y se puso a amamantar a la niña. Tomás, que hacía meses que había despreciado el pecho de su madre, miraba hipnotizado la escena. Julio pensó que era una pena que Berta no hubiera sido hija suya. Y que todo acabara así, de una manera tan aburrida.

ÍNDICE